本书出版得到广西一流学科中国语言文学建设经费的支持

谨表谢忱

《粤西诗载》风物研究

张啸 著

中国社会科学出版社

图书在版编目（CIP）数据

《粤西诗载》风物研究/张啸著. —北京：中国社会科学出版社，
2021.5

ISBN 978 - 7 - 5203 - 8286 - 1

Ⅰ.①粤… Ⅱ.①张… Ⅲ.①诗词研究—中国—古代
Ⅳ.①I207.2

中国版本图书馆 CIP 数据核字（2021）第 066880 号

出 版 人　赵剑英
责任编辑　陈肖静
责任校对　刘　娟
责任印制　戴　宽

出　　版　中国社会科学出版社
社　　址　北京鼓楼西大街甲 158 号
邮　　编　100720
网　　址　http://www.csspw.cn
发 行 部　010 - 84083685
门 市 部　010 - 84029450
经　　销　新华书店及其他书店

印　　刷　北京明恒达印务有限公司
装　　订　廊坊市广阳区广增装订厂
版　　次　2021 年 5 月第 1 版
印　　次　2021 年 5 月第 1 次印刷

开　　本　710×1000　1/16
印　　张　14.5
插　　页　2
字　　数　171 千字
定　　价　86.00 元

序　言

　　《粤西诗载》是清代著名文学家汪森于康熙年间编成的历代有关广西的诗歌总集。全书共分为二十四卷，收录了由汉代至明末各体诗歌二千九百六十五首，附词一卷四十五首，可谓洋洋大观，是一部极为重要的广西地方文献典籍。

　　汪森于康熙三十二年（1693）来到广西，初任桂林府通判，在桂林前后任职七年；康熙三十九年调任太平府（今广西崇左）通判，在太平府任职三年，康熙四十一年因丁母忧而离开广西。前后在广西长达十年之久。汪森对广西产生了相当深厚的情感，他认为广西"声明文物之盛，虽逊于中土；若林壑岩洞之奇特，则夙称山水区者，亦或莫过之。"于是花费大量精力考究广西的人文和历史。汪森在初到桂林之时，鉴于"广西志缺略殊甚，考据难资"（《四库总目提要》）即开始搜求文献载籍，编辑有关广西的诗文资料。限于当地史籍的缺乏，未能完成。离开广西回桐乡之后，仍继续广为搜罗，并且得到朱彝尊的大力支持，费时十一年编成了《粤西诗载》《粤西文载》《粤西丛载》三部大型典籍，总称为"粤西三载"。其中《粤西诗载》首先经由梅雪堂刻印行世，为世人提供了研究广西历史、文化、民俗、山川风土等内容的宝贵资料。汪森对广西文化建设可谓功不可没。《粤西诗载》一书从较早的地方志书、历代史籍、诸家文集、类书、小说等典籍中选取资料，所选取的书，不下二千多种；又从碑石中广为搜罗，补充了典籍所未录者。正如清代大儒纪晓岚在《四库全书总目提要》中所说：《粤西诗载》"搜采殊见广备"，"以视曹学佳《全蜀艺文志》赡富不及，而谨严殆为胜之。"以今天的眼光来看，《粤西诗载》既是一部作品丰富的诗歌总集，更是一部记录了详细历史史实的文献资料，值得后人认真研读。

进入新的历史时期以来，广西学界对《粤西诗载》的发掘和研究工作蓬勃开展。20世纪80年代，我参与了《粤西诗载》的校注工作，在桂苑书林丛书编辑委员会以及全体校注人员的共同努力下，八卷本的《〈粤西诗载〉校注》于1987年由广西人民出版社公开出版发行，这是《粤西诗载》研究领域中的一件大事。在此基础上，有越来越多的学者开始参与到《粤西诗载》的研究工作中，诸多有价值的研究成果随之问世。我曾在1988年第4期的《广西民族学院学报》（哲学社会科学版）上发表过一篇论文《略论〈粤西诗载〉的史学价值与美学价值》，其中对《粤西诗载》的史学价值和文学价值做了阐释和探讨。文章认为《粤西诗载》具有史学和文学两个方面的重要价值。就史学价值而言，《粤西诗载》广泛收集了关于广西的诗歌作品，这些作品从不同的角度反映了不同时代广西的社会生活，从不同侧面给广西留下了各个时代的素描，使后人看到先民各个方面的生活面貌，具有极高的史料价值，显得弥足珍贵；就文学价值而言，《粤西诗载》以多种艺术手法对广西的自然山水和风土人情进行文学审美表达，在讴歌广西美景的同时，也在彰显着广西历史上值得纪念的人物事件所体现出的人格美和崇高美。总而言之，

《粤西诗载》是关于广西的一部不可多得的诗歌总集，有着较高的史学价值和美学价值，应该得到广大社会科学领域专家学者们的关注和研究。特别是在广西各项事业正快速发展的今天，广西的社科领域学者在坚持历史唯物主义与辩证唯物主义研究方法的同时，以现代人的眼光和视角对《粤西诗载》进行新的审视，将会汲取有益的前人经验，为当下的各项建设事业服务。

张啸等几位年轻同志撰写的学术专著《〈粤西诗载〉风物研究》是一项针对《粤西诗载》进行专门性研究的学术成果。全书立足于《粤西诗载》文本研究，从作品内容、创作手法和艺术风格的分析延伸至对作品中涵盖的广西自然资源、人文环境等地域特质的分析与挖掘。通过大量文献史料的钩沉与比对，综合采用多种研究方法与视角，尝试探讨广西地域文化与地方文学创作的双向互动关系；再现广西文化的发展和演变历程，展现出广西独特的文化魅力和影响力，为广西本土文化的研究提供必要的文学支撑和史料支撑。全书在总结前人研究成果的基础上，在学术思想、学术观点、研究方法等方面进行了新的探索和发现，取得了值得肯定的学术成绩。

在学术思想方面。这部著作按照题材内容将《粤西诗载》中的相关诗作分为山川、江河、岩洞、亭台、气候、树木、花草、猿猴、虫蛇、鱼鸟等多种类型，分类细致精密，在文本研究的基础上重点梳理了《粤西诗载》表现出的广西元素，以此为依据探讨广西自然环境与人文环境对文学创作的影响。在学术观点方面。著作着力探讨了《粤西诗载》在创作实践中体现出的地域性和民族性，以及《粤西诗载》的创作对民族文学、文化建设和中国文学史的贡献。在研究方法方面。著作以文学地理学为主要的理论背景，综合使用多种研究视角和理论，对广西地域环境与文学创作的关系进行多维度的思考和观照，较为系统地考察了广西文学形成、发展的文化成因，探究了《粤西诗载》创作的文化动力。总体而言，该部著作既有宏观的文学史思考，也有细致的作家作品分析。从地域文学发生和发展的角度对《粤西诗载》的创作情况进行了新的理解和认知，具有一定的理论深度。

诚如我前面所言，《粤西诗载》是一座探究广西文学与文化的资源宝库，等待着广大学者对其进行持续而深入的研究。作为参与了《粤西诗载》校注工作的老一代学人，我为学界有新的《粤西诗载》研究成果问世而高兴，更为有新生力量加入《粤西诗载》的研究队伍感到欣喜。

是为序。

梁超然

庚子年初夏于邕城

（作者系广西壮族自治区政协原副主席、民盟中央原常委）

目　录

绪　论

第一节　《粤西诗载》概说

有清一代进入文学集大成的历史时期，各种文体业已逐步走向成熟，在文学研究方面偏重于考据和整理研究。此时，地处西南边陲的广西（古称粤西）也同样文风大振、人才兴盛，尤其是在清中期之后，广西文坛涌现出平南的彭星尧、永福的吕璜、临桂的朱琦和龙启瑞以及马平的王拯等"岭西五大家"，这五位作家也是清代"桐城派古文"的中坚力量；还出现了以商书溶、曾克敏等为代表的"杉湖十子"的诗歌团体，人称"杉湖诗派"，声震海内；更有以王鹏运、况周颐为主力，与浙江词派、常州词派齐名的"广西词派"享誉国内……广西不仅在诗词文等文学创作方面成绩斐然，在古籍整理和文献收集方面也颇有建树。广西历代文献的整理与研究工作开先河者应首推汪森。

汪森（1653—1726），清著名藏书家、文学家。字晋贤，一字文梓，号碧巢。生于浙江桐乡，原籍安徽休宁。汪森于清康熙年间入选贡生资格，历任广西临桂、永福、阳朔知县，桂林府通判，太平府知府，知河南郑州事，官终户部江西司郎中。汪森在年少之时就工于韵语，常与同在浙江的周篔、沈进等人互相交流切磋。后与黄宗羲、朱鹤龄、朱彝尊、潘耒等诸位大家交游，使自己的文学素养获得大幅提升。汪森的兄长汪文桂、弟弟汪文柏也擅长诗歌创作，兄弟三人被黄宗羲合称为"汪氏三子"。汪森一门极为重视经营自己的文学事业，特地修建"碧巢书屋"用作自己的文学创作场所，建造"华及堂"作为文友交流之地，修筑"裘杼楼"存储历代典籍，用极高的礼遇热情接待身在外地的文士，因此在文坛中富有声誉。汪森一生藏书颇丰，编有《裘杼楼藏书目》行世，著录刻本 530 种，5565 册，抄本 155 种，720 册，多为文集、笔记之类。除裘杼楼外，还有"小方壶""拥书楼"等其他书楼。刻有"休阳汪氏裘杼楼藏书""拥书楼收藏""桐乡汪氏拥书楼所藏图记"等藏书印。清乾隆年间，为编修《四库全书》，四库馆征集天下藏书，汪森的曾孙汪汝藻献出了家藏图书271 种。汪森一生著述颇丰，曾与朱彝尊合作编纂了《词综》一书，为后世影响深远的词选著作之一。著有《小方壶丛稿》（十五卷）、《桐扣词》（三卷）等个人文集，辑有《粤西诗载》《粤西文载》《粤西丛载》三部地方文学总集辑，另有《虫天志》《名家词话》等著作。

汪森在广西桂林任通判七年，后转任太平府通判三年，直到因母亲去世而返回家乡，前后共在广西任职长达十年之久。汪森对广西有深厚的感情，能够抛却当时人们的偏见，以客观的立场重新定位广西，认为广西虽然在文治教化和典章制度方面略微逊色于中原地区，但是"林壑岩洞之奇特，则凤称山水区者，亦或莫过之。"在桂林任上，汪森发现整个广西地区尚缺少一部完整的地方文学总集，于是尽力收集当地的府县志书等各种文献资料，并亲自寻访当地的古迹碑碣，"凡系粤西之事，形之诗与文者，抄撮成一编"①，可惜因"粤西迭经兵燹，书籍荡然"②，实际上能够收集到的府县志书十分有限，整理出的仅有清代编纂的临桂县志、得州府志、全州志、广西省志等几种地方志。汪森只得遍阅自己所带的书籍，抄录下来其中涉及广西的诗词，但所得也不是很多。康熙三十九年的秋天，汪森被朝廷任命为广西太平府通判一职，赴任途中他穿过了广西的平乐、苍梧、得州、南宁等地，他对于广西的认识由此更加直观和深入。

康熙四十一年（公元 1702 年），汪森因丁母忧而返回家乡，从此杜门谢客，专心进行广西历代诗词的收集和整理工作。通过查阅自己的家藏典籍，并得益于毛氏"汲古阁"所收藏的各省志书和地方志书籍，同时文坛领袖朱彝尊在寓居苏州时也多次向他提供有关广西的诗词及藏书。在多方帮助下，汪森夜以继日地收集整理有关广西的"历代史及诸家文集并类书小说"共计二千余种，并加以详细地校勘和汇编，终于编成了《粤西诗载》一书并付梓刻印。《粤西诗载》共 25 卷，30 余万字，共计收录了秦汉至明末涉及广西的诗歌3118 首、词 45 阙，涉及的作者 832 人，其中广西籍 56 人。此后，汪森还辑录了《粤西文载》共计 75 卷，专门收录秦汉到明末这一时段内有关广西的文章；还有《粤西丛载》共计 30 卷，用以辑录上起秦汉，下至明末有关广西的地理特色、物产情况、民族民情和逸闻趣事等。汪森所编著的《粤西诗载》《粤西文载》《粤西丛载》三部书合称为"粤西三载"，又被称为《粤西通载》。这三部大型丛书既是文学史上的重要典籍，也是记录广西自然资源和人文历史的珍贵

---

① （清）汪森编辑：《粤西诗载校注》第一册，桂苑书林编辑委员会校注，广西人民出版社 1988 年版，第 8 页。

② 同上书，第 5 页。

文献资料。

汪森自己论述编纂"粤西三载"的主要目的是希望"公诸同好","俾粤西之山川风土，不必身历而恍然有会；其仕于兹邦者，因其书可以求山川风土之异同，古今政治之得失；且以为他日修志乘者所采择焉。"① 在成书 70 多年之后，"粤西三载"受到了清乾隆一朝的极高评价，并被收入《四库全书》之中，纪晓岚认为其"所录碑版题咏之作，多志乘所未备"②，称赞"粤西三载"搜罗的文献资源相当广泛完备。沧海桑田，如今汪森在编纂"粤西三载"时所引用的典籍大多已经亡佚，然广西的历史文献有幸依托"粤西三载"而得以保存下来。"粤西三载"流传至今，所发挥的作用已经不仅仅局限于文学典籍，而是重要的地方历史文献资料，其中森罗万象、浩如烟海的诗歌所表现出的既有广西的山水奇丽秀美，也有地方民俗的多姿多彩，既有对广西当地人民勤劳务农的由衷赞美，也有对苛政时弊的无情揭露。诚如"粤西三载"的点校者所言："时至今日，就研究广西地方各项历史问题而言，在保存原始资料上，在资料的完备充实上，还没有超过它的著作。"③

自问世以来，《粤西诗载》就受到了世人的关注。前文所说的《粤西诗载》连同"粤西三载"另外两部丛书一并入选《四库全书》并获得主流文坛的积极评价可视为《粤西诗载》最早受到关注的开始。以 1988 年广西人民出版社《粤西诗载校注》的出版为标志，《粤西诗载》再次进入人们的视野。从此，学术界继续探究它的意义

---

① （清）汪森编辑：《粤西诗载校注》第一册，桂苑书林编辑委员会校注，广西人民出版社 1988 年版，第 8 页。

② （清）纪昀等：《影印文渊阁四库全书》，台湾商务印书馆 1986 年版，第 1 页。

③ （清）汪森编辑：《粤西文载校点》，黄盛陆等校点，广西人民出版社 1990 年版，第 1 页。

和价值，最具代表性的论文是梁超然的《略论〈粤西诗载〉的史学价值与美学价值》①，文章通过具体的诗歌举例分析，分别论证了《粤西诗载》的史学价值与美学价值。近十年来，关于"粤西三载"的研究主要集中于如下几方面：其一，整体性研究方面。首先是将"粤西三载"放置于整个文学史的发展进程中考量其独特的文学史意义，如马树良的硕士学位论文《历代广西风土诗研究》② 对广西风土诗进行整体性宏观研究，既考察横向的共性和差异，又研究纵向的发展和新变，较为详细地论述了广西风土诗在发展和演变中的脉络；钟乃元的博士学位论文《唐宋粤西地域文化与诗歌研究》③ 以《粤西诗载》为主要研究对象，从地域文化与地域文学互相关联的视角来对广西古代诗歌进行宏观、整体的研究。其次是基于个人视角的系统观照，如刘海波的《从〈粤西诗载〉看唐人对广西情感印象的演进》④ 以《粤西诗载》中的唐代诗歌为主要研究对象，从中勾勒出唐人对广西情感印象的演进轨迹，表明从初唐到晚唐，唐人对广西的好感是与时俱进的。其二，局部研究方面。首先是作家作品的个案研究。如罗媛元的《古代游宦诗人在广西桂东地区的文学书写》⑤ 梳理出《粤西诗载》收入的自秦汉至明末游宦桂东的 88 名诗人在桂东创作且吟咏桂东的诗作 212 首，分析了这些游宦诗人在桂东的文学书写流露出的迁谪之情，隐逸之念和用世之心；张维的

---

① 梁超然：《略论〈粤西诗载〉的史学价值与美学价值》，《广西民族学院学报》（哲学社会科学版）1988 年第 4 期。
② 马树良：《历代广西风土诗研究》，硕士学位论文，广西大学，2008 年。
③ 钟乃元：《唐宋粤西地域文化与诗歌研究》，博士学位论文，广西师范大学，2010 年。
④ 刘海波：《从〈粤西诗载〉看唐人对广西情感印象的演进》，《河池学院学报》2009 年第 4 期。
⑤ 罗媛元：《古代游宦诗人在广西桂东地区的文学书写》，《河池学院学报》2010 年第 4 期。

《略论柳宗元之于柳州的文化意义——"粤西三载"中明代人咏柳诗文的解读》① 通过对《粤西诗载》中明代文人吟咏柳宗元和柳州的诗文作品的解读,探讨柳宗元与柳州之间存在着密切的联系。其次是地域研究,主要论及广西独特的地域资源与文学创作之间的关系,如唐基苏、秦幸福的《〈粤西诗载〉中关于"兴安道中"的诗人及其诗作》② 选取《粤西诗载》收录的以"兴安道中"为题的诗作,由此观照这些诗作反映出的兴安一带的自然风光与民俗风物,印证出兴安一地曾是"一带一路"上连接中原的纽带;孔欢的硕士学位论文《地域视野下的唐代涉桂诗风貌初探》③ 以《粤西诗载》为主要研究对象,从地域文化视野的角度切入,对唐代涉桂诗作进行研究。

第二节 《粤西诗载》的贡献及意义

《粤西诗载》收录了上起汉代下至明末的诗歌作品,凡是涉及广西的诗歌基本都收集在内。"诗言志",诗歌是对现实生活的反映,《粤西诗载》所收诗歌真实记录了广西的风土人情、自然物产、历史事件和历史人物等,除了自身的美学价值和文学价值外,《粤西诗载》更是研究广西社会历史文化的十分珍贵的文献资料。因收录诗歌的朝代不同,后世读者可以从中清晰了解到历朝历代人们对广西认知的发展和演变轨迹,也能窥见各个朝代广西社会经济文化发展

---

① 张维:《略论柳宗元之于柳州的文化意义——"粤西三载"中明代人咏柳诗文的解读》,《社会科学家》2005 年第 6 期。

② 唐基苏、秦幸福:《〈粤西诗载〉中关于"兴安道中"的诗人及其诗作》,《中共桂林市委党校学报》2017 年第 3 期。

③ 孔欢:《地域视野下的唐代涉桂诗风貌初探》,硕士学位论文,西南大学,2016 年。

变化的情况。通体而言，《粤西诗载》的价值和意义可以从如下几方面考量。

一 对广西本土风貌的直观再现

《粤西诗载》中有大量的诗句对广西的山水进行了直接的描写，从中可以看到一幅幅描绘广西山水的美丽画卷，是对广西自然风光的客观再现。这些诗篇或用大写意的方式从整体上展示广西的奇山秀水，或用浪漫主义的手法竭力描绘广西山水的非凡气势，或以微观的手法聚焦某一特定的景观，用细微的审美眼光和细腻的笔触进行刻画。

以今天的眼光来看，《粤西诗载》不仅将描绘的笔墨倾注在至今仍闻名遐迩的山水胜地，更值得我们关注的是对未知领域景观的发掘，一些原本荒僻无人知晓的山水因此进入了人们的审美领域，如广西灵山县内的五峰山、左江地区的风光、宜山庆远等。这些广西的山山水水，在诗人愉悦欣赏的眼光下，充满了风物之美，让更多荒僻的地方通过诗歌走入更多人的视野，也为广西的风光增添了新的亮色。

除此之外，《粤西诗载》还对广西特有的地形地貌、珍奇物种进行了细致的描绘。这些广西的自然风光共同构成了广西人民世代居住的自然环境，也是广西本土文学发生发展的大背景。《粤西诗载》对于自然环境描述的文字，既具有文学的审美价值，也具有十分重要的史学价值，仍是当下研究广西山川名胜不可或缺的重要文献资料。

二 对广西地方历史的忠实记录

《粤西诗载》中有相当数量的诗歌真实记录了广西的历史，从中我们可以清晰了解到广西先民们的生存境况，有"史诗"的作用。这些作品中有对战争的厌恶和鞭挞，有对饱受战争创伤的普通百姓寄予的深切同情；也有对统治者横征暴敛的无情讽刺，以辛辣的笔端直接针砭时弊、鞭挞丑恶；还有对当时社会中存在的民族歧视现象的客观记录。

《粤西诗载》的诗歌作品直接或者间接地展现了许多历史人物的生平事迹等信息，为后世的相关研究提供了很好的佐证、旁证材料。对于部分人物的生卒时间、籍贯、任职经历、历史事件等存有争议的问题，起到了线索和印证的作用。通过《粤西诗载》，我们也可以直观看到历代外地人曾经在广西留有的足迹，这已成为研究广西流寓文学的天然资料库。

难能可贵的是，《粤西诗载》保留了对诸多在历史上对广西的发展做出杰出贡献的历史人物的记载。通过这些文字记载，后人可以了解他们的杰出事迹和高尚品格。如对马援、柳宗元、刘赞、陆绩等人的记载，这些人或维护了广西的安定团结，或推动了广西的经济发展，或促进了广西的文化交流和教育发展等，均对后世起到了激励和教化的作用。

三 广西形象在历史演变的轨迹勾勒

在《粤西诗载》收录的诗歌作品中有相当数量是由外地作家创作的，这些作品反映出外乡人对广西的印象和认知。通过这些诗歌作品，可以生动而形象地勾勒出从秦汉至明末清初时期人们对广西的认知轨迹。

在唐中期以前，由于广西地处偏远、远离中原文明，人们对广西的评价以负面和消极情绪居多；自唐中期以来，由于来到广西的中原文人日渐增多，人们逐步开始适应、接受、欣赏、融入广西。这些诗人的诗歌所表现的广西的山水风光、气候物产、风俗文化等，题材比较广泛，情感则比较复杂，从这些诗人作品中我们可以看到唐代广西社会经济发展情况。

宋朝时期的广西相对平静和安稳，尽管与中原地区相比仍有一定的差距，但已出现良好的发展势头。在宋代文人阶层中，除因为贬谪或外任而被迫来到广西之外，还出现了为云游赏玩而主动来到广西的情况。《粤西诗载》里就有不少宋代诗人描写广西各地奇绝秀丽的山水风景的佳作，宋人用饱含赞叹的眼光、深情热爱的感情和优美流畅的文笔描写八桂大地的山清、水秀、洞奇、石美。

元代统治时间较短，存世的文学作品相对较少，《粤西诗载》中收录的元人诗歌也很有限。总体来说，元代诗人对广西的印象依然是奇山异水多迷人。

随着元代后期统治的腐朽和黑暗，广西人民的生存境况也再一次走向凋敝，这一社会现实也真实反映在《粤西诗载》的相关作品中。

有明一代，中原对于广西的认知趋向于多样和全面，此时的文学作品呈现出风格多样、内容丰富的鲜明特征。这些诗歌作品大多通过吟咏自然山水的美丽奇特来抒发创作主体自身从容豁达、清净淡泊的人生态度。此外，也有诸多反映广西物产丰富和多样风俗的诗作。

四　区域治理的历史借鉴

在《粤西诗载》序文中，汪森明确提出希望编写此书能够使做官的同人"求山川风土之异同，古今政治之得失"。因此，《粤西诗载》对于广西一地的治理也有着重要的历史借鉴价值。其中体现出的民本思想、人才观念、边境管辖等治理之策，在今天仍有着重要的现实意义。

历史上的广西，也和当时的中原地区一样，以种植业为经济的基础。在《粤西诗载》的相关诗歌中也能体现出重视农业生产的例证：作品中明确提出了"民生百艺农为好"的观点，并且劝导人民群众种植农业作物"贵及时""休草草"，要辛勤劳作、不误农时。除了重视农业生产外，《粤西诗载》也表达了重视民生，关心人民疾苦的强烈意愿。

从《粤西诗载》各个时期的文献记载可知，大部分广西官员在任期间都高度重视对地方人才的培养。尤其是自唐宋以来的外来官员注意推行一系列惠民措施和治理措施，大力兴办乡村学校，为乡村学龄儿童接受教育创造了良好的条件，为文治教化的推行奠定了基础。

在《粤西诗载》中也有关于边境治理的记叙。以范成大为代表的当地官员重视边境治理，充分考虑粤西处于边境的特殊地理环境特征，对于粤西边境安定有威胁的地区多加观察和提防。同时引导和鼓励民众适当进行边境贸易。

本书定义为《粤西诗载》中的"风物研究"，其中"风物"取"民俗风情"及与之相对应的"物产和人群"之意。将结合具体的文本依照上述几个方面展开具体的阐述。

第一章 《粤西诗载》的创作主体研究

《粤西诗载》创作主体跨越的时间范围极为广大，类型也繁复多样。为便于研究，本章依照创作主体的主要文化身份将他们划分为贬谪、宦游、云游和本土四类文人群体，进行分别梳理和归纳。

第一节 贬谪文人

中国的贬官制度可追溯到上古的尧舜时期，到了唐宋年间，贬谪已发展成为针对犯罪行为尚未达到五刑量刑标准的有罪官员的重要处罚方式，并形成了越来越完备的制度。《通典·南蛮下》有言："五岭之南，涨海之北，三代之前是为荒服"[①]，唐宋时期，岭南包括广东、广西、海南以及越南一部分地区。岭南距离中原地区路途异常遥远、交通不便，自然气候和环境与中原地区迥异，气候恶劣、瘴疬肆虐，为少数民族聚集区，在历史上一度被视为蛮荒之地，因此成为古代贬谪和流放文人和官员的主要地区。杜佑在《通典》中

---

① （唐）杜佑：《通典》，中华书局 1984 年版。

明确指出岭南是"荒服"之地，即政府安置贬臣之地。

贬谪文学是伴随着文人或官员遭遇贬谪而产生的一种文学现象，其源头可追溯至先秦时期屈原的《离骚》和《九章》，及至唐代则开始兴盛。严羽在《沧浪诗话》中有言"唐人好诗，多是征戍，迁谪，行旅，离别之作，往往能感动激发人意"①，文人在贬谪过程中时常百感交集、心绪复杂，宦海的沉浮也造就了创作主体文思的涌动，从而产生出大量情真意切的优秀诗歌。

贬谪作家大致可分为两类，一类是因获罪被贬至广西为官的作家，另一类是贬谪途中路过广西的作家。现将属于上述两类且留下较多诗歌或具有代表性的作家按时间顺序做如下梳理。

一　朝代

（一）唐代

张说，武则天公元 703 年（长安三年）流放钦州，公元 705 年（唐中宗神龙元年）获得赦免得以北归。②

沈佺期，公元 705 年（唐中宗神龙元年），流驩州，五月途经陆州安海县安海（今广西东兴县西南），有诗本长安三年作，五月二十四日至安海遇北使，遂于诗前冠以小序《寄北使并序》以寄诗家人③。同年，赴驩州途中过容州鬼门关（今广西玉林容县），有诗《入鬼门关》；公元 706 年，遇赦北归途中曾宿廉州之越州城（今广西北海合浦），作诗《夜泊越州逢北使》④。

---

① 郭绍虞：《沧浪诗话校释》，人民文学出版社 1961 年版，第 198 页。
② （后晋）刘昫等撰《旧唐书·张说传》：（说）坐忤旨配流钦州。
③ （唐）沈佺期、宋之问：《沈佺期宋之问集校注》，陶敏、易淑琼校注，中华书局 2006 年版，第 88 页。
④ 翟海霞：《沈佺期驩州赦归考辨》，《青海师专学报》2005 年第 2 期。

宋之问，公元 706 年（唐中宗神龙二年）于泷州贬所获赦北归，道经湘源县（今广西全州）；公元 710 年（唐睿宗景云元年）流放钦州①。公元 711 年（唐睿宗景云二年），流钦州途中，过藤州西上；公元 711—712 年，由钦州至桂州，在桂州寄书与修史学士吴兢重托国史不错漏宋父令文事迹之事。公元 712 年晦日，流寓桂州；公元 712 年，自桂州赴梧州，经桂江悬黎壁；公元 712 年（唐玄宗先天元年），往返钦、桂、广诸州，经梧州时有诗；公元 712 年 10 月，唐玄宗即位时赐死于桂州②。

王维，公元 740 年在桂州（今桂林）以殿中侍御史身份充任补选副使③。

刘言史，元和初因事谪岭南春州，途经桂江，有诗留存。

窦群，公元 811 年（唐宪宗元和六年），贬谪开州刺史，公元 813 年（唐宪宗元和八年），移容管经略史，公元 814 年（唐宪宗元和九年）遇赦召回，于衡州时病逝。

柳宗元，公元 815—820 年（唐宪宗元和十年至元和十五年）外放任柳州刺史。公元 815 年赴柳途中至桂州，新任容管经略使徐浚尚未至，遂留诗以待，著诗《桂州北望秦驿手开竹径至钓矶留待徐容州》④。公元 815 年 6 月 27 日，至柳州刺史任，上表谢恩。公元 819 年，在柳州刺史任。公元 819 年 11 月 8 日，于柳州病逝。

李德裕，约公元 848 年（唐宣宗大中二年）被贬至崖州，途经容州鬼门关。

---

① 钟乃元：《唐宋粤西地域文化与诗歌研究》，博士学位论文，广西师范大学，2010 年。

② （唐）沈佺期、宋之问：《沈佺期宋之问集校注》，陶敏等校注，中华书局 2006 年版。

③ 张清华：《王维年谱》，学林出版社 1988 年版。

④ 柳宗元：《柳宗元集》，中华书局 1979 年版，第 1164 页。

（二）北宋

丁谓，公元 1023 年（宋仁宗天圣元年），初贬崖州司户参军，路过桂州。

王巩，宋神宗时，坐与苏轼游，贬监宾州盐税。

赵抃，公元 1041 年，以秘书丞通判宜州。公元 1042 年，在宜州，集诸生讲学于香山梵宇①。

苏轼，公元 1097 年（宋哲宗绍圣四年），贬海南儋州，后由儋州移廉州，途经梧州、藤州、容州、郁林州等地（同年苏辙贬雷州，途经梧州、藤州）。

秦观，公元 1097 年（宋哲宗绍圣四年），编管横州；公元 1098年（宋哲宗元符元年）除名，移至雷州；公元 1100 年（宋哲宗元符三年），赦免，卒于藤州。

邹浩，公元 1103 年（宋徽宗崇宁二年），编管昭州；公元 1105年（宋徽宗崇宁四年）移汉阳。

黄庭坚，公元 1104 年 4 月，赴贬地宜州，途经全州、桂林，有诗歌《到桂州》；公元 1104 年 5 月 18 日，至宜州贬所，任职期间，留下大量诗作，公元 1105 年 9 月 30 日，卒于宜州南楼②。

曾宏正，曾三聘之子。公元 1243 年（宋理宗淳祐三年），为广南西路转运使。

（三）南宋

王安中，宋钦宗靖康初贬为单州团练副使，象州安置。宋高宗即位，内徙道州。卒于绍兴四年。

孙觌，公元 1132 年（宋高宗绍兴二年），因盗用军钱罪除名，

---

① （清）罗以智：《赵清献公年谱》。
② 郑永晓：《黄庭坚年谱新编》，社会科学文献出版社 1997 年版。

于象州羁管。绍兴四年放还。

胡寅，公元 1132 年（宋高宗绍兴二年）流寓全州。

李纲，公元 1133 年（宋高宗绍兴三年）初贬谪海南，公元 1134 年（宋高宗绍兴四年），北返。往返皆取道粤西，留有较多诗作。

胡铨，公元 1138 年（宋高宗绍兴八年），以上书斥和议，乞斩王伦、秦桧、孙近，除名编管昭州。公元 1148 年（宋高宗绍兴十八年），改新州，移吉阳军。

汪应辰，公元 1139 年（宋高宗绍兴九年），因反对议和而被贬为建州通判，约绍兴二十一年前后通判静江府①。

胡舜陟，公元 1136 年，除徽猷阁学士知静江府兼广西经略安抚使。公元 1136 年，知静江府。公元 1136 年，易灵川县滑石泉名漱玉泉；公元 1140—1141 年，起知静江府，复为广西经略。公元 1141 年 4 月 28 日，诏令节制广东广西湖南三路兵马科②。

吴元美，公元 1150 年（宋高宗绍兴二十年），因忤秦桧除名，编至容州编管，卒于贬所。

徐梦莘，公元 1157 年，服除，调郁林州司户参军。公元 1180 年，除广南西路转运司主管文字，赐绯衣银鱼。公元 1181 年 5 月，夏至，游弹子岩，友人梁安世有题名。公元 1181 年 6 月 15 日，游潜洞，友人王卿月有题名。公元 1181 年 8 月，游冷水岩，友人梁安世有题名。公元 1181 年 8 月 15 日，中秋，讲乡会于湘南楼，过弹子岩题名③。

张孝祥，公元 1165 年 7 月，到达桂林，备李金起义军寇境。公

---

① 钟乃元：《唐宋粤西地域文化与诗歌研究》，博士学位论文，广西师范大学，2010 年。

② 胡培翚等：《胡少师年谱》。

③ （明）张鸣凤：《桂胜》卷二。

元 1165 年 8 月 15 日，任静江知府①。

（四）明代

严震直，字子敏，浙江乌程（今吴兴县）人。明朝工部尚书。公元 1395 年（明太祖洪武二十八年）因受牵连，降为监察御史。革广西盐运陋政。有吟咏桂林八景诗。

解缙，公元 1407 年（明成祖永乐五年），被贬广西，任布政使司右参议。有诗《过苍梧峡》。

顾璘，公元 1513 年，被贬至广西全州。留有多首吟咏广西亭台岩洞诗。

董传策，字原汉，号幼海，淞江华亭（今上海）人。因弹劾严嵩父子而下狱，惨遭拷打，会地震获赦，谪戍广西南宁，于公元 1558 年（明世宗嘉靖三十七年）到达南宁。

苏浚，明代晋江人。进士。万历间官广西左参政，后为副使。有风景诗四首。

明代大概有 50 位诗人被贬谪至广西，数量繁多，本章只列举了《粤西诗载》中收录诗歌创作具有代表性的几位诗人作为代表。清代谪宦最初的去处是东北，康熙在位期间平定准噶尔叛乱后，谪宦主要流向西北，即今天的新疆、内蒙古、甘肃等地，因此，东北和西北是明清谪宦的主要贬地②。鲜少有贬谪至岭南者，《粤西诗载》也未收录清代诗人的诗作，因此清代诗人暂未列入梳理范围之内。

二 写作特点

贬，损也。谪，罚也。被贬之人有些为"大凡政有乖张，怀奸

---

① 韩西山：《张孝祥年谱》，安徽人民出版社 1993 年版。
② 王雪玲：《两〈唐书〉所见流人的地域分布及其特征》，《中国历史地理论丛》2002 年第 4 期。

挟情，贪渎乱法，心怀不轨而又不够五刑之量刑标准者"，也有在政治斗争中失败被裹挟受牵连的无辜之人。贬谪之人的心态总体来说都经历了三个阶段，贬谪初期或途中时的挫败感和屈辱感，到达贬谪之地后对异乡异俗的不适甚至恐惧之情，以及贬谪后期越来越浓烈的思归怀乡之情。

贬谪初期或途中时的挫败感和屈辱感，来自贬谪前后身份的巨大差别或者蒙受冤屈的屈辱经历。

首先是身份的转变。在遭遇不幸前，这些诗人大多位列庙堂，身居朝廷要职，有的甚至位至宰辅，一人之下，万人之上，荣宠加身，风光无限，一朝失势，云泥之别。谪前与谪后，"昔如鹄矫云，今如兔罹罝"①，境遇之异判若两人。人人皆可随意轻贱，昔日身边攀附之人或树倒猢狲散，或落井下石，连朋友都相继远离。昔日受人尊崇依附、锦衣玉食、养尊处优的朝廷重臣一夜之间变成了"身着青衫骑恶马，中门之外无送者。邮夫防吏急喧驱，往往惊堕马蹄下"②狼狈不堪的罪臣，此情此景触目惊心，其中辛酸屈辱令人不禁掩面而泣。贬谪或流放途中更是艰苦难挨，日行百里的疲累和煎熬，小吏动辄的打骂，使人身体和心灵受到双重的折磨，如邹浩在其《闻彦和过桂州二首》（其二）中所描写的流人境况："削迹投炎荒，有吏督其後。一州一易之，稍缓辄訾诟。所历多官僚，岂无亲且旧。前车覆未遥，不敢略回盱。"③诗人内心的痛苦可以想见。柳宗元两次被贬，有"瘴江南去入云烟，望尽黄

---

① （清）汪森编辑：《粤西诗载校注》第一册，桂苑书林编辑委员会校注，广西人民出版社 1988 年版，第 60 页。

② 张籍：《伤歌行》，《全唐诗》卷 382，题注：元和中，杨凭贬临贺尉。

③ （清）汪森编辑：《粤西诗载校注》第一册，桂苑书林编辑委员会校注，广西人民出版社 1988 年版，第 60 页。

茅是海边"① 的孤独，也有"郡城南下接通津，异服殊音不可亲"②
的深深隔膜感。

其次是蒙受冤屈的苦难经历。这一类多为政治斗争中失败被裹
挟受牵连的文人，以初唐被贬诗人群为代表。唐神龙年间，张柬之
发动政变诛杀张易之和张昌宗兄弟二人，逼迫武则天退位。唐中宗
李显复位后清理二张集团的文人，一大批文人因此遭受贬谪，沈佺
期、宋之问等被贬谪至广西，他们都认为自己属于无辜遭贬，在接
到贬谪诏令奔赴贬地的过程中内心感到十分屈辱与愤懑。沈佺期曾
经是"黄阁游鸾署，青缣御史香。扈巡行太液，陪宴坐明光"③ 的
皇帝宠臣，"三春给事省，五载尚书郎"。而今一夜之间"忆昨京华
子，伤今边地囚"④，流放到岭南道的最南端驩州，"京华子"与
"边地囚"的身份悬殊差异，让他倍感委屈和屈辱。"死生离骨肉，
荣辱间朋游"⑤，与骨肉至亲的生离死别，往日身边攀附之人一哄而
散，连朋友都避之不及。贬谪途中"夜则忍饥卧，朝则抱病走"⑥，
委屈之情难以言表。宋之问被贬钦州，获罪被贬后也认为自己含冤
受屈。宋之问在诗歌中以虞翻之典自比贤臣，"虞翻思报国，许靖愿
归朝"⑦，虞翻之典指的是虞翻被毁谤，遭孙权放逐交州之事。宋之
问以忠而被谤的虞翻自比，抒发其内心冤屈的愤懑之情。贬谪途中
境遇也十分凄凄楚楚，在《发藤州》中自述"朝夕苦遄征，孤魂常

---

① （清）汪森编辑：《粤西诗载校注》第四册，桂苑书林编辑委员会校注，广西人
民出版社1988年版，第4页。
② 同上书，第8页。
③ （唐）沈佺期、宋之问：《沈佺期宋之问集校注》，陶敏、易淑琼校注，中华书局
2001年版，第97页。
④ 同上书，第117页。
⑤ 同上。
⑥ 同上书，第97页。
⑦ 同上书，第551页。

自惊"①，内心十分凄苦。

唐代"当朝师表，一代词宗"的张说，并未曾依附于张易之、张昌宗兄弟，仅仅因为秉持正言不愿颠倒黑白诬陷魏元忠谋反，得罪二张和武后而被流放钦州。《旧唐书》记载："时临台监张易之与其弟昌宗构陷御史大夫魏元忠，称其谋反，引说令证其事。说至御前，扬言元忠实不反，此是易之诬构耳。元忠由是免诛，说坐忤旨配流钦州。"② 坚守正义、敢于直言反而落得贬谪的结局，张说心中的委屈和失望可以想见，流放途中一首《石门别杨六钦望》道尽心中之失落与委屈：

> 燕人同窜越，万里自相哀。
>
> 影响无期会，江山此地来。
>
> 暮年伤泛梗，累日慰寒灰。
>
> 潮水东南落，浮云西北回。
>
> 俱看石门远，倚棹两悲哉。③

绍兴初孙觌编管象州，一路上失魂落魄，看到行行大雁北归，联想到自己却要去往陌生而又瘴疠横行的广西，心中顿生无限感伤之情，作《回雁峰》以抒发："吾生将安归，堕此瘴江浦。逐臣正南遊，倦鸟已北翥"④，感叹此行去国离乡，深感被贬的失落和对将至

---

① （清）汪森编辑：《粤西诗载校注》第六册，桂苑书林编辑委员会校注，广西人民出版社1988年版，第150页。

② （后晋）刘昫等撰：《旧唐书》，中华书局1975年版，第3050—3051页。

③ （清）汪森编辑：《粤西诗载校注》第三册，桂苑书林编辑委员会校注，广西人民出版社1988年版，第77页。

④ 钟乃元：《唐宋粤西地域文化与诗歌研究》，博士学位论文，广西师范大学，2010年。

的新环境的恐惧；至桂州时作《七星岩》，"十载污修门，簪橐侍帝垣。五云深莫窥，众星拱以繁。一坐犊背书，身落海上村"①，作《来风亭》"投老落蛮峤，暍死愁吴侬"②。诗作中透露出的深切的孤独与落寞，飘零与伤感，令人不忍听闻。

经历了贬谪初期的挫败与屈辱，等到抵达贬谪地后，诗人们的情感逐渐发生着转变，开始流露出对异乡异俗的不适甚至恐惧之情，变为声泪俱下的泣诉。沈佺期在过岭南地界时作《遥同杜员外审言过岭》：

> 天长地阔岭头分，去国离家见白云。
>
> 洛浦风光何所似，崇山瘴疠不堪闻。
>
> 南浮涨海人何处，北望衡阳雁几群。
>
> 两地江山万余里，何时重谒圣明君。③

首联所提到的"岭头"是指岭南岭北的分界线，"兹山界夷夏"，过了此岭即是"去国离家"唯有白云相伴，意味着远离了熟悉而又繁华的"洛浦风光"，千山万水奔赴十万大山瘴疠可怖之地骥州。连大雁飞至衡阳也便不再往南，而自己却要继续往南前进。此去经年，或许再也不能回来，相隔万里，不知道有生之年还能不能得到赦免重归朝堂。此中绝望与痛苦和对异乡的恐惧令人不忍闻之。过此岭后继续往西南前行，便进入了传说中的鬼门关，沈佺期又写下了一

---

① （清）汪森编辑：《粤西诗载校注》第一册，桂苑书林编辑委员会校注，广西人民出版社 1988 年版，第 92 页。

② 钟乃元：《唐宋粤西地域文化与诗歌研究》，博士学位论文，广西师范大学，2010 年。

③ （清）汪森编辑：《粤西诗载校注》第二册，桂苑书林编辑委员会校注，广西人民出版社 1988 年版，第 99 页。

首《入鬼门关》：

> 昔传瘴江路，今到鬼门关。
>
> 土地无人老，流移几客还？
>
> 自从别京洛，颓鬓与衰颜。
>
> 夕宿含沙里，晨行冈露间。
>
> 马危千仞谷，舟险万重湾。
>
> 问我投何地？西南尽百蛮。[①]

　　鬼门关地处偏远，环境恶劣，作者惊异地发现当地的人们皆短寿或早夭，可想而知异乡人来到这里更加难以适应，很少有能活着回去的。作者自从离开京城以后，终日愁思和惊惧导致头发斑白、容颜衰老，正可谓"艰难苦恨繁霜鬓"。天刚亮就要开始艰难地在毒草间前行，到了晚上也只能投宿在满是毒蛇虫蚁的地方。一路上骑马要经过千仞之深的危险山谷，坐船则要经过千回百转的险湾。历尽重重艰险却来到一个蛮荒之地，这一路上的艰难苦恨难以想象，沈佺期已经足够幸运，想来又有多少人未到贬谪之地就已饮恨殒命途中。

　　诗人对于贬谪之地的恐惧随着时间的流逝与日俱增，身边的一切对于他们而言都是如此的陌生，没有亲人和朋友，异乡，异俗，异语，恶劣的环境，使诗人们的身心都受到了双重的折磨，他们渴求摆脱现有的贬谪生活，对美好生活进行追忆，感叹岁月的流逝，感叹自己的容颜因忧愁而衰老，渴望回归帝都和家乡，思乡之情和渴求被赦的心情开始成为诗歌的主要表现内容。

---

　　① （清）汪森编辑：《粤西诗载校注》第一册，桂苑书林编辑委员会校注，广西人民出版社1988年版，第31页。

宋之问被贬至广西桂林以后，看到当地民族节日三月三的载歌载舞，心中百感交集，一首《桂州三月三日》道不尽这百转的愁肠：

> 代业京华里，远投魑魅乡。
>
> 登高望不极，云海四茫茫。
>
> 伊昔承休盼，曾为人所羡。
>
> 两朝赐颜色，二纪陪欢宴。
>
> 昆明御宿侍龙媒，伊阙天泉复几回。
>
> 西夏黄河水心剑，东周清洛羽觞杯。
>
> 苑中落花扫还合，河畔垂杨拨不开。
>
> 千春献寿多行乐，柏梁和歌攀睿作。
>
> 赐金分帛奉恩辉，风举云摇入紫微。
>
> 晨趋北阙鸣珂至，夜出南宫把烛归。
>
> 载笔儒林多岁月，濮被文昌佐吴越。
>
> 越中山海高且深，兴来无处不登临。
>
> 永和九年刺海郡，暮春三月醉山阴。
>
> 愚谓嬉游长似昔，不言流寓欻成今。
>
> 始安繁华旧风俗，帐饮倾城沸江曲。
>
> 主人丝管清且悲，客子肝肠断还续。
>
> 荔浦蘅皋万里馀，洛阳音信绝能疏。
>
> 故园今日应愁思，曲水何能更祓除。
>
> 作伴谁怜合浦叶，思归岂食桂江鱼。
>
> 不求汉使金囊赠，愿得佳人锦字书。①

---

① （清）汪森编辑：《粤西诗载校注》第二册，桂苑书林编辑委员会校注，广西人民出版社1988年版，第99页。

遥想自己以前曾经在京城为官，身边聚集了多少攀附之人，享受皇恩，平步青云，何等的风光无限。而如今却被赶出京城，投身在这魑魅魍魉之乡。回想起以前的种种，就好像是一场梦，然而顷刻之间再回首已沦为罪臣，被贬谪在这遥远的边地。清幽的管弦之声听起来也是如此的悲切，令人肝肠寸断。这管弦之音勾起了浓浓的思乡之情，而家乡的音信却是如此的稀疏。自己不求来使能够带来金银财宝，只要能得到家人的一封书信就心满意足了。这浓浓的思乡念归之情令人闻之动容。

沈佺期被贬驩州的诗作中，经常以"洛中""帝乡""京华"等代指帝都的意象，寄托抒发自己的思乡思归之情，情到深处甚至经常泪流满面。"搔首向南荒，拭泪看北斗"①，"帝乡遥可念，肠断报亲情"②，这些忧愁哀怨的字句无不透露着诗人对"何年赦书来，重饮洛阳酒"③ 的渴望。沈佺期思归之心切切，还曾梦到自己被赦，回到家乡洛阳与妻儿团圆吃饭的美好情境，梦境的美好更加反衬出现实的不堪，以至于刚从美梦中醒来时神情恍惚，分辨不出现实与梦境究竟哪个才是真实，待到终于痛苦地认清冰冷的现实，只能"肝肠余几寸，拭泪坐春风"④。宋之问经历两次贬谪，最终被赐死桂州，相比起很多贬谪诗人或长留当地，或卒于途中的遭遇，沈佺期无疑是足够幸运的，他最终得以遇赦北归，终于和家人团聚了。

---

① （唐）沈佺期、宋之问：《沈佺期宋之问集校注》，陶敏、易淑琼校注，中华书局2001 年版，第 97 页。
② 同上书，第 98 页。
③ 同上书，第 97 页。
④ 同上。

第二节 宦游文人

宦游指的是士人离开家乡而异地求官或做官的人生经历，如春秋时期孔子周游列国、游说诸侯，苏秦、张仪等纵横家为官而游皆属此类情况。《汉书·地理志下》有载，"及司马相如游宦京师诸侯，以文辞显于世，乡党慕循其迹"。唐宋以来，宦游已成为步入仕途的重要途径。唐代文人在登进士之前，往往有入节度军幕以为书记者，著名诗人高适、李商隐皆有此经历。因而，在古代文学的长河中不乏与宦游有关的文学作品，如王粲《登楼赋》、陈子昂《登幽州台歌》、李白《上韩荆州书》等。唐杜审言《和晋陵陆丞早游春望》诗："独有宦游人，偏惊物候新。"唐王勃《杜少府之任蜀州》诗："与君离别意，同是宦游人。"皆有此意。《粤西诗载》中收录了大量宦游诗人的作品，现将此类诗人按时代先后次序列举如下。

一 朝代

（一）唐前

舜，史称虞舜，《史记》："舜年五十摄行天子事，年六十一践帝位。南巡狩，崩于苍之野，葬于江南九嶷，是为零陵。"北宋《太平寰宇记》载，舜南巡时到过桂林城北一座孤山，并游览了北麓的水潭。

颜延之，南朝宋时人，公元384—456年，字延年，山东临沂人，与谢灵运并称"江左颜谢"。官至紫光禄大夫，于公元423年（南北朝时期刘宋少帝景平元年）被贬为始安郡（郡治在今桂林）

太守。

谢朓（公元 464—499 年），字玄晖，南朝齐陈郡守阳夏人。曾任宣城太守，人又称"谢宣城"。

（二）唐代

张九龄，公元 730 年（唐玄宗开元十八年至开元十九年）任桂州刺史兼岭南按察使。

戴叔伦，公元 788 年（唐德宗唐贞元四年），起家授容管经略招讨处置使兼御史中丞。

李渤，公元 825 年（唐敬宗宝历元年）被贬到岭南，任桂州刺史兼御史中丞，充桂管都防御观察使。

元晦，怀州河内（今河南沁阳）人，公元 842 年（唐武宗会昌二年）出任桂管观察使。

李商隐，字义山，号玉谿生，怀州河内（今河南沁阳）人。公元 847 年（唐宣宗大中元年）应桂州刺史兼桂管防御观察使郑亚之聘，掌书记，任观察判官。

韦瓘，公元 848 年（唐宣宗大中二年）任桂管观察使，寻除太子宾客分司东都。

张固，公元 855 年（唐宣宗大中九年）为桂管观察使。

（三）北宋

柳开，宋太宗端拱间知全州，公元 990 年（宋太宗淳化元年）知桂州。

陈执中，宋真宗时迁知梧州。

梅挚，公元 1034 年（宋仁宗皇祐元年）以殿中丞出知昭州（广西平乐）。

陶弼，字商翁，永州人（今湖南零陵）。先后任阳朔县主簿、柳州司理参军、阳朔县令、代理兴安县令，宾州、容州、钦州、邕州、顺州知州，留诗较多。

孙抗，约公元1049年（宋仁宗皇祐初年）迁广西转运使。

姚嗣宗，公元1049—1053年（宋仁宗皇祐年间），知浔州、龚州。

余靖，公元1052年（宋仁宗皇祐四年）知桂州，兼广南西路经略安抚使。

李师中，公元1058年（宋仁宗嘉祐三年），迁提点广西刑狱、权经略事。

黄照，仁宗嘉祐中，公元1064年（宋英宗治平元年）前后以屯田员外郎通判桂州。

章岘，福建浦城人。公元1064—1077年（宋英宗治平、熙宁年间）先后任岭南西道提点刑狱、广南西路转运使。有游记诗多首。

张田，公元1066年（宋英宗治平三年）移知桂州，兼广西路经略安抚使。

崔静，英宗治平末权同广西提点刑狱，与章岘同时。

彭次云，公元1058年（宋神宗元丰四年），以秘书丞为广南西路提点刑狱。

曾布，公元1078年（宋神宗元丰元年）知桂州，兼广西经略安抚使。

刘宗杰，公元1078年（宋神宗元丰元年），权发遣广南西路提点刑狱，与曾布同时。

刘谊，约公元1079年（宋神宗元丰二年）前后为管勾广西路常平，与曾布同时。

齐谌，公元1079年（宋神宗元丰二年）权提举广西常平，与曾布同时。

苗时中，公元1076年（宋神宗熙宁九年）为广西转运副使。公元1084年（宋神宗元丰七年）以直龙图阁知桂州。公元1087年（宋哲宗元祐二年），进宝文阁待制，兼管勾广南西路经略司。

蔡瑗，公元1088年（宋哲宗元祐三年）前后知梧州。

曹辅，公元1096年（宋哲宗绍圣三年）前后为广西提点刑狱。

梁子美，公元1096年（宋哲宗绍圣三年）由湖南提举常平除广西提点刑狱，有诗《刘仙岩和曹辅韵》。

李彦弼，公元1101年（宋徽宗建中靖国元年）任桂州教授、推官，历任代知府、通判、桂州军。

张庄，公元1106年（宋徽宗崇宁五年）权发遣广西路转运副使公事，公元1107年（宋徽宗大观元年）知融州，同年年底，权知桂州事，代王祖道任（参《桂林石刻》上册、《北宋经抚年表》卷五）。

毛衷，宋徽宗政和间知贺州。任满，值方腊起事，不得归，卒于贺州。

李昇之，约徽宗宣和末年为广西转运副使。

尚用之，公元1124年（宋徽宗宣和六年）任广西提点刑狱。后寓桂水东石佛、真教二寺，卒葬兴安。

张洵，公元1126年（宋徽宗靖康元年）为广西路提点刑狱，与尚用之等有《蒙亭唱和诗》。

吕源，公元1122年（宋徽宗宣和四年），以朝请郎提举广西常平。约公元1125年（宋徽宗宣和七年），知桂州，兼经略安抚使。

与张洵、尚用之等有唱和。

叶宗谔（一作叶宗向），与张洵、尚用之、吕源同时，有唱和诗。

（四）南宋

折彦质，公元1128年（宋高宗建炎二年），自知潭州改知静江府，公元1130年（宋高宗建炎四年）。

沈晦，约公元1138—1139年（宋高宗绍兴八年五月至绍兴九年二月）知静江府，公元1142—1145年（宋高宗绍兴十二年十二月至绍兴十五年）复知静江府。

任诏，公元1151年（宋高宗绍兴二十一年），知梧州。

吕愿中（《桂林石刻》作"吕愿忠"），公元1153—1155年（宋高宗绍兴二十三年九月至绍兴二十五年七月）知静江府。

赵宗德，高宗绍兴末、孝宗隆兴初知藤州。

贾成之，公元1164年（宋孝宗隆兴二年）横州通判任满，特令再任。公元1165年（宋孝宗乾道元年）卒。

张维，高宗绍兴初调贺州司理参军。公元1165年（宋孝宗乾道元年），擢广南西路提点刑狱，乾道二年，知静江府，在任至乾道五年。

徐安国，约孝宗乾道间知横州。

范成大，公元1172年（宋孝宗乾道八年）自中书舍人出知静江府、广西经略安抚使。

许子绍（字季绍，一作季韶），公元1174年（宋孝宗淳熙元年）通判静江府，与范成大有唱和。

吴儆，公元1174年（宋孝宗淳熙元年），通判邕州。公元1178年（宋孝宗淳熙五年），迁知州兼广南西路安抚都监。

张栻，公元1175—1178年（宋孝宗淳熙二年至淳熙五年）起知静江府，兼广西路安抚经略使。

方信孺，公元 1213 年（嘉定六年）任广南西路转运判官兼提点刑狱。

江文叔，公元 1186 年（宋孝宗淳熙十三年），提举广南西路市舶。

廖德明，约光宗绍熙初知浔州。

朱晞颜（《桂林石刻》作希颜），公元 1190 年（宋光宗绍熙元年）前后为广南西路转运判官；公元 1195 年（宋光宗绍熙五年）擢知静江府，兼广西路经略安抚使。

陈谠，公元 1195 年（宋宁宗庆元元年）知贵州。

林岊，宁宗嘉定间知全州，在郡九年。

江邦佐，公元 1210 年（宋宁宗嘉定三年）知浔州，四年知贵州，五年由知象州任罢。

崔与之（字正子），绍熙末授浔州司法参军。历通判邕州，知宾州。约公元 1213 年（宋宁宗嘉定六年）提点广西刑狱。

方信孺，公元 1213 年（宋宁宗嘉定六年）提点广西刑狱；嘉定九年，为广西路转运判官。

张自明，公元 1215 年（宋宁宗嘉定八年）教授宜州，公元 1216 年（宋宁宗嘉定九年）摄州事。与方信孺有唱和。

胡槻，胡铨之孙，约公元 1220—1222 年（宋宁宗嘉定十三年至嘉定十五年）知静江府。

赵必愿，宁宗嘉定中曾知全州。

赵师恕，公元 1235—1236 年（宋理宗端平二年至端平三年）知静江府，兼广西经略安抚使。

曾宏正，公元 1243 年（宋理宗淳祐三年）为广南西路转运使。

（参《桂林石刻》）

李曾伯，公元1249年（宋理宗淳祐九年），知静江府兼广西经略安抚使、转运使，淳祐十年罢；公元1257年（宋理宗宝祐五年十二月）复知静江府，至公元120年景定元年五月罢。

（五）元朝

张镇，延祐间官全州路学正。有多首广西风景诗。

李岩，元代乐昌人。治平中知象州。收诗《过清湘呈郡侯诸公》。

刘志行，元代江西人，进士，知镡津县。有桂林八景吟咏诗。

（六）明代

徐问，字用中，常州武进人，著有广西风土诗四首。

杨铨，明代华亭人。隆庆间官广西左参政。收诗《望江亭》《南薰亭》。

刘颖，明代临川人。正德间官广西巡按。有诗《望江亭》。

孔儒，明代嘉鱼人。成化间官广西庆远知府。有诗《庆远南山》。

桑悦，字民怿，明代常熟人。成化举人。正德间官广西柳州府通判。

唐胄，字平侯，明代琼山人。嘉靖间为广西提学。有诗《劝古田诸生归学诗》。

汪必东，字希曾，民贷崇阳人，进士。嘉靖间官广西左参政，分守左江。有诗《粤右督饷言怀》。

黄佐，字才伯，明代香山人。官广西金事提学，总督两广军务。著《广西通志》。

田汝成，字叔嗬，明代钱塘人。嘉靖间官广西右参政，分守右江。有诗《乌蛮滩》。

陈暹，字德辉，明代闽县人。嘉靖间官广西右参政。有诗《粤西松树》《登粤山谒诸葛庙》。

彭清，明代钱塘人。举进士。永乐十六年知容县，兴学校，修县志，著广西容县八景诗。

张瑄，明代高安人。官广西巡按。有诗《平南谣》。

二　写作特点

与贬谪文人因获罪遭贬而被迫来到广西不同，宦游文人来到广西则是为谋取官职或者交友而主动来此，所以虽然他们也有羁旅漂泊之感、思乡念归之情，但是面对同样恶劣的自然环境和陌生的地域环境，他们的心态与创作风格、创作倾向是完全不同的。贬谪文人更多的是对当地陌生而又恶劣环境的惊恐，对生存的担忧，对家乡和故里的思念，对赦免和北归的渴望，因此他们的诗作中充满了惊恐、不安、痛苦和忧思。而宦游诗人是主动地承担起治理一方的责任，需要用政绩来证明自己的政治能力，从而展示政治抱负或者人格理想。因此，他们的诗作中多为优美和谐的自然环境的描写，政通人和的人文环境的叙述。

宦游诗人有个人的抒怀吟咏之作，如李渤在桂州城南导泉为南溪，辟白龙洞、玄岩，有《南溪诗》《留别南溪二首》；元晦在叠彩山建越亭、岩光亭，有《岩光亭》《越亭二十韵》。有一个显著的特征，就是团体性的诗歌创作，多表现为群体性的宴集唱和。宦游诗人为拜谒权贵会创作一些合集以歌功颂德，或者作为一种与其他文人和官吏的交往方式，同时他们的大量创作又会引起其他文人的注意以隔空唱和。

宋代广西宦游诗人的宴集唱和活动较为频繁，两人及两人以上的唱和很常见。唱和的组织形式主要有两种：宴游组织者赋诗，同游和作；同游赋诗，组织者及其他同游和作。

曾布元丰元年（1078）开辟曾公岩，率僚属同游，转运使陈倩赋《曾公岩诗》（源流承袭孔门贤，姓氏今题洞穴间），广西经略使曾布、转运副使苗时中、提刑刘宗杰、提点刑狱公事彭次云、提举常平齐谌、管勾常平刘谊六人有次韵、和作①。

哲宗绍圣三年（1096），广西提刑曹辅（字子方）与新到任提刑梁子美同游刘仙岩（即南溪山元岩），赋诗唱和②。

靖康元年（1126），广西提刑张淘等游蒙亭，张淘作《蒙亭》（桂林山水冠湘衡，蒙亭正在山水旁），广西经略使吕源、张淘前任尚用之（时已离任，寓居桂州佛寺）、转运副使李升之、同游叶宗谔（一作向）并有和作③。

淳熙元年（1174），范成大帅桂时与僚属游雪观、西山、栖霞洞时均有唱和，范诗有《次韵许季韶通判雪观席上》《次韵陈仲思经属西峰观雪》（西峰，在桂林西山）、《与同僚游栖霞洞，极深远，中有数路，相传有通九疑者，烛将尽，乃还，饮碧虚上，陈仲思用二华君韵赋诗，即席和之》，许季韶、陈仲思等人诗今无存④。

庆元元年（1195），广西经略使朱晞颜与广西转运判官胡长卿同游南溪山白龙洞，赋诗唱和⑤。

约开庆景定间，广西经略使李曾伯率五人登千山观，赋诗唱和⑥。

一些唱和活动所产生的诗作颇多，几可编集，但因失于保存，

---

① 桂林市文物管理委员会：《桂林石刻》上册，1977年，第62—64页。
② 同上书，第143页。
③ 同上书，第118—120页。
④ 钟乃元：《唐宋粤西地域文化与诗歌研究》，博士学位论文，广西师范大学，2010年。
⑤ 桂林市文物管理委员会：《桂林石刻》上册，1977年，第226页。
⑥ 同上书，第313—314页。

今亦未能一睹其盛。如宁宗嘉定中广西经略使胡槻与幕僚刘克庄的唱和，据林希逸《宋龙图阁学士赠银青光禄大夫侍读尚书后村刘公状》："八桂胡公槻以经司准遣辟，公辞地远，魏国（按，刘克庄母）力勉之。八桂佳山水，胡与公倡酬几成集。"（《竹溪鬳斋十一藁续集》卷二十三）① 宦游诗人于各种游赏、宴集、唱和中所创作的作品，大大活跃和繁荣了广西的诗歌创作，开辟了广西诗坛的一个新的领域。无论是从诗人人数还是从作品数量上来说，宦游诗人都要多于贬谪诗人，他们的创作也给广西诗坛注入了新鲜的血液和蓬勃的活力。

唱和诗既是诗人之间的一种文学交流活动，又是维系情感和交流情感的一种方式。以朱晞颜、胡长卿游白龙洞唱和诗为例：

> 小溪漱碧响潺潺，路入龙宫杳霭间。
>
> 佳节漫添新白发，故人赖有旧青山。
>
> 花朝几共湘南醉，萍迹何年岭北还。
>
> 归路联镳红日晚，多惭龙卧白云间。

——朱晞颜《庆元改元寒食日，陪都运寺丞游白龙洞，时牡丹盛开，小酌岩下，夕阳西度并辔而归》②

> 悬崖怪石水潺潺，宜有神龙隐此间。
>
> 穷胜不妨归险洞，寻春那止看群山。

---

① 钟乃元：《唐宋粤西地域文化与诗歌研究》，博士学位论文，广西师范大学，2010年。

② （清）汪森编辑：《粤西诗载校注》第四册，桂苑书林编辑委员会校注，广西人民出版社1988年版，第153页。

攀龙行即天边去，跃马聊同野外还。

好景良辰适相会，一樽聊共水云闲。

——胡铨《禁烟日陪经略焕章丈游白龙洞得所赋新诗次韵以呈》①

寒食佳节两人一起游白龙洞赏花，推杯换盏，面对美景，朱晞颜感叹岁月匆匆，白发新添，有思乡念归之情，隐隐伤感之情流露。而胡长卿却是不一样的心态，劝慰好友面对如此美景乐事，不如策马赏玩欣赏良辰美景游山玩水，纾解内心，享受生活。

从唱和诗的风格来看，诗人在一定程度上表现广西山川风物的地域特征，但同时又融合了中原文化的特色，实际上是宦游诗人所代表的外来文化与地域文化相融合的文学产物。以陈倩、曾布等七人曾公岩唱和诗为例：

游曾公岩

源流承继孔门贤，姓氏今题洞穴间。

傅说功高傅岩野，谢安名著谢公山。

激泉救旱为霖雨，磨石书勋破海蛮。

应共白云同一意，帝乡归去未能还。（陈倩）②

和　韵

从事区区厌独贤，寻幽深入翠微间。

旋开榛莽东郊路，偶得神仙旧隐山。

①（清）汪森编辑：《粤西诗载校注》第四册，桂苑书林编辑委员会校注，广西人民出版社1988年版，第103页。

② 同上书，第78页。

都峤三天临漳水，灵岩十里接溪蛮。

何如咫尺邻风穴，杖屦时时一往还。（曾布次韵）①

题曾公岩

红斾寻幽东郭傍，泉岩新得冠殊方。

一川气象天开作，万古荆榛地蔽藏。

崖穴乍惊堂室辟，榜名知与日星长。

异时人指溪桥水，思爱还同召伯棠。（苗时中和韵）②

游曾公岩

谢公高兴在东山，寻得仙岩郡邑边。

万朵连峰凝碧乳，一溪鸣玉逗寒泉。

由来物外无尘景，须信壶中有洞天。

岭服已安襃诏近，莫将归梦更留连。（刘宗杰和韵）③

游曾公岩

目击烟霞昼卷舒，披榛敲石得蓬壶。

洞天日月千年久，人世尘埃一点无。

灵药难寻云缥缈，落花不见水萦纡。

使君凤阁翱翔近，谩与东山作画图。（彭次云和韵）④

---

① （清）汪森编辑：《粤西诗载校注》第四册，桂苑书林编辑委员会校注，广西人民出版社1988年版，第79页。

② 同上书，第88页。

③ 同上书，第89页。

④ 同上。

游曾公岩

天作地藏知几年，公来因得茂林间。

谁言物外真仙境，秖接人居近郭山。

石乳望中苍玉坠，泉源深处卧龙闲。

行看再为苍生起，乘兴从容重返还。（齐谌和韵）①

游曾公岩

寻得新岩冠一州，使君从此作鳌头。

千年草莽埋幽致，今日衣冠成胜游。

洞穴已能惊俗眼，神仙须合隐浮丘。

主人将为商霖起，还许微官卜筑不。（刘谊和韵）②

　　诗人们称赞曾布所开拓的曾公岩的幽奇、秀美，将其视作神仙神隐之地，仙家之洞天，物外之仙境，仙人隐浮丘，其中寄托的是士大夫高洁高雅的意趣，同时又是广西山水岩洞诗描写的惯用手法；面对曾布担任广西经略使时的政绩功德，诗人将之誉为孔门贤人曾参之后，以贤相谢安相比之，以传统文化喻广西之事。相对于本土诗人由于过于熟悉而疏于表现的写作特征，宦游文人反而着力于展现广西文化，贬谪诗人由于情感上的不认同更多的抱有一种鄙夷的态度或倾向于负面的描写，宦游诗人却在很大程度上弥补了不足，从正面突出了广西的地域文化特征。这应当算是宦游诗人对广西诗歌创作甚至是广西文化的一大突出贡献。

---

① （清）汪森编辑：《粤西诗载校注》第四册，桂苑书林编辑委员会校注，广西人民出版社1988年版，第90页。

② 同上书，第91页。

第三节　云游诗人

云游本意为如云朵般地飘动浮游，多指僧人道士漫游四方、行踪不定。本节以此指代因赏玩、游乐或访亲探友而来到广西的历代诗人。

一　朝代

（一）唐前

范云，南朝梁人。有诗《酌修仁水赋诗》《咏桂树》。

释玄逵，隋朝人，曾云游至广西。

（二）唐代

张籍，公元768—830年，字文昌，东郡（今河南濮阳）人，22岁起漫游各地，到过岭南，留下《蛮中》《岭外逢故人》等关于广西的诗歌。

（三）宋代

戴复古，公元1236年春，游广西，访陈汶。

（四）元代

刘志行，元代江西人，知镡津（在今广西藤县），工吟咏，著有《梅南集》。其咏桂林八景诗写得甚优美。

（五）明代

李棠，字宗楷，明代缙云人。景泰时巡抚广西，提督军务。有《燕清》八首。

管大勋，明代鄞县人。万历间官广西右布政使，转左，十三年为右参政，分守桂平。有诗《朗吟亭》。

二　创作特点

云游诗人的心态，不同于贬谪诗人、宦游诗人及本土诗人，他们来广西的目的大概可以分为游玩、路过，或者走亲访友，因此他们的诗歌没有过多地夹杂个人情感或者身世之感，更多的是以一种游历和欣赏的态度去观照自然山水，他们的笔下所描绘的广西是相对客观和自然的。

来桂云游的诗人大多心情相对轻松愉悦，没有公事的烦扰，广西的绮丽秀美的山水风景更加让诗人身心愉悦，惊喜赞叹，常常令诗人不吝笔墨大加赞赏。自古便有"桂林山水甲天下"之称的桂林更是得到了云游诗人的浓墨重彩的描绘，如唐代张籍的《送人之临桂》中"旌旗过湘潭，幽奇得遍探"，写出广西山水异于其他地方的幽奇，以及"有地多生桂，无时不养蚕。听歌难辨曲，风俗自相谙"[①] 等异于北方的农业习俗及歌调。

又如宋代戴复古来广西访友游经桂林，一入桂林便被桂林独特的美景深深地吸引，"好山历历在人眼"，称赞"桂林佳绝处"，突出了对桂林山水美景的赞叹，"湖上千峰立"，形象地突出了桂林山之多，"山好石骨露，洞多岩腹虚。峥嵘势相敌，温厚气无馀。可惜登临地，春风草木疏"[②]，写出了桂林山水的俏丽，以及山奇、石丽、岩洞遍布等特点，还点明了桂林气候温和的特点。戴复古另有一首岩洞诗《玉华洞》，称赞桂林"岩洞甲天下"，"奇奇怪怪生，妙不可模写。玉华东西岩，具体而微者。神功巧穿

---

① （清）汪森编辑：《粤西诗载校注》第三册，桂苑书林编辑委员会校注，广西人民出版社1988年版，第93页。

② 同上书，第165页。

凿，石壁生孔罅。玲珑透风月，宜冬复宜夏。中有补陀仙，坐断
此潇洒"①，用质朴的语言描述了桂林岩洞形态之奇，姿态之妙。

此外，云游诗人也客观真实地描绘了广西的自然气候，民俗风
情等。如张籍写到广西异于内地的气候环境"铜柱南边毒草春"，
"瘴水蛮江入洞流"，"青山海上无城郭"，"人家多住竹栅头"，点明
当地居民居住条件的恶劣，也描绘了广西少数民族妇女"玉環穿耳"
的独特装扮，以及"迎海神"的习俗。

第四节　本土诗人

自唐代开始，广西的本土诗人群体逐步发展壮大，他们对广西
的山山水水和民俗风情带有天然的熟悉和热情，成为讴歌广西的最
富活力的创作群体。

一　朝代

（一）唐五代

曹唐，字尧宾，晚唐临桂人。初为道士，有诗名。太和中举进
士，累为诸府从事。收诗 3 首。

曹邺，字邺之，唐代阳朔人。大中进士。有诗名，一时诗人如
郑谷辈皆自以为不及。收诗 8 首。

欧阳宾，晚唐人，桂州灵川县人。有诗《訾家洲》。

梁嵩，五代南汉龚州平南县人。五代十国南汉白龙元年（公元
925 年）状元，有诗《殿试荔枝诗》。

---

① （清）汪森编辑：《粤西诗载校注》第一册，桂苑书林编辑委员会校注，广西人
民出版社 1988 年版，第 114 页。

（二）宋代

周渭，字得臣，宋代昭州恭城人。太宗初为广南诸州转运副使。有诗《叠秀山》。

石仲元，宋代桂林人，居七星山为道士，负能诗名，著《桂华集》，有诗《寿阳山》。

徐噩，字伯殊，宋代白州人（今广西博白县）。仁宗朝乡举，摄宜州，讨区希范有功，授白州长史。有诗《绿珠渡》。

李时亮，字端夫，宋代博白人。嘉祐进士。知廉州。善属文，尤长于诗，与陶弼赓和，诗号《里陶集》。

雷隐翁，名本，宋代桂州人。少磊落不群，举进士不第，后隐罗浮。有诗《湘山寺》。

林通，字达夫，宋代广西贺州富川人。仁宗时为御史，素工诗。有诗《穿石岩》。

韦旻，宋代广西田州上林人，应举不第，隐居罗洪洞，自号白云先生。有诗《和陶弼思柳亭韵》。

陶崇，字宗山，宋代全州人。嘉泰中举进士。历仕两广召试馆职。收诗《访僧云归庵》《笔山》。

（三）明代

陈政，明代宣化（今广西南宁）人。永乐二十一年癸卯科举人。官主事。

易宗周，明代临桂人。有诗《桂门行》。

包裕，字好问，明代桂林人。有诗《麦黄歌》。

戴钦，字时亮，明代马平（今广西柳州）人。有诗《金瓯完》。

甘泉，明代广西贵县人。成化举人。有诗《游南山》。

张宪，明代广西荔浦人。有诗《鼓架浮晴》。

二 写作倾向

广西本土诗人的诗歌最突出的特点是关注地域文化,吟咏广西的风景名胜抒发乐游之情,缅怀人文历史等。如郁林诗人陈献文咏桂平《铜鼓湾》,看到"青山绿树江天小,鱼跃鸢飞眼界同"[①],触景感怀"昔年谁此寄行踪",咏叹一代名将马援在此为国浴血征战却遭人诬陷,到头来却落得个"云台还好像无功"的结局;咏博白《宴石仙桥》以及博白八景(《粤西诗载》卷十六),欲凭眼前美景"寻幽访古生平事",寻仙悟道。兴业诗人莫相所咏《游铁城》(《粤西诗载》卷十九),缅怀铁城古迹,感叹浮生短暂。灌阳诗人李宗节任荔浦教谕时与荔浦知县游览鹅翎岩,有《游鹅翎岩次韵》(《粤西诗载》卷十九),吟咏鹅翎岩"石岩拾翠","古洞埋尘"的自然美景,对云调琴,月影下著。广西举人朱绍昌咏《游罗秀山》(《粤西诗载》卷十七),寄情自然山水,踏景追怀仙人足迹欲求佛问道。

本土诗人不仅吟咏广西风景,对养育自己的家乡也进行了自觉地描绘和反复吟咏,对家乡胜景的热爱之情溢于笔端,他们笔下的风景所呈现出来的状态不同于贬谪诗人眼中的奇崛、怪异甚至恐怖,不同于宦游诗人带有政治色彩的歌咏,亦不同于云游诗人的奇特,而呈现出一种自然、随性、美妙与亲切之感。

如全州诗人蒋昇、蒋冕、陈瑶、陈琬、舒应龙、舒弘志、曹学程咏全州湘山,有诗《春日湘山登眺》(《粤西诗载》卷十六),《游湘山》(《粤西诗载》卷十八),《九日湘寺登高》《湘山小馆即事》(《粤西诗载》卷十九)游全州湘山寺、柳山书院、漱玉岩、礵岩(《粤西

---

① (清)汪森编辑:《粤西诗载校注》第五册,桂苑书林编辑委员会校注,广西人民出版社1988年版,第76页。

诗载》卷十六），舒应龙咏傍晚时分湘山寺尘器初定"山径猿题初上月，石床僧定恰归云"① 的静谧，在这一派静谧之境中心如止水，得象外之真谛；蒋昇咏湘山寺"闲随玉杖看溪云，远径松阴护薛纹"，"胜地隔城巉咫尺，中天积翠欲平分"② ，在盛景中"漫寻芳览散尘气"（《游湘山寺》）；咏漱玉岩之神秘，竹杖芒鞋扫石寻妙墨，漫步美景中似化身游仙，对家乡美景的热爱之情溢于言表；游柳山书院缅怀柳开，表达对古人开一代之风气的崇敬之情。蒋冕"近郊山不厌频登"几游湘山和柳山著诗数首，在湘山美景中"雨晴正好看山色，对酒高吟暮不归"③ ，以"涤尘襟"；游柳山咏叹柳开之德化，"春回岩壑清幽处，人在烟霞杳霭间"④ （《再次韵游湘山》），在家乡山水间寻求心灵的宁静，汲取先贤的明德；陈瑶咏湘山美景"烟花缥缈诸天近，云树苍茫万壑低"⑤ ，生动地写出了湘山的美与高耸，陈琬沉醉于湘山美景流连忘返"尘心半落夕阳前"（《春日湘山远眺》）。

本土诗人亦喜以组诗的形式吟咏家乡景观群，全方位地展现家乡美景，如桂平诗人龙国禄咏桂平八景《白石洞天》"矗立双峰势欲腾，斗杓南指白云层"⑥ 之峻美、《罗丛岩月》"平原突出玉芙蓉，洞壑阴森薜荔封"⑦ 之奇、《南津古渡》"烟雨不辞归路滑，晚风吹彻赴墟尘"⑧ 之清幽、《铜鼓滩声》"喷峡轰雷破浪开，观涛疑自广陵来"⑨

---

① （清）汪森编辑：《粤西诗载校注》第五册，桂苑书林编辑委员会校注，广西人民出版社1988年版，第370页。

② 同上书，第44页。

③ 同上书，第50页。

④ 同上书，第52页。

⑤ 同上书，第56页。

⑥ 同上书，第34页。

⑦ 同上书，第35页。

⑧ （清）汪森编辑：《粤西诗载校注》第六册，桂苑书林编辑委员会校注，广西人民出版社1988年版，第36页。

⑨ 同上书，第37页。

之壮观。(《粤西诗载》卷十九)博白诗人秦之琼咏博白《温泉》(《粤西诗载》卷十九),李宗仁咏博白八景之一《将室朝烟》(《粤西诗载》卷十九);马平(今柳州市)诗人戴钦《游老君洞二首》,郁林诗人杨英淑咏郁林《题安远桥二首》(《粤西诗载》卷十六)。

　　元、明时期广西本土诗人集中地吟咏本地的风景名胜,是他们关注地域文化的意识进一步增强的体现。本土诗人地域文化意识的增强,极大地推动了广西文化的发展,为我们展现了独具魅力和特色的地域文化。

第二章 《粤西诗载》中的史学价值

"文章合为时而著，歌诗合为事而作"，诗歌是各个时期社会生活的真实反映和文字记录，通过诗歌的描绘，后世可以窥见各个不同历史时期的片段和底色。立足于现实主义创作的《粤西诗载》是一部生动反映广西社会生活方方面面的诗歌总集，不仅具有丰富的美学和文学价值，对于后人研究广西历代的政治、经济及文化同样具有宝贵的史料文献价值。

第一节 对广西本土风貌的客观讲述

《粤西诗载》的史料价值首先体现在创作主体用各种各样的艺术手法描绘出广西自然山水的秀美奇丽，北至全州，南达合浦，东自梧州、贺州，西抵龙州、上林，许多广西地区的幽丽佳胜，都在《粤西诗载》的作品中得到了真实客观的描写和反映。细读这些诗歌，展现在眼前的就是一幅优美详尽的广西山水宣传画册，令人不禁心驰神往。

一　对广西山水等自然风光的客观描述

汪森认为广西的"声明文物之盛"与中原相比稍逊一筹，但是如果说广西的山水风景的奇丽以及岩洞峰峦的特色，则即使和素有名气的山水名胜地区相比，广西也是毫不逊色甚至略胜一筹。其编录的《粤西诗载》是辑录有关广西的人、事、物的诗歌总集，自然对于广西的山水多有涉及。对于广西的秀美风景，范成大在《桂海虞衡志》中就盛赞其"桂山之奇，宜为天下第一"；著名的"桂林山川甲天下"则是宋人李曾伯首先有此感叹，明人董传策也说"粤西山水甲天"；在与其他名山大川比较之后，宋人李纲则说"雁荡武夷何足道，千岩原是小玲珑。"如此例子不胜枚举，诗人们普遍认为广西的山水风光确实远胜于其他名山大川。自然而然，历代来到广西的诗人们，都会被广西的自然美景所折服，并纷纷写诗抒发自己沉醉于美景的情感。虽然这些诗歌艺术价值良莠不齐，但从中都可以看到广西山水画的剪影，是对广西自然风光的历史记录。如果说唐代著名的诗人杜甫有"五岭皆炎热，宜人独桂林。梅花万里外，雪片一冬深。"[①] 还只是赞美不那么"典型"的广西桂林的气候色彩，则韩愈的"江作青罗带，山如碧玉簪。"则写出了广西山水的亮点，李商隐也有"城窄山将压，江宽地共浮。"写出广西山多水多的实况，许浑的"瘴雨欲来枫树黑，火云初起荔枝红。"又点明了广西特有的自然现象——瘴气，等等。专门吟咏广西的诗歌和涉及广西的诗歌中，既有对于广西名胜古迹的题唱，也有关于广西自然风光的刻画，有广西特色物产的描绘，也有对于风土人情的记

① （清）汪森编辑：《粤西诗载校注》第三册，桂苑书林编辑委员会校注，广西人民出版社1988年版，第80页。

载，其中关于广西自然风景和名胜景区的诗歌数量最多，如比较著名的有宋代秦观的《江月楼》、明代解缙的《七星岩》、清代刘昭汉的《融州八景》等，均是脍炙人口的名篇。唐代之后有更多的诗人来到广西，自然留下许多的诗篇。如明代的董传策写有《粤西山水歌》：

> 粤西山水甲天下，蜀中险绝此其亚。
>
> 珑涛飞出水晶宫，龙齿潺湲舟底窄。
>
> 仰视流水一窍通，众石尖尖撑太空。
>
> 烟岚直罩星斗落，目中半是参天峰。
>
> 峰势参天江欲泻，悬崖缥缈灵根射。
>
> 削如玉笋秋不凋，突如长枪锋倒挂。
>
> 岩洞玲珑何太奇，訇然中开峙两仪。
>
> 疑有神斧凿其穴，牵连秘诡光陆离。①

这首诗写得气势磅礴，雄伟壮观。全诗并没有对广西山水进行具体的细致刻画，而是采用写意方式，展现广西山水的山奇水秀奇丽玲珑，让读者于朦朦胧胧似是而非中感受广西山水。诗人借鉴了李白的写作特色，用丰富大胆的想象力，佐之以夸张的艺术手法，竭尽所能来描绘广西山水的奇特之处和非凡气势。

宋代的邹浩也有《画山》：

> 扫成屏障几千春，洗雨吹风转更明。

① （清）汪森编辑：《粤西诗载校注》第二册，桂苑书林编辑委员会校注，广西人民出版社 1988 年版，第 303 页。

　　应是天公醉时笔，重重粉墨尚纵横。①

　　虽然全诗只有短短四句，但是其中的气势和韵味与上面董传策的"鸿篇巨制"艺术效果相近。诗人咏唱的是广西著名的自然景观九马画山，在桂林阳朔境内，是十分有名的漓江山水典型代表景观。诗人同样没有工笔刻画九马画山的细节图，也没有描绘"九马"形象，而是用豪迈不羁的"扫成屏障"，用"天公醉时笔"来形容漓江画山的独特气势，极富视觉冲击力。

　　从整体上写意表现广西山水的诗篇固然多，从某一细节或者咏叹某一处风光的诗篇也相当可观。诗人们也擅长从广西的山山水水、千山万壑、江溪水流中，用艺术的审美眼光和忠实的笔触选取他们最喜爱的、感受最深的某一处景色进行描绘。比如广西最出名的漓江，俞安期有《初出漓江》：

　　桂楫轻舟下粤关，谁言岭外客行艰？
　　高眠翻爱漓江路，枕底涛声枕上山。②

　　诗人当时是从桂林乘船到梧州粤东地区去的，顺着漓江乘船而下，诗人的心情并不是"岭外客行艰"的，而是十分轻松愉悦，并能享受这段漓江路，躺在船上，感受着船下面的江水声音，抬起头则看到两岸缓缓退去的青峰，可以说是"人在画中游"了，给读者展现出来的是一幅充满优美诗意的漓江画卷。

――――――――――

　　① （清）汪森编辑：《粤西诗载校注》第七册，桂苑书林编辑委员会校注，广西人民出版社1988年版，第44页。
　　② （清）汪森编辑：《粤西诗载校注》第八册，桂苑书林编辑委员会校注，广西人民出版社1988年版，第94页。

随着时间的推移，广西的自然风光被更多人发掘。元代的麦澄写有《藤江》：

> 桃花浪暖锦鳞肥，白发渔翁罢钓归。
> 柳底系船篷底坐，满前鸥鹭已忘机。①

该诗咏叹藤州的幽静情致，通过一系列恬美宁静的意象，闲适的桃花、浪花、鱼、柳、小船、鸥鹭，以及坐在小船里的闲人等共同构成了安然脱俗、恬淡幽静的意境，徜徉在如此闲山逸水中，让人忘却一切功利心，一种隐逸的情怀不禁涌上心头。

明代的孟洋有《月牙岩》：

> 翠微峭拔倚天表，半轮月照桂江小。
> 岩头黄鸟栖高枝，一声啼破千山晓。②

前面的《藤江》以诗意取胜，这首《月牙岩》则以画意呈现。"诗中有画、画中有诗"，读这首诗就仿佛看到了高大峻峭的山峰直插天际，半轮圆月好像离人那么近，照耀在桃花江上显得江无比小巧，如此万籁俱寂中，一声黄鸟的叫声惊起了千山万壑，这幅静态山水画仿佛一下子动了起来，变得生机盎然。

广西著名的山水不乏专门描绘它们的作品，而那些荒僻无人知的山水也逐渐进入诗人们的审美领域，比如少有人知的广西灵山县

---

① （清）汪森编辑：《粤西诗载校注》第七册，桂苑书林编辑委员会校注，广西人民出版社 1988 年版，第 164 页。

② （清）汪森编辑：《粤西诗载校注》第三册，桂苑书林编辑委员会校注，广西人民出版社 1988 年版，第 278 页。

内的五峰山，明代诗人傅汝舟《题五峰》：

　　　　平野猎归风色暮，五峰回处石门高。

　　　　穿岩村老多燃炬，供酒狼家尽带刀。

　　　　云气乍飞山下雨，松声遥卷峡中涛。

　　　　不堪仙灶埋幽草，极目丹崖思独劳。①

　　五峰山本来偏安一隅，不被人所知，更绝少有人写诗咏叹，而诗人用浓墨重彩描绘了五峰山的景色，尤其是"云气乍飞山下雨，松声遥卷峡中涛"，气势壮阔雄浑，发掘其壮美的一面，难能可贵。

　　同样，左江地区的风光也进入诗人的眼帘。谢少南《左江道中》：

　　　　远水涵天漾色同，草堤沙碛并连空。

　　　　行人独往迎斜日，归鸟双飞趁晚风。

　　　　海近潮痕常带绿，岁穷山果不凋红。

　　　　裁书欲寄湘南鲤，矫首徒招塞北鸿。②

　　虽然在诗中诗人表达了对于"裁书欲寄湘南鲤，矫首徒招塞北鸿"的思乡怀人的情感，但是仍然充满爽快的情调来描写左江沿岸的美景，尽管左江在荒僻的边境地区，但是诗人并不觉得左江荒芜破败，而是风景明丽、景色喜人，斜日生辉，归鸟眷林，临江两岸常年带绿，即使年成不好也不能阻挡山果成熟，富有诗情画意。

---

　　① （清）汪森编辑：《粤西诗载校注》第五册，桂苑书林编辑委员会校注，广西人民出版社1988年版，第206页。

　　② 同上书，第237页。

诗人能够从荒僻无人知晓的地方发现美，比如诗人杨信《庆远北山》：

> 青峰碧嶂与天齐，一径凌空西凿梯。
>
> 云气奔腾龙去远，松花摇落鹤来栖。
>
> 楼台佛刹依山北，城郭人家傍水西。
>
> 为作岭南风土记，尽将佳景职方题。①

在明代，宜山庆远并不是知名的地方，但诗人发现了此地的风景之美。绿色的山峰与天平齐，天梯凌空，云气奔腾，松花摇落，山间有依山而建的古代佛寺，水边有蜿蜒的人家傍水林立。这一闲适的图景，在诗人愉悦欣赏的眼光之下，充满了风物之美，让更多荒僻的地方通过诗歌走入更多人的视野，也为广西的风光增添了新的亮色。

类似上面的例子还有很多，《粤西诗载》对于自然风光的描述，也是我们今天研究广西山川名胜不可或缺的重要文献资料，具有十分重要的史学价值。

二 对广西风土人情的客观记述

纵观《粤西诗载》，虽然不是所有的诗歌都能够反映社会现实、抨击社会黑暗，但是有相当数量的诗歌能够客观记述和详细描写广西当地的风土人情，对于研究广西的特色风土和人情有一定的史料价值。如这首《记僮俗六首》（其二）：

---

① （清）汪森编辑：《粤西诗载校注》第五册，桂苑书林编辑委员会校注，广西人民出版社1988年版，第189页。

饮食行藏总异人，衣襟刺绣作文身。

鼠毛火净连皮炙，牛骨糟酣似酒醇。

小语相侵随致怨，清欢互答自成亲。

趁墟亦有能装束，数朵银花缀网巾。①

此诗为明人桑悦所作，诗人桑悦是今江苏常熟人，曾做过柳州通判，在任期间颇有政绩，常常视察柳州各地，故而对于柳州地区壮族人民大量的民俗风情非常了解，他创作的这组竹枝词《记僮俗六首》就是对明代柳州境内的壮族风俗的具象描写，此处以其中的第二首为例，展现桑悦笔下独特的壮族风情文化。诗人难免有猎奇心理和戴"有色眼镜"看待迥异于中原的少数民族文化，从诗中看，壮族人民的衣食住行都和中原人大不相同，比如他们都会衣着壮族特色的刺绣衣服，吃的就更大胆了，比如老鼠带着皮烤着吃，把牛骨的骨髓敲开之后直接饮用等。就民风而言更是剽悍，一言不合就开始打架，男女之间也很大胆开放，互唱情歌谈起恋爱，互相喜欢就成亲了。平时在家穿着便服干活做工，到了赶圩的日子就换上缀满银饰的民族盛装。撇开其中的偏见色彩，还是能从诗人的客观描述中展现出壮族人民特色的生产、生活、饮食、婚恋、服饰等特色风情，为千百年后的我们研究广西壮族人民风土人情提供了极其重要的文献资料。

时间往前推移，明清之前的唐宋元时期也均有诗歌描绘广西的风俗文化，虽然数量不及明清时候多，但也是极其宝贵的研究广西风俗的文献资料。如唐代刘禹锡写有《蛮子歌》：

---

① （清）汪森编辑：《粤西诗载校注》第五册，桂苑书林编辑委员会校注，广西人民出版社 1988 年版，第 11 页。

> 蛮语钩舟音，蛮衣斑斓布。
>
> 熏狸掘沙鼠，时节祠盘瓠。
>
> 忽逢乘马客，恍若惊磨兔。
>
> 腰斧上高山，意行无旧路。①

从诗歌的名字来看，古代中原人对南方少数民族有蔑称"蛮子"，这自然是带着偏见的称呼。在不了解广西文化的外来宦游者刘禹锡看来，古时广西人民的语言和服饰都迥异于中原，他们的狩猎和祭祀祖先的"盘瓠"行为也很神奇。尤其是广西先民面对"乘马客"的惊慌表现，以及他们在山林间来去自如、倏忽不见的表现，也为我们生动展现了唐代广西人民的生活和精神面貌。

曾被贬为柳州刺史的柳宗元也写有《柳州峒氓》：

> 郡城南下接通津，异服殊音不可亲。
>
> 青箬裹盐归峒客，绿荷包饭趁虚人。
>
> 鹅毛御腊缝山罽，鸡骨占年拜水神。
>
> 愁向公庭问重译，欲投章甫作文身。②

此诗作者柳宗元对广西柳州的"第一印象"，最显著的感受就是"异服殊音"，对于和中原不同的服饰和语言感到十分陌生。接着描写广西普通百姓的装束和生活习惯，他们赶圩归来用青箬叶包裹食盐，吃的也是特色的荷叶包饭，赶圩的交通工具是小船。

---

① （清）汪森编辑：《粤西诗载校注》第一册，桂苑书林编辑委员会校注，广西人民出版社 1988 年版，第 39 页。

② （清）汪森编辑：《粤西诗载校注》第四册，桂苑书林编辑委员会校注，广西人民出版社 1988 年版，第 8 页。

寒冬腊月用来御寒的衣物和被褥都是用鹅毛缝制而成的，用鸡骨头占卜吉凶，虔诚祭拜水神祈祷好的年成等。这些非常具有广西地域特色的风土人情和生活文化，通过柳宗元的诗歌得以记录和传承。

对于广西特色风土人情的描绘在其他诗人笔下并不少见，例如陈孚的《思明州五首》、董传策的《青山杂兴十首》、徐问的《广西风土四首》，等等，不一而足，或多或少具体描述或者客观反映了古代广西少数民族独特的风土人情，在此就不多作赘述了。大部分诗歌都写得十分真切客观，能够作为广西民族史、地方史研究的重要参考文献和史料来源，也可作为研究古代广西少数民族民俗文化的佐证。

三　对广西丰富物产的客观描绘

广西山地面积广阔，水源众多，又属于热带亚热带气候，得天独厚的自然条件使得这一地区自然物产丰富多样。此外，广西地区南北之间气候的差异情况，以及各地区之间地势地貌类型的不同，如高山、平原、沿海和盆地等的不同，使各地区的特色物产有很大的种类和品相差异。当中原诗人来到广西，看待这些丰富多样又独具特色的物产时，自然会将之写进自己的诗歌中。翻开《粤西诗载》，不同历史时期、不同的诗人，他们笔下关于广西丰富物产的描写自然而然存在一定的差异。

旅桂文人面对这些气候、物产、观感等的差异，自然心有所感，形诸笔墨，所以有的诗人就广西某地的气象物候的不同和风俗特产的差异挥洒笔墨，如明代的曹学佺就有关于桂林物产的诗歌《桂林风谣十首》，其一云：“物候中华隔，高寒转苦卑。桂花多晚实，松树每交枝。……岭西饶药物，病懒亦谁医。"① 点明广西桂林和中原的物产气候殊为不同，其中的桂花和松树因为生在桂林，气候较中原暖热，故而"多晚实""每交枝"，且多药物，人们很少需要专门再去求医问药。再如其四有"不住槟榔嚼，相传好辟岚。喉干如转磨，叶响似喂蚕。弃地皆脂泽，逢人若醉酣。生年无半百，黄面老瞿昙。"② 史载宋代岭南地区嚼槟榔已成风，槟榔与蚬灰、蒌叶同嚼可顺胃气、除口臭③，从诗人的笔端可以看出，槟榔是广西的特色物产之一，明代嗜嚼槟榔者仍甚众。况澄有关于桂林风俗物产的《桂林竹枝词》十八首，其中的"准备中秋蹈月光，阳桥连步去来忙。送瓜卜得宜男兆，处处高悬柚子香。"一方水土一方风俗，广西地区产柚子，故而当地有"送瓜祈子"的习俗④。再从况澄的《戏咏桂林冬初蔬果》其二"荔浦人来分大芋，梧州船到有新柑。"其中描写了广西地区荔浦和梧州最有名的特产荔浦芋头和梧州柑橘。清代的苏琴舫《鸳江竹枝词》"腐儒风味笑何堪，清晓携来满竹篮。白虎青龙俱不是，别传仙品出淮南。"诗中描写了梧州另一种著名的特产豆腐乳，其中作者还为之作注释云："梧郡人以鸳江水制霉豆腐，风味绝佳，他处所无也。"

清代的冯敏昌有关于广西港口地区合浦特产珍珠的诗歌《采珠歌》："铁作珠耙三百斤，蚌螺开甲肉如银。"作者用五首《采珠歌》写合浦特产珍珠，合浦珍珠以玉润浑圆、细腻器重、皎洁艳丽、粒

---

① （清）汪森编辑：《粤西诗载校注》第三册，桂苑书林编辑委员会校注，广西人民出版社 1988 年版，第 437 页。

② 同上。

③ 韦步轩：《从〈桂海虞衡志〉看宋代广西的文化和社会生活》，《边疆经济与文化》2007 年第 7 期。

④ 李巧玉、王彬：《况澄诗歌的"诗史"观及其实践》，《北方文学》（中旬刊）2013 年第 2 期。

大凝重、光泽经久不变等特点驰名中外，为他处珍珠所不及，素有"东珠不如西珠，西珠不如南珠"的美誉，又被称为南珠，历代将之誉为国宝级珍品，也是广西地区的贡品代表之一。明代的董传策，对于广西的物产描写很多，如其写有《奶头果》一诗：

> 流火辉辉树欲垂，青林披落绛囊奇。
> 趁墟担却娘行瘦，好采枝头哺乳儿。①

开头两句"流火辉辉树欲垂，青林披落绛囊奇。"写出了广西特产奶头果一到秋天就压满了枝头，黄澄澄的，观之可喜。奶头果又名牛奶果，叶皮黄红色，外形似牛的乳头，故名。"趁墟担却娘行瘦，好采枝头哺乳儿。"则描写出广西妇女担着奶头果赶圩归来，十分疲倦，无法哺乳小孩子，就采摘新鲜的奶头果给孩子当主食充饥。

又如《咏蕉子》：

> 蕉子垂垂结阵黄，绿枝风扇迥凝香。
> 生憎膏腻甜于蜜，消得幽人在异乡。

这首诗的描绘对象就是广西另一大特色物产香蕉。开头"蕉子垂垂结阵黄"，黄色的香蕉果实垂下来，"绿枝风扇迥凝香"，绿色的叶子有如蒲扇，送来阵阵清香。这两句是写香蕉和枝叶的外貌形状，接着两句写香蕉尝起来比蜂蜜还要香甜，吃完不仅不想吃其他油腻的东西，而且消解了作者"独在异乡为异客"的孤寂之情。

---

① （清）汪森编辑：《粤西诗载校注》第八册，桂苑书林编辑委员会校注，广西人民出版社1988年版，第66页。

描写香蕉的诗歌董传策还有《寄曝蕉》：

> 曝来绀颗瘦于肠，石蜜酿膏罍贮香。
> 漫忆秋风半摇落，赤虬飞出傍江乡。①

这首诗歌与上一首不同，是描写加工好的香蕉干的。"曝来绀颗瘦于肠"，晒干的香蕉片比香肠还要细小，"石蜜酿膏罍贮香"，香蕉干十分香甜可口，将之妥善放置在罐子里加以贮藏。后面两句则是写诗人每当这个季节，就会把香蕉干寄回自己老家，用它传达自己的思乡之情。

董传策对于广西的特色物产非常感兴趣，在他的诗中展现的广西物产诗还有写作黄皮的《瞰黄皮果》、写香蕉的《观音蕉》、写橄榄的《寄橄榄》、写荔枝的《瞰荔枝二首》，等等，数量非常可观，且这些诗歌一般诗人的用字非常浅显通俗，用简单的语言描绘明代作者所见的广西特色物产，有着浓厚的地方文化色彩和意蕴。

第二节 忠于历史的真实记录

《粤西诗载》是对涉桂诗歌一次整体性的大网罗和大汇总，其中收集的作品从不同侧面和角度反映不同历史时期广西的自然风光和社会历史，从中可以窥见广西各个朝代的大致风貌，具有珍贵的文学价值和史料价值。《粤西诗载》中有相当篇幅的诗歌记录了发生在

---

① （清）汪森编辑：《粤西诗载校注》第八册，桂苑书林编辑委员会校注，广西人民出版社 1988 年版，第 68 页。

广西的真实历史事件，如明初蓝智的《柳城道中》：

> 霜气晚凄凄，荒冈恐路迷。
>
> 孤云桂岭北，落日柳城西。
>
> 地暖蛇虫出，林昏鸟雀栖。
>
> 蛮乡经战伐，问俗愧遗黎。[①]

蓝智在明初洪武末年任过广西巡按司佥事，为官清正廉洁，在任期间曾多次深入广西桂柳等地区体察民情。《粤西诗载》中详细记载了诗人北面曾到过恭城，东面曾到过贺县，南面曾到过来宾。上面所选的《柳城道中》就是诗人在体察民情时有感而作。前六句描写了霜气凄凄、荒山路迷、孤云落日、蛇虫鸟雀等荒芜冷落的秋日黄昏景色，充满了凄凉萧条之感。最后二句点明全诗主旨，正是因为战乱才使得农村如此萧条破败！诗作充满了对战争的厌恶和鞭挞，以及对千村万落荆棘丛生、蛇虫乱窜、民不聊生的悲惨现状的愧疚和同情。虽然没有特别华丽的语言，从一系列荒凉意象的描绘中我们可以看到明初广西农村的实际情形，统治者的征伐带给百姓的是痛苦和灾难。

上述诗歌对统治者的种种过失进行了直接而无情的鞭挞，例如有的诗歌直接对统治者在广西地区实行的酷政进行批判，明代的区昌《抚瑶歌》有"何年政令苛且烦，我民弃业投深山。"的深沉呐喊；有的对于治阶级剥削深重的现象十分不满，明代的丁养浩《广西》就非常无奈而直接地质问"瘴乡凋敝足诛求？"《粤西诗载》中

---

① （清）汪森编辑：《粤西诗载校注》第三册，桂苑书林编辑委员会校注，广西人民出版社1988年版，第218页。

还有些作品则采取委婉含蓄的手法对社会的黑暗进行揭露，如闵珪的《桂林有感》：

> 千金日费劳供亿，万马云屯在运筹。
>
> 芳草不知民力困，东风绿遍訾家洲。①

诗人通过"芳草不知民力困，东风绿遍訾家洲。"含蓄蕴藉地指出正是统治者日费千金不恤民力的恶行才让人民陷入穷困潦倒的境地。

此外，由于《粤西诗载》收集了各个朝代的作家作品，纵向比较各个朝代所展现的社会现实以及历史事件，可以看出广西某些方面发展的轨迹和具体情形，所以说《粤西诗载》是记录和补充真实历史事件的诗集，可以作为史书和史书的参考书来读。其中反映统治者的横征暴敛是《粤西诗载》的一个常见主旨，如上文提到的明代桑悦，在正德年间担任广西柳州府通判，虽然官职不高，但有一颗为民请命的心，他作的《夏日收粮有感》：

> 柳州五月开军仓，大家小户仍纳粮。白粲如珠堆满场，府君监督当厅量。汗珠垂垂日当午，天孙锦裳污尘土。君不见邯郸才人嫁为厮养卒妇，遗事千年传乐府。②

诗作客观、真实地记录了明代柳州地区在五月开完军仓之后，仍然对百姓横征暴敛，"大家小户仍纳粮"，而官员则"白粲如珠堆

---

① （清）汪森编辑：《粤西诗载校注》第五册，桂苑书林编辑委员会校注，广西人民出版社1988年版，第124页。

② （清）汪森编辑：《粤西诗载校注》第二册，桂苑书林编辑委员会校注，广西人民出版社1988年版，第229页。

满场，府君监督当厅量"。百姓在田地间辛苦劳作，时值正午，汗滴
垂落田间，而统治阶级则贪欢享乐。作者以辛辣的笔触直接针砭时
弊、鞭挞丑恶。又如他在七律《至桂林》中也有：

> 桂林周匝北山囚，碧玉簪空不尽头。
> 夷壮漫凭为窟宅，编氓难垦作田畴。
> 常时杀掠连鸡犬，累岁征输剩马牛。
> 欲鬓扶桑将石煮，尽镕叠嶂化东流。①

在本诗中他大胆指出广西桂林地区多山峦，百姓住的地方都是
山洞，山地太多，难以被开垦为肥沃的土地，而统治者则"常时
杀掠连鸡犬，累岁征输剩马牛。"长久的剥削和征伐让广西变得贫
穷不堪。

明代包裕也有《麦黄歌》："大麦黄，小麦黄，家家男女登麦
场……舞者舞兮歌者歌，胥言收获今颇多。"② 作为土生土长的广西
桂林人，诗人对于广西的感情更为深厚，对于人民所遭受的痛苦更
加能够感同身受，这首诗开头充分渲染了丰收的喜悦，紧接着笔锋
突转，"忽闻官府里肯至，征讨夫钱征夏税。须臾算尽无孑遗，老者
含悲欲诉谁？其夸今岁麦收好，谁知只得一日饱。好将心隐达圣朝，
搏节财用宽征摇。古来民足须君足，莫使君有逃亡屋。"农民辛辛苦
苦一年，交了各种苛捐杂税之后，所得的还不能够满足"一日饱"。
对比极其鲜明，更加控诉了统治者的压迫和剥削，以及对人民辛勤

---

① （清）汪森编辑：《粤西诗载校注》第五册，桂苑书林编辑委员会校注，广西人
民出版社 1988 年版，第 3 页。
② （清）汪森编辑：《粤西诗载校注》第二册，桂苑书林编辑委员会校注，广西人
民出版社 1988 年版，第 223 页。

劳作到头来却一无所得的愤慨之情。

同样在揭露当时官僚的残暴无常和无耻欺压百姓方面，元代诗人傅若金写有《广西谣》，其中有："广西谣，一何悲？水冷冷，山凄凄！宁逢瑶贼过，莫逢官军来。瑶贼尚可死，官军掠我妻与子。"① 撇开诗人对于瑶族同胞的无理批判，对于官兵的辱骂和痛恨却是真实可信的。他在《广西即事》也有："南镇干戈日夜陈，西山寇盗出犹频。荒村百里无烟火，闻道官军更杀人。"② 元代是比其他朝代更加残暴高压的朝代，对于百姓的压迫和剥削更为深刻，尤其是在元代的文化高压之下，很少有文人敢于直接痛斥"闻道官军更杀人"的，诗人的精神和为民请命的热血是非常值得我们肯定和学习的。而统治者的残暴远不止于表现在各种名目的苛捐杂税上，如明代著名文学家王世贞写有《殷司马平广西寇歌》："狼兵锦鞲绣蛮弧，夺得生瑶换酒沽。"③ 诗中描绘的场景可谓是骇人听闻。这种以吸食捕伐瑶族人的脑浆为乐，把瑶族人当作牲口去换酒喝的野蛮行径简直令常人无法想象。

从以上诗歌可以看出，诗人通过对统治者横征暴敛无情的鞭挞是客观的记述，让后世读者窥见某些历史时期民生凋敝的黑暗现实。这些作品对于客观真实评价历史和研究历史均有较高的参考价值。由于受到历史认知条件的局限，《粤西诗载》中也有一些作品不是站在人民的立场上，而是站在统治阶级的立场上写作的，虽然与真实历史有些许出入，但其中描写的某些历史事件，也让我们能够从反

---

① （清）汪森编辑：《粤西诗载校注》第二册，桂苑书林编辑委员会校注，广西人民出版社 1988 年版，第 161 页。

② （清）汪森编辑：《粤西诗载校注》第七册，桂苑书林编辑委员会校注，广西人民出版社 1988 年版，第 158 页。

③ （清）汪森编辑：《粤西诗载校注》第二册，桂苑书林编辑委员会校注，广西人民出版社 1988 年版，第 292 页。

面了解当时的某些历史真实情况。如明代韩雍、王守仁关于大藤峡瑶民起义和八寨瑶壮人民起义的诗歌，就属于此类，我们也应该辩证看待和正确认识其史学价值。

第三节　对历史人物的记载

《粤西诗载》的史学价值，还在于有些诗人的诗歌中直接或者间接陈述了某些历史人物的事迹或者历史人物相关的籍贯、经历等信息，为我们研究或者验证某些历史问题和历史事实有极大的参考价值。比如对于有争议的历史人物的籍贯问题，通过一些诗歌的记录可以验证，例如对于冯京这一宋初名臣籍贯的争议，在《宋史》中记录其籍贯为江夏，明嘉靖年间所编写的《广西通志》中则认为冯京是藤县人，孤例不成文，这都欠考究，通过《粤西诗载》中明代人潘恩所作的《过冯当世祠诗并序》，可以看到他对于冯京的籍贯作了一定的考证，其《序》云：

> 宋三元冯当世先生产于宜之龙水天门拜相山，祖墓在焉。幼流寓入藤，有读书故址；后贯籍武昌发解。……或曰藤人、或曰江夏人、或曰鄂人。《广西通志》因藤《志》，误书曰藤人矣。[①]

这篇《序》不但对冯京的生平进行了详细介绍，而且叙述了冯京籍贯产生混乱的经过和地方为了提高知名度而争其籍贯所在地的事实，对于几种籍贯之争的来龙去脉作了客观的记录和理性的分析，

---

① （清）汪森编辑：《粤西诗载校注》第二册，桂苑书林编辑委员会校注，广西人民出版社 1988 年版，第 19 页。

从而能够较有说服力地肯定了冯京的籍贯所在，颇具可信度，这也是关于冯京籍贯辩证的可靠证据。

又比如，在《粤西诗载》中有不少篇章涉及历史人物的行止踪迹，这些诗作包含记游诗、行旅诗、酬赠诗、送别诗等，诗中的描述有利于我们重现和研究历史人物的生平和形迹，如在陈朝诗人苏子卿的《南征》一诗中：

> 一朝游桂水，万里别长安。
>
> 故乡梦中近，边愁酒上宽。
>
> 剑锋但须利，戎衣不畏单。
>
> 南中地气暖，少妇莫愁寒。①

从中可以清楚地看出，最早在南北朝时期，就有诗人苏子卿到过广西，并且在漓江漫游过。通过这首诗，根据现有资料，我们也能认定苏子卿可能是继陆绩、颜延之之后较早到广西的有名文人了。之后的唐代，岭南的广西地区逐步得到开发和发展，唐代因为政治等原因遭到贬谪被迫来到广西，或者主动漫游游历到广西的诗人也不在少数，从初唐的张说、宋之问到中唐的戎昱、戴叔伦、李渤到晚唐的李商隐、李群玉等，有记载的大约有三十余人，宋、元、明、清随着广西开发水平和发展程度的不断提高，广西和中原的了解和交流更为充分，故而中原到广西的人就更多了。可以说，《粤西诗载》不仅是一部关于广西的诗歌总汇，也是关于与广西有关系的历代著名人物和事迹的大型文字资料库，我们更应该合理利用好这个

---

① （清）汪森编辑：《粤西诗载校注》第一册，桂苑书林编辑委员会校注，广西人民出版社 1988 年版，第 24 页。

宝贵的人物历史资料库，为当今的广西文化旅游和历史研究服务。

当然，《粤西诗载》中对于历史人物最直接的记载表现在对于历史人物事迹的忠实记录和对历史人物高尚人格的崇高敬意和真诚赞美。比如对于历史上来到广西并对广西的历史社会发展起到积极促进作用的马援、柳宗元、刘赞、陆绩等，这些人或者有平定广西叛乱之功，或者对于广西的社会发展有推动作用，或者促进了广西的文化交流和教育发展，对于后世有巨大的榜样鼓舞作用。例如明代的田淮佑就有《题伏波马将军庙》：

> 尝于青史见勋名，遗庙江边古木横。
> 烈士平生穷益壮，大才自昔晚方成。
> 巍巍铜柱功难朽，寂寂云台论不平。
> 千载乌蛮滩下水，犹怀愤激显英声。①

伏波将军即为马援，全诗围绕着马援"烈士平生穷益壮"展开，其南征对于稳定南方社会局势非常重要。但后来马援蒙受了不白之冤，所以诗中说"巍巍铜柱功难朽，寂寂云台论不平"。诗人大力赞扬了马援的功绩和英雄的精神，对其有功劳却遭受冤屈的遭遇表示深切的同情。

陆绩是三国时吴国人，因为廉洁奉公而于青史留名。史书记载陆绩曾任广西地区郁林太守，因为他为官非常清正廉洁，不取百姓一针一线，两袖清风，在他的任期满了准备乘船经由水路返回江苏苏州的时候，因为行李太轻了害怕压不住风浪，所以船夫不得已从

---

① （清）汪森编辑：《粤西诗载校注》第五册，桂苑书林编辑委员会校注，广西人民出版社1988年版，第137页。

岸边取来一块大石头放在船舱增加重量压船，这块石头跟随陆绩被运回了苏州，后来被美称为"廉石"。《粤西诗载》中收有不少的诗作专门吟咏陆绩的廉洁，这些诗作多以"廉石"的典故激励后世官员向陆绩学习，如"空舟郡守名犹在""郁林船石又东吴"等，都洋溢着一种对廉洁品行的由衷赞誉。

又比如对于唐代诗人刘蕡，因为他为人太过正直耿介，在朝堂上大胆反对宦官专权，所以被贬为柳州司户参军，后来死于广西的柳州，葬在了马平。柳州人为了纪念他，立纪念祠祭祀。后人经过柳州的时候，常常来此凭吊怀念刘蕡，谢少南就有《柳州谒刘贤良祠》：

> 谏议祠堂两地成，湘西柳郡北昌平。
>
> 危言总为当时计，直道何知后世名？
>
> 隔岸墓林围茂竹，绕祠江水泛香衡。
>
> 登科我辈犹颜厚，不尽千秋万古情。①

刘蕡忧国忧民的爱国感情，坚持正义的斗争精神，"危言总为当时计，直道何知后世名"，给千百年来的人们以巨大的鼓舞力量。而对于唐代著名诗人柳宗元的敬仰之情和赞扬之情就更常见了，吟咏也就更多了。细细品读这些作品，想见这些历史人物的一身正气，千百年后依然能够得到陶冶和启发。

除此之外，在广西历史上有名人物的籍贯考证方面，《粤西诗载》中诗人们的诗歌也提供了佐证和参证资料。如上文提到的冯京的籍贯问题，冯京是宋代科举考试三元及第的第一人，所以几个地

---

① （清）汪森编辑：《粤西诗载校注》第五册，桂苑书林编辑委员会校注，广西人民出版社 1988 年版，第 233 页。

方都争论自己才是冯京的籍贯所在地，莫衷一是。在《粤西诗载》中收录的一首序和诗歌可以佐证冯京为今广西宜山人。再如明代的张以宁写有七律《梧州即景》，里面有"苍梧南去近天涯，六士三陈昔所家。"其中的"六士"具体指三国时期的名门望族士赐和他的四个儿子士姿、士壹、士翁、士武和孙子士底，"三陈"则是指汉代有名经学家陈钦、陈元以及陈元的儿子陈坚，后代广西人为了纪念这些名人贤士纷纷立祠。《广东通志》中将"六士三陈"列为广东人，但是没有其他的确切证据可以证明，而这首《梧州即景》则能够说明"六士三陈"是广西人的可信度比较高，且在广西境内的梧州、桂林等地有他们的祠祀也是一个有力的佐证。

第四节　对地方史料的有效补充

《粤西诗载》有些作者在自己诗中所备注的注释，对于解读诗歌的写作背景、主旨大意等有着重要的史料价值。但需要格外注意的是，诗人在某些问题上的看法以及对某些事物的描绘上也是道听途说，并不全然都是历史事实，在使用和查阅这些资料的时候，更应该仔细加以考订和鉴别，斟酌可信与否。如赵翼在《镇安土风》一诗中为了归纳总结镇安的百姓来源和主要构成，在诗后面附录了"侬姓还豪族，韦家说故侯地多侬、韦二姓，侬则智高之后，韦则相传淮阴侯少子，萧相国以托南越王，其子孙散居蛮土，去韩之半以韦为姓者也"的历史传说，这种说法其实并没有相关的事实依据，也缺乏相应的历史记载，是诗人为了证明自己的观点而对相关的民间传说所作的附会和臆断，缺乏可信度。再比如有些解释某些物产的性状和产地："灌胆从蹄剔石羊胆以在蹄心者为贵，石羊即灌也，猪豪激矢抽野猪豪似锥，能射人百步外。"以上这两个注解，既缺乏相关的事实依据，也无其他佐证，在我们今天看来也有些太过不可思议，因此可推断应该是以讹传讹的结果，并不足信。

但更多的诗歌和诗歌的注释则是对相关史实的补充和解释，对于我们更好地了解广西和广西的历史风土人情有很大的帮助。比如有的诗歌就很好地解释了广西当地壮族人独特的生活习惯："靛采蓝盈掬民皆采蓝自染，无染匠也，禾收穗满篝摘穗成把，不刈菜秸。"说明当地人的布料都是用蓝草染成的，收获稻谷也不用割掉麦秸等，让我们对当地的生产生活习惯有了进一步的感知。有的诗歌则介绍了广西人们的饮食习惯："著包盐有卤，以诸菜及牛羊骨实瓮中，久则烂成汁，谓之害菜，酸臭特甚，土人以为美品。"这些应当是作者亲眼所见，因觉得与中原习惯不同，所以特别写在诗歌中，故而可信度较高。"石解花论价出奉议，桃榔面可没出下雷。竹根人面活向武有竹，其根似人面，藤杖女腰柔大管中多万年藤，可以作杖。"这当中提到的广西四种特色物产，关于其注解的产地、功能比较翔实客观，当是作者亲自考证的，故可信之。

也有一些对于史书中语焉不详的相关事实作出了考证和补充，比如广西历史上真实存在的"象迹"和"象耕"，在《粤西诗载》中也有相关的反映和展现。比如最早可见的是唐代诗人项斯有《蛮家》一首，中间提到："领得卖珠钱，还归铜柱边。看儿调小象，打鼓试新船。醉后眠神树，耕时语瘴烟。不逢寒便老，相问莫知年。"①这里的"看儿调小象"，说明当时在广西象已经非常常见了，而且很有可能已经是当时农民家里可以饲养的牲畜之一。"耕时语瘴烟"这

---

① （清）汪森编辑：《粤西诗载校注》第三册，桂苑书林编辑委员会校注，广西人民出版社 1988 年版，第 105 页。

一句是否说明这就是象耕，还不是十分确定，但是历史上并没有关于广西人食用大象的记载，大象体格庞大，和鸡鸭鱼肉比起来，也并不适合食用，可见饲养大象也基本不可能是为了食用或者作为宠物，所以也应该和中原地区饲养牛性质作用差不多，基本应该是用来耕地。如果此种推说能够成立的话，那么也就证明广西最早在唐代宪宗元和年间就有象耕了。而什么时候象这种动物在广西出现，则比这则关于象耕的诗歌记载还要早。柳宗元在他的《岭南郊行》一诗中曾提到"象迹"，可以解释为野象，也可以理解为牧象。到了宋代，则有更多的诗歌直接记录和描绘象耕了。宋代的王禹偁就有《送融州任翼卢曹撰越王爱姬墓志得罪》，里面有："吏供版籍多鱼税，民种山田见象耕。"[①] 的诗句，这是广西象耕的一个重要的文字佐证。广西在从唐代就有了象耕，而在宋代象耕已经非常常见，而诗中关于象耕的记载多分布在广西的少数民族地区，这说明广西的生产技术和生产水平是得到了提高的。明代广西设立了驯象卫，专门捕象、驯象，虽然后来因为种种原因，广西地区最终废弃了象耕，大象的踪迹也很少见了，但是这些关于象耕的记载则对于我们研究历史上广西农业发展和地理生物变迁等提供了宝贵的文字记载。

第五节　对于地方治理之策的思考

以今天的眼光重新阅读《粤西诗载》，其中有诸多诗篇可视为历代文人对广西一地治理之策的记叙和思考，其中蕴含的智慧对于当下的区域治理仍不乏参考和借鉴价值。

---

① （清）汪森编辑：《粤西诗载校注》第四册，桂苑书林编辑委员会校注，广西人民出版社 1988 年版，第 29 页。

一 善用诗词题咏，发展文化旅游

《粤西诗载》辑录了历代诗人对于广西各地风景名胜的题咏和吟唱诗篇，这些诗歌所咏的风景名胜有的今天依然是著名的旅游景区，有的则湮没无闻了。但是，从广西旅游事业开发和发展的角度考虑，从《粤西诗载》中追踪这些风景名胜的相关诗篇和美丽传说，对于更加合理开发广西地区的旅游资源和文化资源，有很大的参考和借鉴意义。例如，广西容县的都峤山现在很少有外地人知道，但是在历史上都峤山是著名的风景区，且根据《云笈七签》的相关记载，都峤山也是道家三十六洞天的第二十洞天，尤其自宋代开始，关于都峤山的诗歌不知凡几。从诗人的吟咏中，后世读者可以看到当时都峤山优美独特的景致，比如吴元美有《都峤山》：

> 群峦环翠绣江隈，八叠中峰洞府开。
>
> 剑戟香炉空际列，马鞍兜子上方排。
>
> 烟笼丹灶鳌鳌隐，云盖仙人鹤驾来。
>
> 观此宝玄真胜境，何须航海觅蓬莱。①

这首律诗中间两联写到的八叠中峰、香炉、马鞍、兜子、丹灶、云盖、仙人等均是都峤山峰名，都峤山八峰林立，山势雄峻。诗人吴元美在诗中给我们描绘了一幅美丽、幽深，烟笼雾绕，山峰直矗天际的仙山胜境，令人神往。明代诗人袁衷的《都峤山》所描绘的境界也非常优美：

---

① （清）汪森编辑：《粤西诗载校注》第四册，桂苑书林编辑委员会校注，广西人民出版社 1988 年版，第 108 页。

绣江东望耸群峰，玉削芙蓉紫翠重。

瑶草琼芝春不老，石台萝径昼长封。

岩前风煖栖玄鹤，洞口云深卧老龙。

凤去声遥丹灶冷，我来何处觅仙踪？①

　　这首诗写得比吴元美的更出色。古代都峤山是非常幽美的风景区，《粤西诗载》关于都峤山的诗有十多首，如果把明代以后的收集起来当会更多。都峤山这个历史上著名的游览胜地，现在却备受冷落，但是雄伟幽丽的景观仍在，深山幽谷，奇峰突兀，林木葱茏，古代建筑特殊的寺庙道观遗迹仍在。如今若开发此风景区，只需要在历史遗迹的基础上加以修整，应能够成为人们喜闻乐见的新的文化旅游胜地。除此之外，都峤山的旅游资源开发又能与经略真武阁胜迹加以有机整合，两者连在一起，增加容县旅游景点的质量和数量；更进一步地规划则是再与北流勾漏洞、陆川温泉等邻近景区连成一线，将会增加容县及其周边县市的文化旅游业的吸引力和含金量。《粤西诗载》还记录了其他一些地方的风景名胜的题咏诗，值得我们进一步研究和发掘，使之为开发和提高广西文化旅游资源的广度和深度更好地服务。不止于此，《粤西诗载》的价值除了是广西名胜旅游风景区的记录，更在于其是对广西名胜的一种有力的文化传播媒介和文化招牌，尤其是大量唐代明末及之前仕宦或贬谪广西的文人的写景诗作，让当时中原地区以及千百年后的我们对于广西风景的秀美有了真切的感触和美好的向往。如《壶天观铭（并序）》与范成大《桂海虞衡志》中所记载的"屏风岩"所言"余因其处作

---

　　① （清）汪森编辑：《粤西诗载校注》第四册，桂苑书林编辑委员会校注，广西人民出版社1988年版，第320页。

（壶）天观，而命其洞曰空明。"① 正相照应。如此等等，不再多加赘述。

二 对地方人才的重视

从《粤西诗载》的各个朝代各个时期诗歌数量等分析广西诗歌发展的轨迹，可以发现不同时期之间差异明显，究其原因，大致有以下几个方面。

第一，文学创作依赖中原来的文人。因自唐代开发广西以来，相当长一段时间广西本土的文化创作和中原地区相比处于明显的后进地位，从《粤西诗载》看广西地区唐代诗歌更加明显，唐代贬谪文人宋之问和之后柳宗元的到来，使得当时的广西文化创作出现了两个明显的高峰，但这两个高峰前后较长时间内基本处于文化的空白状态。因为这类文人在中原的文坛中早已久负盛名，故到了广西之后能够用自己的诗性眼光看待广西的山水民俗，更能将之融入进自己的诗歌创作之中，甚至于带动当地文人更好地投入创作。

第二，广西迥异于中原的风光和文化为诗人的创作带来更多的灵感和素材。古代的广西地区处于西南边境地区，远离中原地区的政治和文化中心，受到传统儒家文化影响也较小，加之广西当地少数民族众多，少数民族又各自有独特的民族风俗和文化，外来的旅桂文人对广西这些奇异的自然山水和独特的风土人情充满了好奇，并自然地将之和自己熟悉的家乡和文化进行一番比较，如此呈现在诗歌里就是明显的视觉反差和文化差异。如宋之问在长安的时候，

---

① （宋）范成大：《桂海虞衡志辑佚校注》，胡起望、覃光广校注，四川民族出版社1986年版，第20页。

是著名的宫廷文人，他熟悉京城甚至宫廷，其诗歌也多为唱和应制，内容无非是展现上流社会的富贵生活，而当他被贬谪到广西之后，面对物质和文化上双重的差异，他创作的诗歌面貌也焕然一新，跳脱出了京城时期应制诗的窠臼，更加关注现实人生，其笔下的桂江，充满了陌生和险恶，到处都是峭壁、急流、险滩、密林，如《下桂江县黎壁》里面有"江回云壁转，天小雾峰攒。吼沫跳急浪，合流环峻滩。歆雒出漩划，缭绕避涡盘。……企予见夜月，委屈破林峦。潭旷竹烟尽，洲香桔露团。"① 诗中尽是不同寻常的异域景观。自己熟悉的故土和生活方式以及广西的文化反差自然促成了诗人诗歌创作风格的转型与诗歌内容的拓展，这个规律在其他旅桂诗人身上也是成立的。

第三，广西诗歌的创作活动相对呈现出分立状态。因为古代广西地区的交通不够便利，且自身的文化教育落后于中原地区，多数诗人来到广西和周围的诗人联系较为困难，很难形成一个固定的创作群体，个人的能力虽然对自己诗歌创作很重要，但不能"抱团取暖"，广西诗歌的创作活动相对呈现出分立状态。宋之问的《过蛮洞》"谁怜在荒外，孤赏足云霞。"就表现出这种南流的孤独寂寞之感。再如陶弼的《入桂林》一诗"地近瘴烟人好酒，路临溪洞卒难关。心知祸福慵占鬼，事熟安危笑议蛮。却为林泉作诗苦，三年赢得鬓丝还。"② 一方面描绘了广西地区自然和社会环境的恶劣；另一方面也自然流露出自己的苦闷和无奈。傅若金的《答别龙州萧从事韶》则用这种环境的不适应来表达自己对于京城的

---

① （清）汪森编辑：《粤西诗载校注》第一册，桂苑书林编辑委员会校注，广西人民出版社 1988 年版，第 29 页。

② （清）汪森编辑：《粤西诗载校注》第四册，桂苑书林编辑委员会校注，广西人民出版社 1988 年版，第 39 页。

深切思念，即所谓的"殊俗难为别，清谈喜屡同。驰驱不可住，心切大明宫。"

尽管有种种的不适应，但因旅桂文人中官员的比例很高，即宦游来到广西的诗人占绝大多数，官员的首要任务是安定一方民生、提高治所政绩，职责所在要求他们更加要体察民情，尽可能多地了解和掌握广西的自然和人文实际情况，这些诗人慢慢也会熟悉甚至融入当地社会。当然，从广西走出去的本土文人对故乡更加饱含深情，所以在他们的笔下，广西也由刚开始的陌生险恶逐渐变得客观真切，如范成大在任期间，实行一系列惠民措施和治理措施，为读书人创造了良好的教育环境。加之范成大本人在文坛中久负盛名，对其所治理的桂地的读书人亦当有榜样激励作用，这一切都有利于文治教化的推行。同样，《粤西诗载》的辑录完成更是对于广西整个地区的文治教化起到了相当大的助推作用，提高了广西民众的文化品位和文学欣赏能力。在当今我们要进一步发展广西地区的文教事业，使得其更上一层楼，除了要重视培养和挖掘本土人才为家乡建设添砖加瓦之外，更应该重视引进外来人才为广西的经济社会发展服务，人才是"第一发展动力"，抓住了人才，也就抓住了发展的机遇。

三 对基础经济的重视

古代的广西地区，也和当时的中原地区一样，以农业为本，人们过着自给自足的传统小农经济的生活。所以在古代，发展好农业生产就是关系到国计民生的重要因素，广西地方自然也不例外。从《粤西诗载》的相关诗歌中也能体现出重视农业发展的例证，如明代广西怀集知县区昌写有《劝农歌》：

东城春气和，氤氲袭农襄。

停尔耒与锄，听我劝农歌：

民生百艺农为好，上天养人谷为宝。

深耕易褥贵及时，我劝我农休草草。①

诗歌中明确提出了"民生百艺农为好"的观点，也就是将传统的农业视为一切经济发展的根本观点，并且劝导人民群众种植农业作物"贵及时""休草草"，不要马马虎虎对待农业，而是要辛勤劳作、不误农时。

提到劝课农桑，广西地区更早可以追溯到张栻，张栻时为宋代靖江府经略，并且负责安抚广南西路，他在《劝农于郊》（又名《淳熙四年二月既望静江守臣张某奉诏劝农于郊乃作熙熙阳春之诗二十四章章四句以示父老俾告于其乡之人而歌之》）中提到了"熙熙阳春，既发既舒。翼翼南亩，是展是图。嗟尔农夫，各敬乃事。往利尔器，诫尔妇子。惟生在勤，勤则及时。惟时之趋，时不尔违。"②诗歌中传达出对农民深耕细作的鼓舞和指导。

除了重视农业外，官员也重视民生，关心人民的疾苦，至少在诗歌中官员更加愿意展现自己爱民如子、清正廉洁的一面，如明代王泳就写有《斥金歌》，就是通过诗歌来明志，其中有"割我赤子肉，还以唤我肠。来献千万金，未损彼毫芒。"的句子，读来让我们深感痛切！更能从中感受到作者爱民如子、两袖清风的高尚节操。唐代著名诗人柳宗元在做柳州刺史期间所作的《柳州城西北隅种柑

---

① （清）汪森编辑：《粤西诗载校注》第二册，桂苑书林编辑委员会校注，广西人民出版社1988年版，第236页。

② （清）汪森编辑：《粤西诗载校注》第一册，桂苑书林编辑委员会校注，广西人民出版社1988年版，第3—4页。

树》诗更体现自己的高风亮节和廉洁奉公：

> 手种黄柑二百株，春来新叶遍城隅。
>
> 方同楚客怜皇树，不学荆州利木奴。
>
> 几岁并花闻喷雪，何人摘实见垂株？
>
> 若教坐待成林日，滋味还堪养老夫。①

首联"手种黄柑二百株，春来新叶遍城隅"柳宗元就为我们刻画了一种清新而具有旺盛生机的图景，情调是积极而健康的。在颔联，诗人巧妙运用了两个有名的典故，一是借屈原在《楚词·橘颂》喻示自己也和屈原大夫一样，有一种"独立不迁"的高贵品格。二是借《襄阳省旧传》中李衡种橘千株，自命为"吾有千头木奴"的故事，说明自己种柑并不是单纯为了求利，而是爱橘，这样为尾联作了铺垫。虽然尾联的"老夫"颇有一种久谪岭南的小小牢骚，但更多的是表现作者高尚的节操和爱民如子的情怀。柳宗元首先倡议并实践种柑之后，柳州现在也是著名的柑橙之乡。

当然，随着社会的发展和科技的进步，我们的社会治理也要与时俱进。古代以农为本，故而古代的官员更是大力发展农业。当今我们在发展文化旅游业、高科技产业的同时，也应借鉴古代官员的智慧，将发展的重心落实在发展农业、工业等基础产业上，实业兴国，重视基础产业，筑牢经济发展的基石。而官员的廉政建设更是干部队伍建设的重中之重，无论是古代还是现代，民众需要的都是爱民如子、清正廉洁的父母官。

---

① （清）汪森编辑：《粤西诗载校注》第四册，桂苑书林编辑委员会校注，广西人民出版社 1988 年版，第 6—7 页。

四 有效的边境治理措施

张鸣凤《桂胜》将范成大与程邻在广西为帅的情形加以对比："程氏帅桂，暴兵竭资以奉异类……至今里人亦无复知有何程公岩者。范文穆在镇坦示缓怀，不矜威略，公府多暇，率游宴水石。……吴则丹青石湖，桂则俎豆名宦；不期名而名随之。"① 在明代张鸣凤的笔下，对范成大对于广西地区治理的政绩充分肯定、大力赞扬。当然，范成大的政绩，在范成大有名的笔记《桂海虞衡志》以及周去非的《岭外代答》中均有记载。《桂海虞衡志·自序》说道："余既不鄙夷其民，而民亦矜予之拙而信其诚，相戒毋欺侮。岁比稔，幕府少文书。居二年，余也安焉。……盖信余之不鄙夷其民，虽去之远，且在名都乐国，而犹弗忘之也。"② 其中字里行间体现出广西当地粮食丰收、百姓安居、争讼不起的美好社会图景，都在自己的治理下得以理想实现。范成大治理广西的时间很短，成效很好，这当然与他的政治才能有关，更与其大力投入、爱民如子有关。"余既不鄙夷其民，而民亦矜予之拙而信其诚，相戒毋欺侮。"范成大和百姓的关系很是融洽，不但相互尊重信任，更能相辅相成、彼此成就。在内政上，对于广西的盐政、畜牧等切实关系民生的事务方面很有作为，在保证朝廷利益的同时，更加注重减轻农民的负担、不与民争利。当然，要想发展社会经济，在减轻百姓负担的同时，也要引导和鼓励民众适当进行边境贸易，如其在"志香"一篇就关注香的优劣和边境贸易。而安定的政治环境才能保证一方经济社会的平稳

---

① （明）张鸣凤：《桂胜》，文渊阁影印本《四库全书》。

② （宋）范成大：《桂海虞衡志辑佚校注》，胡起望、覃光广校注，四川民族出版社1986年版，第20页。

发展，所以范成大注重治理广西的环境，包括自然环境和国防环境，对边境事务尤其重视，其"志器""志蛮"篇中能够具体表现范成大在治桂期间，充分考虑到当时广西二十五州，加之处于边境的特殊地理环境特征，更加留意外蛮兵甲之制，尤其是对于广西边境安定有威胁的安南等地多加观察和提防。

对于现在的我们来说，广西的边境地理区位没有变，我们更要重视边境的安稳，只有外部环境相对安定，才能更好地发展内部经济。当然，广西的边境区位也有一定的优势，有利于发展边境贸易。范成大治理广西的成功经验值得我们学习和借鉴，范氏治理成功的关键就是对广西社会民生有着清醒而深刻的认识，在此基础上，用中原先进的经验加以治理，爱民亲民尊民，且能做到因地制宜，比如治理边境地区就设立边兵之制，让边境人民发挥自己自卫的特长，充分利用当地的优势，一方面减轻了政府的压力；另一方面也能调动人民群众的积极性和爱国情感，保障自身的安全。在治理内部瑶族时不时劫掠的问题上，一方面用边兵制度"治标"；另一方面也深入瑶族，引导他们发展自身的经济，保障他们的基本生活，从根本上逐渐使其放弃了劫掠的理由和行为。总而言之，首先要保证边境环境的稳定，借鉴古代治理边境和政治军事的成功经验，无论是《桂海虞衡志》对边蛮的政治军事关注和卓有成效的治理实绩载录，还是《岭外代答》边帅、法制、财计诸口的设置和对边兵、边民情况的系统关注，都值得我们后人学习。当然，发展是第一生产力，发展也是维护边境稳定的根本，利用广西的边境区位优势，大力发展边境贸易，不断提高边民的物质生活水平，也是构建区域现代治理体系的一个重要组成部分。

第三章 《粤西诗载》对广西自然环境的描绘

《礼记·中庸》有言："致中和，天地位焉，万物育焉。"[①] 大自然孕育出了具有智慧思维能力的人类。王船山在《古诗评选》中曾言："自然之华，因流动生变而成其绮丽"，宇宙的吐息幻灭的过程又深切地影响着人的行为和情感，在自然规律作用的这种隐性催化下，促成了人类精神和文明的结晶——诗歌的创作与流传。汪森在《粤西诗载序》中充分表达了他对广西自然风光的由衷赞美。

贾谊曾在《过秦论》中言始皇"南取百越之地，以为桂林、象郡"，广西古时就是隶属于"百越"，及至秦代被划归为中央版图。在古代，人们多对其有刻板化印象："化外之地，瘴疠之乡"，觉得此地原始古朴、野蛮蒙昧，未经开化。事实上，古时的广西属于中国华南地区，虽然远离中原政治中心地带，但民风淳朴，风景隽秀，天下独绝。其地貌总体由山地、丘陵、台地、平原、石山、水面六大类构成。丰富而独特的自然资源带给了文人们异于中原风土的别样的人生体验。无论是土生土长的广西本地诗人

---

① 赵清文译注：《大学·中庸》，华夏出版社 2017 年版，第 52 页。

还是遭贬谪或任免而流寓于此的文人群体，都绕不开对广西生态自然的摹写与绘画。

第一节　山川之美

因广西地处中国地势第二阶梯中的云贵高原东南边缘、两广丘陵西部，故山体繁荟；又地跨珠江、长江、红河、滨海四大水系，故水网密布。梁超然在《略论〈粤西诗载〉的史学价值与美学价值》一文中曾说："北至全州，南到合浦，东自梧、贺，西至龙州、上林，许多南中幽丽佳胜，都在《粤西诗载》的作品中得到反映。"作为一部集大成的地方诗集，《粤西诗载》可谓囊括了广西境内无数自然风貌：山水岩洞、泉石溪瀑、江湖滩渡、关岭塘池，也有不少人文胜景：道驿祠墓、坛壁园馆、庙庵堂斋、亭台楼阁以至州府衙署、精舍书院、山房别墅，应有尽有。

广西山水作为被诗人所观照的客体，在诗人们的笔端呈现出多姿多彩的风貌。韩愈在《送桂州严大夫》中写道："苍苍森八桂，兹地在湘南。江作青罗带，山如碧玉簪。户多输翠羽，家自种黄柑。远胜登仙去，飞鸾不暇骖。"[①]可谓书尽广西山水之妙，俨然一派山青水碧，天上人间之胜景。

一　山之奇瑰

广西的山被吟咏题颂得最广为人知的应是桂林的山。其中，最受人们关注的"热门景点"当数独秀山、漓山、伏波山、西山、叠秀山等。关于独秀山的奥峭绮丽的描写，南朝诗人颜延之就曾这样

---

① （清）汪森编辑：《粤西诗载校注》第三册，桂苑书林编辑委员会校注，广西人民出版社1988年版，第92页。

对其进行描写："未若独秀者，峨峨郭邑间"[1]，唐代诗人张固在《独秀山》形容其："孤峰不与众山俦，直入青云势未休。曾得乾坤融结意，擎天一柱在南州"[2]，这两位诗人均将独秀峰的高峭雄奇描画得入木三分，使读者眼前仿若浮现出那"南天一柱"的壮丽之景。以下这篇《桂山诗》（节选）中，诗人透过细致入微的观察，直截了当地道出了广西山体的迥异特点：奇。

桂山诗（节选）

明　韩雍

桂山何奇哉，峰峦起平地。

星罗数百里，像物非一类。

列柱擎空高，围屏障天翠。

尖分笔格巧，棱削剑锋利。

海螺争献新，玉笋并呈瑞。

重岩垂万象，深洞容百骑。

河变梁犹存，关陡门未闼。

还多怪异状，物类无可譬。

石罅泻寒泉，清响更幽致，

丹青笔虽妙，图画良不易。[3]

诗人开篇点题，道出叙述主体及其主要特点，即桂山之"奇"。接着具体模拟其态，在远大的视角下，连绵的群山在平原上仿若异

---

① 曾小华、万明旭：《中国名人与广西》，广西科学技术出版社 2013 年版，第 20 页。

② 河北人民出版社：《全唐诗》第 4 卷，河北人民出版社 1997 年版，第 3073 页。

③ （清）汪森编辑：《粤西诗载校注》第一册，桂苑书林编辑委员会校注，广西人民出版社 1988 年版，第 203 页。

军突起，在广袤的天地间星罗棋布，深隽秀美而错落有致。接下来以物譬喻：有的像擎天柱一般直插云霄，有的像翠画屏一般环绕四周；有的孤矗于此锥如笔锋，有的傲然挺立棱似剑芒；有的如海螺堆叠，有的像竹笋双峙。层峦叠嶂间的山形山势变化万千，深阔的溶洞仿若能容纳万马千军。一连串的比喻和拟态的运用，向世人们生动形象地展示出了广西崇山峻岭的千姿百态。在欣赏完这令人眼花缭乱的云山景致之后，诗人紧接着总结：世事浮幻，山川仍在，这鬼斧天工的大自然新巧之作，多姿多彩，竟然无法用言语形容，石缝里流淌出清澈甘甜的泉水，钟乳叮咛，在岩洞里发出幽幽的回响。正如《庄子·知北游》曰："天地有大美而不言"，此刻，诗人终于发出了无尽的感叹：虽然有艺术家画工精湛，但面对这伟大而奇妙的山水，也无法用图画来呈现。在这首诗中，诗人运用充满张力与活力的语言，例如"起""擎""削""争""泻"等动词，向我们展示了广西群山那峥嵘绮丽之貌。广西之山的奇特也深深镌刻于世人脑海中。

此外，元代诗人吕思诚的《桂岭晴岚》也是将桂林的山峦秀嶂描写得尤为奇丽迷人。

又如下诗：

下桂江龙目滩

唐　宋之问

停午出滩险，轻舟容易前。

峰攒入云树，崖喷落江泉。

巨石潜山怪，深篁隐洞仙。

鸟游溪寂寂，猿啸岭娟娟。

挥袂日凡几，我行途已千。

暝投苍梧郡，愁枕白云眠。①

此诗以一种行于水中的视角以观山，诗人宋之问流寓于广西，记录了其下桂江龙目滩的场景；立于疾驰的轻舟之上赏味两岸山景，但见群峰参天，古木凌云，悬崖万仞，飞瀑流泉。巨石堆垒仿若有山魈潜伏，竹林幽深恐怕有仙翁隐居。视觉的满足后，是听觉的调动：鸟鸣清脆，溪水尽日寂寂地流淌，猿鸣凄婉，山峦在落日下无言。此情此景，不禁让人心绪回转，从外界投注到自身：和亲故分别的一幕幕场景犹在眼前，但此刻诗人已经身在千里之外。在冥冥夜色到来时投宿在苍梧郡，天涯的游子怀揣着满腹的愁绪枕白云而眠。此诗的山峦之致被诗人描写得极为瑰丽奇特，在这自然的风景之中，承载着诗人无尽的乡绪与离愁。

除了桂林的山之外，梧州的隐山、宜州的北山、南宁的青秀山等也常为诗人们所重视。如明庆远知府杨信《庆远北山》一诗："青峰碧嶂与天齐，一经凌空石凿梯。云气奔腾龙去远，松花摇落鹤来栖。楼台佛刹依北山，城郭人家傍水西。"② 李渤对秀丽的北山赞不绝口，甚而生出了惺惺相惜之意。明代董传策来广西南宁时，留下的诗歌也以山水为题材的诗歌居多，比如他的《青山歌》一诗："青山高，千峰石笋插云霄。青山下，江水平铺村影射。青山小，卷石嶙峋竹啼鸟。青山大，五象星罗吹响籁。青山晴，波光万顷盘蛇城。青山雨，烟霭微茫罩松树。青山风，蛟龙吼怒凌长空。青山月，青螺一点银盘突。青山暝，渔歌欸乃摇江玲。青山晓，玉露瀼瀼断林

① （清）汪森编辑：《粤西诗载校注》第六册，桂苑书林编辑委员会校注，广西人民出版社1988年版，第149页。
② （清）汪森编辑：《粤西诗载校注》第五册，桂苑书林编辑委员会校注，广西人民出版社1988年版，第189页。

秒。青山清，一股泉飞石上声。青山四时尝不老，游子天涯觉春好。我携春色上山来，山花片片迎春开。仙人云盖飘亭子，泉水之清洌且美。我爱泉清濯我缨，白云袅袅衔杯生。披云直上昆仑顶，鞭龙一决翻沧溟。却洗尘氛破炎昊，路上行人怨芳草。"① 从各个方面各个视角、使用多种修辞方法描绘了千变万化的青秀山风貌；除了以上列举的山之外，还有柳州的屏山、鱼峰等，都是经由此地的诗人群体所吟咏的对象，这些山都以奇瑰闻名，又各有特色。

可见，广西无尽的山色成为诗人们的创作素材，刘克庄在《沁园春·岁暮天寒》中写道："岁暮天寒，一剑飘然，幅巾布裘。尽缘云鸟道，跻攀绝顶，拍天鲸浸，笑傲中流。畴昔奇君，紫髯铁面，生子当如孙仲谋。争知道，向中年犹未，建节封侯。"② 诗人通过锵然的笔势，写出了峰峦的"奇伟"，同时表达了自身壮志未酬的感慨，广西的"奇山"景观给中国古典诗坛留下了浓墨重彩的一笔。

二 水之清碧

广西的山奇瑰百状，妙趣横生，广西的水也自是明澄浮翠，别有风味。孙觌《龙岩寺》中："一水抱村流"③，钱薇的《永福感怀》"一水自淳泓"④，李科的《桃花水》："千树晴霞映水光"⑤ 等，皆

---

① （清）汪森编辑：《粤西诗载校注》第二册，桂苑书林编辑委员会校注，广西人民出版社1988年版，第307页。

② （清）汪森编辑：《粤西诗载校注》第八册，桂苑书林编辑委员会校注，广西人民出版社1988年版，第141页。

③ （清）汪森编辑：《粤西诗载校注》第一册，桂苑书林编辑委员会校注，广西人民出版社1988年版，第97页。

④ （清）汪森编辑：《粤西诗载校注》第二册，桂苑书林编辑委员会校注，广西人民出版社1988年版，第37页。

⑤ （清）汪森编辑：《粤西诗载校注》第八册，桂苑书林编辑委员会校注，广西人民出版社1988年版，第25页。

是对桂林之水灵动清新的赞美。章岘《和李昇之夜游漓江上》中
"月雾空蒙萤照水，霜风萧瑟鹭眠沙"①，描绘了漓江的清逸绝尘之
味。范成大的《六月十五日夜泛西湖，风月温丽》："波纹挟月影，
摇荡舞船窗……棹夫三弄笛，跳鱼翻素光。我亦醉梦惊，解缨濯沧
浪"②，通过空明的意象选取，勾画出一帧澄净清宁的月下泛舟桂州
西湖图。《乌蛮滩》里袁褧言"江流清似镜"③，唐代诗人李群玉在
《送萧绾之桂林》说："万里阔分袂，相思杳难申。桂水秋更碧，寄
书西上鳞"④，宋代诗人任续在《还珠洞》云："艮离蠹孤峰，玉簪
倚天杪。桂水流漓碧，洄伏皆萦绕"⑤，又深切地道出了桂水的又一
大特点："碧"。广西之水因未经多少人工开发，故犹为天然清丽。
李白曾赞曰"中间小谢又清发"的诗人谢朓，是南朝齐国著名的山
水诗人，诗名与谢灵运并举，曾有咏广西桂水之作，可堪一览。此
诗是其于广西境内游湘水所作：

将游湘水寻句溪

南齐　　谢朓

既从陵阳钓，桂鳞骖赤螭。

方寻桂水原，谒帝苍山垂。

辰哉且未会，乘景弄清漪。

---

① （清）汪森编辑：《粤西诗载校注》第四册，桂苑书林编辑委员会校注，广西人
民出版社1988年版，第83页。

② （清）汪森编辑：《粤西诗载校注》第一册，桂苑书林编辑委员会校注，广西人
民出版社1988年版，第107页。

③ （清）汪森编辑：《粤西诗载校注》第三册，桂苑书林编辑委员会校注，广西人
民出版社1988年版，第332页。

④ （清）汪森编辑：《粤西诗载校注》第一册，桂苑书林编辑委员会校注，广西人
民出版社1988年版，第48页。

⑤ 同上书，第146页。

瑟汨泻长淀，潺湲赴两岐。

轻蘋上靡靡，杂石下离离。

寒草分花映，戏鲔乘空移。

兴以暮秋月，清霜落素枝。

鱼鸟余方玩，缨緌君自縻。

及兹畅怀抱，山川长若斯。①

  本诗韵格天成，清灵有致，首句即有神仙语："既从陵阳钓，桂鳞骖赤螭"，以仙人垂钓遇龙之典引出"游湘水"的活动，张栻诗言"漓江即湘江，潋潋清见石"，故此处"桂水"即"湘水"，暗合诗题。接下来一"寻"字再次呼应诗题，作者在自然的风光中沉醉，为寻宣城，顺着水流神游八仪，恍惚间又仿若拜谒舜帝于苍山之野，把思念故地之情巧妙地投射于其间。诗人随即以游水之事具陈敷衍：天光尚早，四围山景秀奇、倒映水面，微风拂过，清澈的水面泛起粼粼的波纹。汨汨的流水轻喃着奔赴远方，有的潺潺浅浅，突遇分支，于是背道而驰；有的细水流深，下转塘坳，于是静静沉淀。至此，作者用简练的语言把桂水的总特点和状态不急不缓地娓娓道来。接着，作者把目光从远方渐渐回收：眼前，但见水草随着水波一起一伏，温柔荡漾，透过澄澈的水，河床上遍布着的石头历历可数。再环顾四周，那汀岸上散布着香草瑶花，在风中轻轻摇摆，鱼儿在空明的水中自由自在地嬉戏，这里截取的片段式细节极具想象张力。随着空间的纵深在行进，时间的跨度也在悄然位移："兴以暮秋月，清霜落素枝"，清雅之风神仿若与耀熠九天的素秋之月，一同在文本

---

  ① （清）汪森编辑：《粤西诗载校注》第一册，桂苑书林编辑委员会校注，广西人民出版社 1988 年版，第 21 页。

背后悄无声息地冉冉升起，洒下皎洁的清辉，让沉沉夜色中的树枝布满时间的青霜。于是作者在末尾抒发了独特的生命感慨："我在这片澄然空灵的天地与鱼鸟为侣，世俗的烦庸就让你们作茧自缚的世人自我消磨。敞开怀抱拥抱日月山河、宇宙星辰，让自身随着自然的永恒而永恒吧。"广西的山水赋予诗人无尽的浪漫联想与灵魂自由。此诗"乘景弄清漪""杂石下离离""戏鲔乘空移"等诗句所描绘的桂水"清"的特点也尤为令人瞩目。

明代诗人杨信《粤西山水歌》："粤西山水甲天下，蜀中险绝此其亚。泷涛飞出水晶宫，龙齿潺湲舟底窄。仰视流水一窍通，众石尖尖撑太空。烟岚直罩星斗落，目中半是参天峰。峰势参天江欲泻，悬崖缥缈灵根射。削如玉笋秋不凋，突如长枪锋倒挂。岩洞玲代何太奇，訇然中开峙两仪。疑有神斧凿其穴，牵连秘诡光陆离。"[1] 盛赞了广西的明媚风光，青山绿水交错依存，岩瀑相激，而天地一派生机，放眼望去令人息心忘返，这样的景致使诗人的谪游之途别有韵致。宋代诗人陶弼也曾在《桂林》一诗说："青罗江水碧连山，城在山光水色间"[2]，清碧的山水，带给诗人们的是心灵的陶冶和紧绷的政治神经的放松。

三 岩洞幽险

《粤西诗载》中，岩、洞出现的频次每每令人关注，钟乃元在《唐宋粤西地域文化与诗歌研究》中说道："唐宋粤西诗里山水诗所占的比重是最多的，保守统计有 300 多首，其中岩洞诗就有 190 余

---

① （清）汪森编辑：《粤西诗载校注》第二册，桂苑书林编辑委员会校注，广西人民出版社 1988 年版，第 303 页。

② （清）汪森编辑：《粤西诗载校注》第七册，桂苑书林编辑委员会校注，广西人民出版社 1988 年版，第 28 页。

首"，以这两种具体的意象为主，可用如下表格分析此书诗题中的岩洞景观。

《粤西诗载》目录中出现的岩洞一览

岩	七星岩、天门岩、水月岩、月牙岩、月岩、龙隐岩、四门岩、仙迹岩、白云岩、白龙岩、冠岩、老人岩、吕公岩、狮子岩、龙岩、佛子岩、冷水岩、玩珠岩、穿云岩、穿石岩、屏风岩、珠岩、娥英岩、程公岩、道士岩、西峰岩、鹅翎岩、崆峒岩、罗从岩、四门岩、省春岩、冲天岩、仙岩、曾公岩、阳朔岩、通真岩、会仙岩、太平岩、畅岩、漱玉岩、刘仙岩、弹子岩、燕岩、隐仙岩、灵岩、玉柱岩
洞	水月洞、夕阳洞、木龙洞、升真洞、还珠洞、玉华洞、白龙洞、北牖洞、勾漏洞、仙李洞、白云洞、白雀洞、玄风洞、栖霞洞、游风洞、花石洞、明月洞、韶音洞、南华洞、风洞、都峤洞、华景洞、真仙洞、朝阳洞、老君洞、安乳洞、白石洞、龙隐洞、嘉莲洞、张公洞、双龙洞、观音风洞

广西作为喀斯特地貌的代表，岩洞景观尤为繁多。明代诗人俞安期在《栖霞篇》中盛赞说："辽远奥冥，玮怪万象"，总的来说，广西岩洞具有险幽的特点。如：

龙隐岩

宋　李师中

春波饱微缘，斗柄涵虚明。

方舟贯岩腹，鹅鹳相酬鸣。

仰窥穹窿顶，宛转百怪呈。

仅余鳞甲碎，不见头角狞。

下闻清冷渊，演迤万顷澄。

但同鱼鸟参，勿遣蛟龙惊。

抉苔抚奇篆，倚棹看题名。

三将標殊勋，自与山不倾。

谁欤赘小筑，政恐山灵嗔。

南洞更幽绝，仙佛依峥嵘。

太虚可为室，岂复资栾楹。

乳泉筑茗椀，中有冰雪清。

何须骖鸾去，此即白玉京。

鼎来不速客，抱琴忽逢迎。

爱此无弦曲，岩溜同一声。

为君洗尘耳，唤我诗魂醒。

只恐白衣至，好句亡由成。①

　　此诗以空间位移的视角对广西岩洞进行了实地探究与直观阐释：望江而上，春水凝碧，初涨微波，群山四合，中容虚明的岩洞。一叶轻舟穿龙隐岩而过，水鸟在水草间相和着声声啼鸣。随着作者的不断深入，仰视苍穹，山势峥嵘，百态纷呈，仿若龙行寰宇时遗留的碎鳞斑驳，犄角狰狞。此处极言岩壑之"险"。俯视渊涧，碧波迤逦万顷，横无际涯。至此，作者生动地描绘出岩洞外部的绝佳之景。在这人迹罕至的洞岩中与鸟兽虫鱼一道参悟天地大道，剥落点点的苍苔抚摸上古的篆文，挂着棹桨用目光与峭壁间的题刻温存。那英雄们立下的千古功勋，与这绿水青山永存。用"谁欤赘小筑，政恐山灵嗔"的想象进行文意的悄转后，作者描写自己步入洞室，但见岩壁供奉的仙佛超然拔俗，此处呈现出广西岩洞间丰富的崖刻和宗教文化。身处其间，作者发出感叹：天地已经是屋宇，何必再去苦苦建筑房屋？俨然有魏晋刘伶"我以天地为栋宇"之高蹈遗风。在这样一方山水中，品鉴乳泉的冰雪清致，与二三子抚琴相乐，幽意

---

① （清）汪森编辑：《粤西诗载校注》第一册，桂苑书林编辑委员会校注，广西人民出版社 1988 年版，第 50—51 页。

渐生。坐听山水雅音，造化之曲，有伯牙子期之欢。此时此刻，龙隐岩洞简直成了神仙洞府，世外桃源，身在此际，能到达"不知有汉，无论魏晋"超逸绝尘之境。作者在抒发清逸之气的同时，紧紧抓住了岩洞嶙峋玲珑的秀美特点，如工笔画一般对细节进行深入描摹，在字里行间全面地展示出了岩壑之"险"、洞穴之"幽"。

又：

题水月洞

元　陈孚

铁崖万仞，鬼斧所凿。

长啸一声，白云惊跃。①

此诗向我们展现了桂地山岩地势之精巧，化工之神奇。簇天而起的群峰，深幽的洞穴遍布其间，仿若某种隐秘的力量细致雕琢的作品，于此天地间长啸抒怀，白云随着心潮澎湃翻涌，豪情逸气在字里行间升腾而起。全诗虽然只有短短四句，却刻画出奇石秘洞的跌宕动势，给予后世的读者们无尽的遐想。

又：

玉华洞

宋　戴复古

忆昨游桂林，岩洞甲天下。

奇奇怪怪生，妙不可模写。

---

① （清）汪森编辑：《粤西诗载校注》第一册，桂苑书林编辑委员会校注，广西人民出版社 1988 年版，第 10 页。

玉华东西岩，具体而微者。

神功巧穿凿，石壁生孔罅。

玲珑透风月，宜冬复宜夏。

中有补陀仙，坐断此潇洒。

空山茅苇区，无地可税驾。

举目忽此逢，心骇见希诧。

题诗愧不能，行人亦无暇。①

这首诗描述了广西"岩洞甲天下"的行状，岩洞形状千奇百怪，幽深难测，玲珑精巧，妙不可言。

总而言之，广西的山水、岩洞都是诗人在《粤西诗载》中的诗歌创作素材。这原生态纯天然的山川美景，成为诗人们抒发情感的寄托，从而催生出大量的山水诗、岩洞诗，这为中原地区的人们全面而客观地认识广西做出了一定的贡献。广西地域的山水、岩洞诗的井喷式涌现，更为中国古代诗歌的创作注入了新鲜的血液。

四 亭台雅乐

值得一提的是，《粤西诗载》中不仅有自然风光，也有很多亭台楼阁之类的人文景观。自古以来，修建亭台楼阁是广西宦游的文人们乐意为之的。对宦游的诗人而言，他们以地方政绩为本，但在公务之外，也乐衷于从事一些文化活动，希望身处于美不胜收的自然胜景中锤炼气节、熔冶性情。于是，借助自身的政治权力及影响力，

---

① （清）汪森编辑：《粤西诗载校注》第一册，桂苑书林编辑委员会校注，广西人民出版社1988年版，第114页。

他们在广西境内大辟岩洞、广修亭阁，一方面可以为当地建设基础设施；另一方面也丰富了当地百姓的业余娱乐活动、充实了普罗大众的精神文化生活。如此，诗人们能与民众共同享受山水之美，达到"人知从太守游而乐，不知太守之乐其乐"的"与民同乐"为政思想。元晦在广西担任桂管观察使期间，在叠彩山兴建了写真院、花药院、流杯亭、八角亭、越亭、齐云亭、销忧亭、歌台钓榭、石室莲池等建筑。并写下《叠彩山记》《四望山记》等游记小品。从那以后，四望山、叠彩山成了游客们欣然而往的胜地，或众人齐聚，设宴布席，赏玩清景；或独自登临，凭栏远眺，以发幽思。再如韦瓘，于唐宣宗大中初年，在桂州子城东北隅造了"馆宇宏丽，制作精致，高下敞豁，冠诸亭院"的碧浔亭。又如李渤，于唐敬宗宝历初年，在延龄寺旁筑隐仙亭。随着聚众宴缋、命名题刻等文娱活动的展开，相应地，岩洞也逐渐被挖掘开发，碑刻之风蔚然兴起，大量以此为题材的诗作也由此风靡一时。这些人为开发而凿构的岩洞和大兴土木而修建的亭台楼阁成了美妙的媒介，客观自然赋予人审美的愉悦，人又对这些山河湖海、亭台廊园寄寓幽情，人们在这里吟咏题刻，游赏酬唱，流连忘返，人与自然的互动逐渐开始热络，主客体的关系日益紧密，山水风光与人文审美得以交流融合。这些人文景观甚至在后期也属于另一种再造的"自然"被人们所题咏，如：

静观亭

明　顾璘

独游秋山静，偃蹇群松苍。

田家谷新熟，平郊散牛羊。

野草摇众色，寒花净孤芳。

悠然忽终日，尘鞅聊相忘。①

此诗描绘了一派其乐融融的秋郊田园风光，秋日降临，千山远寂，苍翠的松林扬起一阵风涛。登临纵目，横亘旷野的是金黄的稻田，远处，牛羊三三两两地散落在平郊。野草在风中轻轻摇摆，孤洁的花幽幽地盛开。末句表达了作者徜徉于此方天地，忘却俗尘，闲适从容，悠然自得的心境。静观亭作为作者的一个观察据点，虽未在诗中"出镜"，却始终处于整个画面的中心，此处观测到的景致不仅是自然，人们的劳作和生活也成了被旁观的一种风景，让人流连忘返。

簪带亭

宋　刘克庄

上到青林杪，凭栏尽桂州。

千峰环野立，一水抱城流。

沙际分渔艇，烟中见寺楼。

不知垂去客，更得几回游。②

此诗是诗人即将离别桂地而作，簪带亭原在桂林栖霞洞，诗人伫立于青林之上的簪带亭纵目桂府，山光水色尽收眼底。环视此地，只见千山环簇，桂水悠悠。沙洲依稀能望见渔船唱和，水汽氤氲间楼台寺宇缓缓浮现，诗人描画完幽丽的山水全貌后，又择取最具广

---

① （清）汪森编辑：《粤西诗载校注》第一册，桂苑书林编辑委员会校注，广西人民出版社 1988 年版，第 239 页。

② （清）汪森编辑：《粤西诗载校注》第三册，桂苑书林编辑委员会校注，广西人民出版社 1988 年版，第 173 页。

西典型风情的"沙际渔艇"与"烟中寺楼",用一"分""见"捕捉了其山水灵动的美感,极富诗情画意。自然,簪带亭也并非独立于诗外,它那玲珑卓然的姿容也已经与全诗的意境融为一体。

此外,明代诗人冯维的《和控粤亭韵》:"新构华亭五岭东,两江舟楫往来通"①,写出了控粤亭的卓然气势,指出了其交通要塞的战略地理位置;黄润玉的《桂林诸葛亭》:"九日追陪宴此亭,悠然遐思入鸿冥"② 则道出了桂林诸葛亭酬唱宴觞的社交功用和能够于此抒发自我悠然的情志;秦山竺的《筹边楼》:"危楼奇观壮南州,公退携琴日往游"③,点明了楼观可供人们游逸其间,陶冶情操的特质;孙觌的《南山寺》:"诗成绝叫层楼上,听我洪钟万石撞"④,则体现出楼阁亭台是诗人们寄意畅怀的绝佳场所;而刘克庄的《千山观》:"西巇林峦擅一城,渺然飞观入青冥"⑤,使千山观宏伟庄严的气势栩栩如生。还有傅惟宗的《流杯桥》:"桥跨横溪锁暮烟"⑥,轩辕弥明的《谒尧帝庙》:"庙建唐尧镇此邦"⑦,程文德的《拱日亭》:"一樽更上孤亭酌"⑧,邹浩的《仙宫庙》:"可扪天处是仙宫"⑨ ……可谓形形色色,不一而足,展开了一幅广西人文景观的巨幅画卷。

与此同时,《粤西诗载》有很多以"驿"为中心的羁旅行游之风景,如宋代诗人范成大的《宿深溪驿》,明代诗人刘嵩的《渡金鸡

---

① (清)汪森编辑:《粤西诗载校注》第四册,桂苑书林编辑委员会校注,广西人民出版社 1988 年版,第 344 页。

② 同上书,第 319 页。

③ 同上书,第 340 页。

④ 同上书,第 127 页。

⑤ 同上书,第 146 页。

⑥ 同上书,第 278 页。

⑦ 同上书,第 23 页。

⑧ 同上书,第 26 页。

⑨ 同上书,第 66 页。

驿亭》、韩守益的《发梧江驿》、蓝智的《出云藤驿》《宿苏桥驿》、鲁铎的《思笼驿见萤》等，古时的广西作为一个常用的贬谪之地，其不可或缺的交通设施"驿"，对于中原的游子已经是寻常的景观，因此，"驿"这一意象在《粤西诗载》中的多次出现也就不足为奇。

第二节　物色之动

刘勰在《文心雕龙·物色篇》有言："春秋代序，阴阳惨舒。物色之动，心亦摇焉。"此处的"物色"既有气候又有物候之意。广西属亚热带季风气候，其地物产资源丰富，四季宜人，范成大有言："桂林独宜人，无瘴古所传"，其地植被覆盖率极高，空气湿度大，草木葱茏，花柳披离，飞禽走兽都具有无尽的生命力。不论是本籍诗人还是客籍诗人，他们的创作都在一定程度上展现出广西的气候与物候特征。

一　气候

气候，就是"某较长时期内气象要素和天气过程的平均特征和综合统计情况"[1]，清代作家汪森为官广西时，不仅编撰了《粤西诗载》，也编过《粤西文载》，其中，有苏澹《气候论》这样介绍广西的气候特点：

　　李待制曰："南方地卑而土薄。"土薄，故阳气常泄；地卑，故阴气常盛。阳气泄，故四时常花，三冬不雪，一岁之暑热过

---

① 刘敏、方如康主编：《现代地理科学词典》，科学出版社 2009 年版。

中。人居其间,气多上壅,肤多出汗,腠理不密,盖阳不反本而然。阴气盛,故晨昏多露,春夏雨淫,一岁之间,蒸湿过半。盛夏连雨即复凄寒,衣服皆生白醭,人多中湿,肢体重倦,多脚气等疾,盖阴常盛而然。阴阳之气既偏而相搏,故一日之内,气候屡变。谚曰:"四时皆似夏,一雨便成秋。"又曰:"急脱急着,胜似服药。"气故然耳。[①]

地理学上所讲的岭南,是指南岭山脉以南的广大地区,包括现在的广东、香港、澳门、海南、广西、福建、台湾七个省区。这个地区位于我国的最南部,纬度低,太阳高度较大、辐射强,受热带海洋的影响最大,其气候要素的主要特征是:温度高,湿度大,雨水多。气候学家介绍,岭南地区的年平均气温,大部在 18℃—24℃,岭南是我国降水量最丰富的地区,大部分地区年降水量为 1500—2000 毫米,故湿度大。苏濬的《气候论》可谓如实地记录了这些特点。这些特征在《粤西诗载》中也有鲜明的体现。

(一) 常年温暖

南　征

陈　苏子卿

一朝游桂水,万里别长安。

故乡梦中近,边愁酒上宽。

剑锋但须利,戎衣不畏单。

南中地气暖,少妇莫愁寒。[②]

---

① 汪森:《粤西文载》,文渊阁《四库全书》本。

② (清)汪森编辑:《粤西诗载校注》第一册,桂苑书林编辑委员会校注,广西人民出版社 1988 年版,第 24 页。

　　此诗表达了作者南征之旅时的思乡之情，然而抒发得非常绵宛。一改常见的苦寒气象。首联以"游桂水""别长安"为叙事，自然援入颔联的"乡梦"与"边愁"，一个"近"和一个"宽"炼字独到，写出了归梦而不得，故在梦中捕捉故乡的身姿。然而，梦终究有梦醒时分，诗人惊觉漂泊异乡的现实，本想借酒浇愁，愁绪却因此而弥散得愈加浩阔深远，二句实为心至之语，不见雕削，浑然天成。颈联和尾联极富生活气息：出征的利刃需要打磨好，但是战衣不必多么厚实暖和，因为南方气候温暖，在家思念着征人的闺中人儿，不必操心将士会受寒着凉。看似平实的语言，字里行间却洋溢着一种自信的必胜基调，展现着出征军士们必胜的豪情以及他们挂念着远方亲人的柔情，虽有乡愁，却并无寻常乡思诗般极尽哀婉的色彩，可谓情深而不怨。此诗末句的"南中地气暖，少妇莫愁寒"一语点明了此地天气的温暖。

　　除此之外，唐代诗人李商隐的《桂林路中作》："地暖无秋色，江晴有暮晖。空馀蝉嘒嘒，犹向客依依。村小犬相护，沙平僧独归。欲成西北望，又见鹧鸪飞"①，诗人落笔即指出当地气候的"暖"：秋天已然降临，广西之地却没有任何萧条之色，江天之畔，晴阳暖照，暮色依依。蝉声犹在耳畔吵闹得极为欢腾，村庄里的小狗在夕阳下护送游子独自前行。回望家乡，天际并没有出现雁群，只有鹧鸪沐浴着余晖盘旋翻飞，俨然一派南国暖暮之致。唐代诗人卢纶的《逢南中使寄岭外故人》："过秋天更暖，边海日常阴"②，孟浩然的《题梧州陈司马山斋》："南国无霜霰，连年对

---

　　① （清）汪森编辑：《粤西诗载校注》第三册，桂苑书林编辑委员会校注，广西人民出版社1988年版，第99页。
　　② （清）汪森编辑：《粤西诗载校注》第六册，桂苑书林编辑委员会校注，广西人民出版社1988年版，第151页。

物华"① 等都表明了广西气候的温暖宜人。

（二）气候湿润

过官塘

明　吴赴

四野阴霾一夜清，风花烟柳抱新晴。

横塘渺渺仓庚急，黄犊家家带雨耕。②

这首诗描绘了一幅广西常见的惬意静好的乡村雨中春耕图，"阴霾"是空气中的烟尘与水滴微粒悬浮空中滞留不去的混浊现象。"四野阴霾一夜清"，描述了这个因空气水粒子饱和而造成的自然现象被一阵风吹散，天气顿时晴朗起来。然而，短暂的晴天后，紧接着的是"横塘渺渺仓庚急，黄犊家家带雨耕"的烟雨之致。"渺渺"体现出塘面水雾蒸腾之感，"带雨耕"又表现出广西春日雨水绵绵不尽之态，由此，足见广西气候的湿润特征。

登柳州城楼寄漳汀封连四州

唐　柳宗元

城上高楼接大荒，海天愁思正茫茫。

惊风乱飐芙蓉水，密雨斜侵薜荔墙。

岭树重遮千里目，江流曲似九回肠。

---

① （清）汪森编辑：《粤西诗载校注》第三册，桂苑书林编辑委员会校注，广西人民出版社 1988 年版，第 79 页。

② （清）汪森编辑：《粤西诗载校注》第八册，桂苑书林编辑委员会校注，广西人民出版社 1988 年版，第 25 页。

共来百越文身地，犹自音书滞一乡。①

此诗是柳宗元等柳州城楼寄友人之作，开篇道出地点，"城上高楼接大荒"，"海天愁思"又道出广西临海的地理特点，海滨之地多受季风洋流的影响，空气湿度比较高，颔联的"风""雨"意象也直接反映出广西的天气正是时雨多风。此外，广西树木郁郁葱葱，植被覆盖率较高，以至于"岭树重遮千里目"，极目远眺，林木繁盛；广西水网密布，故有"江流九曲"之说，处处溪流湖泊，植物又具极好的锁水湿润功能。综上，足可见广西地区湿度之大。除此之外，他还在《柳州二月榕树落尽偶题》说"山城过雨百花尽，榕叶满庭莺乱啼"②，佐证了广西多雨的情况。明代诗人袁袠在《苍梧作》言："气候南荒异，苍梧湿更饶。山云晴忽雨，江雾夜连朝。病与炎俱剧，愁随瘴不消。故乡那可望，桂岭已迢迢。"③ 因异常的"湿"而带来的"云""雾""雨"等气象的纷至沓来在广西已属于常态，如此异于故乡的气候使诗人身体备受折磨，愁绪满怀。更有甚者，如许浑的"瘴雨欲来枫树黑，火云初起荔枝红"④，李全善的"桃花春尽雨声中，汹涌波涛浪拍空"⑤，夏言的"瘴雨蛮烟万里开，海邦民物睹春台"⑥，王一岳的"雨霰冥濛扫不开，四壁寒

<hr>

① （清）汪森编辑：《粤西诗载校注》第四册，桂苑书林编辑委员会校注，广西人民出版社1988年版，第6页。
② （清）汪森编辑：《粤西诗载校注》第七册，桂苑书林编辑委员会校注，广西人民出版社1988年版，第6页。
③ （清）汪森编辑：《粤西诗载校注》第三册，桂苑书林编辑委员会校注，广西人民出版社1988年版，第333页。
④ （清）汪森编辑：《粤西诗载校注》第四册，桂苑书林编辑委员会校注，广西人民出版社1988年版，第15页。
⑤ （清）汪森编辑：《粤西诗载校注》第八册，桂苑书林编辑委员会校注，广西人民出版社1988年版，第19页。
⑥ 同上书，第16页。

蛩声唧唧"① 等都揭示出广西地区雨水繁多植被茂密的特点，足可佐证此地湿润多雨的气候。

（三）四季不明

始安秋日

唐　宋之问

桂林风景异，秋似洛阳春。

晚霁江天好，分明愁杀人。

卷云山戢戢，碎石水磷磷。

世业事黄老，妙年孤隐伦。

归欤卧沧海，何物贵吾身。②

此诗首句"桂林风景异，秋似洛阳春"，即指出广西之地季相不显的特征。融融的夕晖散落于江面，天际的彩霞蒸腾绮丽，天地处于一种祥和的氛围中。远处云霞缭绕，峰峦嶙峋，水中白石可数，波光粼粼，面对此情此景，遭贬谪的诗人在大自然中尽情地抒发了自己的愁绪与悲怀，感慨人生际遇的沉沦。与之类似的诗还有：

题梧州陈司马山斋

唐　孟浩然

南国无霜霰，连年对物华。

青林暗换叶，红蕊欲开花。

---

① （清）汪森编辑：《粤西诗载校注》第三册，桂苑书林编辑委员会校注，广西人民出版社 1988 年版，第 18 页。

② （清）汪森编辑：《粤西诗载校注》第一册，桂苑书林编辑委员会校注，广西人民出版社 1988 年版，第 28 页。

　　春去无山鸟，秋来见海槎。

　　流芳虽可悦，会自泣长沙。①

　　此诗亦于首句点明了梧州常夏不冬的季候特色。正因为气候温暖不见霜雪，因此生物生长繁茂，且一年四季变化不大。鲜艳美丽的花朵仍然竞相绽放，树林虽然换叶了，但依旧青翠欲滴，让人难以察觉。春天一过，鸟鸣渐渐稀少，秋天到来，海面上迎来了帆船随着波浪在天际若隐若现。末句以乐景衬哀情，温暖宜人的景色映入眼帘，而诗人心底魂牵梦萦的还是故土家园，每念及此，不由得潸然泪下。此诗意蕴流畅，风姿委婉，尤把相思之情刻画得悱恻绵长、动人心弦。

　　值得注意的是，广西虽然常年温暖，以气候宜人著称，但又如戎昱《桂州口号》中说："画角三声动客愁，晓霜如雪覆江楼。谁道桂林风景暖，到来重著蚤貂裘"②，虽然广西向来是比较温暖的，但是诗人戎昱在实际身临其地后，才知道桂林并非一年四季都无霜冻，甚至需要"著皂貂裘"，反映了广西气候的真实状态。这几首诗其实都涉及广西的气候与物候，也都是颇为符合广西的真实情况的。

（四）天气多变

　　广西有"雨阳寒燠称殊候"之说，前文提及的苏濬《气候论》中有"阴阳之气既偏而相搏，故一日之内，气候屡变"之语，向我们揭示了广西气候又一特色：一日之间寒暑不常，天气多变。广西

---

　　① （清）汪森编辑：《粤西诗载校注》第三册，桂苑书林编辑委员会校注，广西人民出版社1988年版，第79页。

　　② （清）汪森编辑：《粤西诗载校注》第七册，桂苑书林编辑委员会校注，广西人民出版社1988年版，第12页。

地处山地，又有部分区域滨海，冷暖气流运动不定，气团气压综合
环境复杂，具有极大的流动性，因此一日之间温差极大，刘克庄有
过"瘴土不因梅亦湿，飓风能变夏为秋。方眠坏絮俄敷簟，已着轻
絺又索裘"的体验，告诉人们广西当地的气候与中原一带有天壤之
别，感叹自己身体正遭受病痛折磨，不能消受如此变化多端的异域
天气。原来广西天气湿热，风云难测，飓风一到，一日之间便可由
夏入秋。因此，刚刚铺好了棉被以为安枕无忧，下一刻可能就热得
要睡凉席；正穿着轻薄的衣服，温度又忽然骤降让人翻箱倒柜找裘
衣御寒，如此瞬息万变的天气，常常打乱了人们的生活秩序。作者
苦于此地无常的怪异气候，一时无法适应，怀念故土的悲哀之情油
然而生，发出了羁旅无依的无奈感叹。

有趣的是，秦观在《宁浦书事六首·其二》中曾说："渔稻有如
淮右，溪山宛类江南。自是迁臣多病，非干此地烟岚。"[1] 却极力为
广西气候正名，他解释到，这里风景如画，鱼米富足，堪比淮右、
江南，那些抱怨着瘴气瘴土瘴烟的迁客骚人，不过是自己有心病"爱
屋及乌"罢了。活泼明快的语言流露出对广西气候的惬意适应与客观
正视，作为贬谪诗人，这是秦观对广西难得的较为中肯的评判。

二　物候

物候，"是生物受气候诸要素及其他生长因素综合影响的反应"[2]。
物候现象大体包括三个方面：一是植物（包括农作物）物候，如植
物的发芽、展叶、开花、结果、叶变色、落叶，农作物的播种、出

---

① （清）汪森编辑：《粤西诗载校注》第六册，桂苑书林编辑委员会校注，广西人
民出版社 1988 年版，第 337 页。

② 刘敏、方如康主编：《现代地理科学词典》，科学出版社 2009 年版。

苗、开花、吐穗等现象；二是动物物候，如候鸟、昆虫及其他两栖类动物的迁徙、始鸣、终鸣、冬眠等现象；三是气象水文现象，如初霜、终霜、初雪、终雪、结冰、解冻等。

《粤西诗载》中的文人将广西的特色物产援引入诗歌中，极大地扩充了诗歌的写作题材。岭南一带特有的桂树、榕树、枫树、柑橘、桄榔、荔枝等树木也不断地进入诗人的视野，不仅如此，一些富有广西地域特色的花草类物产如芦花、豆蔻花、红槿花、刺桐花、白蘋花、紫荆花等，也见诸文人的笔端。除了对于广西特色花草树木的描绘，广西的动物们也同样进入他们的作品。例如，蛇虫、猿猱、鱼鸟，《粤西诗载》中还有诸多以描绘广西独特气象为题材的诗作，例如云气、霜染，冰雪等。

（一） 植物

广西多奇花异果，草木葱郁，植物繁茂，这为此地的文人提供了丰茂而极具特色的写作素材，文人的创作又展开了广西那千姿百态异彩纷呈的草木图鉴。诗人择取的草木意象不仅契合着诗歌的整体意境，也体现着他们的审美倾向。《粤西诗载》关于花木的诗中，既涵括了南方所产的桂树、榕树、翠竹、茉莉、红豆等，也有枫树、柳树、松树、梅树、梨树、荷花等常见植物，还有一些广西当地尤为有名的作物，如荔枝、柑橘、槟榔、芭蕉等，如唐代诗人宋之问的《过蛮洞》："林暗交枫叶，园香覆橘花"①，宋代诗人梅挚的《昭潭十爱其十》："荔枝登宴美，桂子惊盘新"②，明代诗人区龙祯的《经略台怀古》："行尘不隔荔枝红，杨湾尚在杨妃死"③ 等都

---

① （清）汪森编辑：《粤西诗载校注》第三册，桂苑书林编辑委员会校注，广西人民出版社 1988 年版，第 75 页。

② 同上书，第 121 页。

③ 同上书，第 65 页。

有体现,《粤西诗载》中每一处对草木的细致描摹,都寄托着文人审美的理想。

1. 桂树卓然

桂树是广西最具特色的花木,《咏桂树》中:"南中有八树,繁华无四时。不识风霜苦,安知零落期?"[1] 表现了南方桂树的独特物理特性,即未经风霜而四时繁华,宋方信孺《虞山》:"西风搅桂树,落日明枫林。"[2] 及明潘恩《过检篙滩答金之乘金宪二首》:"目极芳华歇,愁经晚桂香。"[3] 又通过桂树抒发了自我之悲慨与愁肠,桂树自古以来都被视作隐士独立人格之象征,而为志趣高雅的文人广泛吟咏。此外,又如:

望八桂

明 区大相

桂树生兮山南,沐玄云兮荫芳潭。

擢修茎兮幽霭,布芳叶兮夕岚。

发华滋兮秋风,翔群羽兮鹇鸿。

既拔萃兮高岭,复灌生兮玄冬。

扬芬兮素节,含贞兮嘉月。

有美人兮伤离,擘岩桂兮为期。

信怀芳兮自保,又久要兮申之。

去不来兮来不采,芳寂寂兮欲谁待。

---

① (清)汪森编辑:《粤西诗载校注》第一册,桂苑书林编辑委员会校注,广西人民出版社1988年版,第23页。

② 同上书,第149页。

③ (清)汪森编辑:《粤西诗载校注》第三册,桂苑书林编辑委员会校注,广西人民出版社1988年版,第320页。

嘉树茂兮岩间，桂父淹留兮往还。

登楼兮长咏，望八桂兮杳难攀。①

　　明代诗人区大相的这首诗借鉴了楚辞的写法，一咏三叹又荡气回肠，描绘出桂树孤洁卓尔、超然不群的身姿。桂树长于山南幽潭之侧，在广西云雾的滋养下抽枝布叶、茁壮成长。这些桂树蓁蓁荣荣，自持旷净、长秉高风，高岭之上款摆摇曳，严冬时节群散芬芳，鸟雀在此翔集，明月于上含幽。作者将桂树的成长环境、外貌体征、品性风格等进行了详尽的描述后，又自然地引申出屈子"惟草木之零落兮，恐美人之迟暮"的"香草美人"之思，一句"有美人兮伤离，擎岩桂兮为期"，以树喻人，道出无限之意：桂树怀幽吐奇，只得孤意自珍，零落晚风，无人采擢。正如作者流落天涯，满腹经纶却无人问津，只得哀叹永日。因此，面对繁茂端佳的桂树，一种沉沉的愁绪和深深的苦闷却萦绕于作者心间，挥之不去，也带给后世的读者们意味悠长的怀想。

　　2. 松风竹韵

　　除了"出镜率"较高的桂树，松竹梅荷兰竹菊等常见的草木花卉也频繁出现在诗人的写作视野当中，其中，以松为例：

双松堂

宋　黄庭坚

文殊堂下松，永日如鸣琴。

我登双松堂，时步双松荫。

---

① （清）汪森编辑：《粤西诗载校注》第三册，桂苑书林编辑委员会校注，广西人民出版社 1988 年版，第 38 页。

中有寂寞人，安禅无古今。①

　　黄庭坚的这首咏松诗可堪典型，文殊堂是莫高窟第六十一窟的别称，作者把全州双松堂称为文殊堂，其参禅悟道之志由此显山露水。堂前双松高大挺拔，荫庇一方，微风过处，松声如琴声瑟瑟幽幽，此处写出松树的情貌，也融入了作者内心的情感，在堂前面对这样一种特殊的"朋友"时，作者吟出了孤独而深刻的独白："中有寂寞人，安禅无古今"，往事千年，今生悠悠，光阴如白驹过隙，而禅理大道却能凌驾于空间或时间，亘古地存在于世间。一种萧疏寥廓的感觉之外，更使"寂寞人"的人格逐渐凸显，仿佛瞑目而坐，也化成了一棵苏世独立的青松。自然的景物给予诗人内心的安宁，诗人由物到人，由人及物，诗中"松"之意象，更是融入诗人自我的哲性思考。又如：

朗吟亭

明　管大勋

北风摇荡江云飞，舆客登山叩石扉。

寒鸦枯木少人迹，青蛇宝剑长八尺。

朝从北海过洞庭，暮扫苍烟吹石壁。

吸尽三江无一滴，坐看二仪自阖辟。

世人滔滔名利间，不如遗落归深山。

山中自有仙家乐，渴时甘露饥胡麻。

兴来醉卧松根石，寤觉长天秋一碧。

---

　　① （清）汪森编辑：《粤西诗载校注》第一册，桂苑书林编辑委员会校注，广西人民出版社1988年版，第58页。

吁嗟乎！

吕仙吕仙何处寻，环佩飘飘只朗吟。①

这首诗是作者游览传说中为纪念吕洞宾而命名的吕仙遗址时，有感而作。诗人首先对四周的环境进行了刻画，北风萧萧，江云飞卷，寒鸦嘎鸣，枯木悬藤，描绘出此地非同凡响的意境，接着叙述了吕洞宾仙人携带长剑，游历江湖，大显身手，参悟天机的一系列活动，最后以"世人滔滔名利间，不如遗落归深山"点明作者想传达的主要内涵，世间名利如浮云过眼，只有寥落的山野之间才有真正的快乐，醉卧松根石头，仰看浩瀚苍穹，在自然之中徜徉欢歌，末句化用吕洞宾的"朗吟飞过洞庭湖"，传达出一种摒弃俗尘，"道法自然"的心性态度。"松树"的意象在此际已然成为高士隐逸之情的表征。

宋代诗人孙觌的《龙岩寺》："千松夹古道，一水抱村流。……野果拆奇苞，畦蔬剪新柔。"② 与明代诗人何乔远的《全州道傍官松歌》："全州官路何逶迤，十里五里松参差。"③ 将山间松林的壮观之态进行传神写照。《虞氏隐居一首》中："寂寂春萝月，萧萧秋桂风。何日赋归来，庭柯抚孤松。"④ 也化用了陶渊明《归去来兮辞》中"三径就荒，松菊犹存……抚庭柯以怡颜，倚南窗以寄傲"之意，通

---

① （清）汪森编辑：《粤西诗载校注》第三册，桂苑书林编辑委员会校注，广西人民出版社 1988 年版，第 31 页。

② （清）汪森编辑：《粤西诗载校注》第一册，桂苑书林编辑委员会校注，广西人民出版社 1988 年版，第 97 页。

③ （清）汪森编辑：《粤西诗载校注》第三册，桂苑书林编辑委员会校注，广西人民出版社 1988 年版，第 25 页。

④ （清）汪森编辑：《粤西诗载校注》第一册，桂苑书林编辑委员会校注，广西人民出版社 1988 年版，第 98 页。

过松树表达诗人深切动人的莼鲈之思和归隐之愿。

另外，松、竹意象也为当地文人广泛使用，此外《粤西诗载》中还描写了诸如梅、荷等大量草木种类，如宋刘克庄《葵水亭观荷花》："崇轩俯万荷，濯濯泛波光。"① 道出了荷花盛开接天映日之态；杨万里的"诗客清晨冲雨入，梅花一夜为君开"② 描画了一幅充满生活气息与审美情趣的清亮闲雅的晨雨梅花图；张栻的"鸿雁来希空怅望，梅花开早未初寒"③ 表达了诗人期盼故人书信而不得，于是怀着忧郁的心情赏早梅的情境；傅若金的"边树犹含绿，江梅久放花"④，又描绘出广西梅花凌霜不败、点亮寒冬的傲然风骨。

3. 杂花纷披

因独特而优越的地理特性，不仅是上述植物，其他各类草木意象纷纷飘飞至诗人们的笔端，明代俞安期《苍梧行送沈道徽参知》："九月惟看月似霜，一冬不断花如绣。"⑤ 把南国秋冬之时仍月色温朗、花繁锦簇的景色描绘得如在目前；《黄使君邀饮榴阴亭》中"艺蔬种树复灌花，千片鲜霞错青翠。"⑥ 展现出草木茂密、百花盛开犹如千片红霞错落于翠云间的壮观美景；关与张《题上林春色卷》有咏："和风鼓处庭花茂，甘雨来时径草春"⑦ 绘出了一派春风眷恋庭

---

① （清）汪森编辑：《粤西诗载校注》第一册，桂苑书林编辑委员会校注，广西人民出版社 1988 年版，第 129 页。

② （清）汪森编辑：《粤西诗载校注》第四册，桂苑书林编辑委员会校注，广西人民出版社 1988 年版，第 114 页。

③ 同上书，第 117 页。

④ （清）汪森编辑：《粤西诗载校注》第三册，桂苑书林编辑委员会校注，广西人民出版社 1988 年版，第 196 页。

⑤ 同上书，第 12 页。

⑥ 同上书，第 13 页。

⑦ 同上书，第 15 页。

花、春雨缠绵径草的溶溶春苑图；王一岳亦云："上林春色增多少，琪花瑶草斗婵娟"①，则通过拟人的手法，用一"斗"字，展示花草树木在春日里尽情挥洒生命力的盎然生趣。

再以下诗为例：

清湘县郊外杂花盛开，有怀石湖

范成大

午行清湘县，妍暖春事嘉。

柴荆闹桃李，冥冥一川花。

故园岂少此，愈此百倍加。

我宁不念归，顾作失木鸦。

百年北窗凉，安用天一涯。

君恩重乔岳，敢计征路赊。

乡心与官身，凿枘方聱牙。

橘柚走珍贡，何如凿匏瓜？

明当复露奏，天日临幽遐。

傥许清江使，曳尾还污邪。②

此诗标题即指出"杂花"之态，诗人过午漫步在清湘县中，春日融融，紫荆花桃李花纷繁一路，冥冥满川。极言花木之盛，接下来笔锋一转，道故园花木的美丽甚于此地百倍，羁旅漂泊的游宦生涯使诗人产生了厌倦之意，从而发出"橘柚走珍贡，何如凿匏瓜？……傥许

---

① （清）汪森编辑：《粤西诗载校注》第三册，桂苑书林编辑委员会校注，广西人民出版社 1988 年版，第 16 页。

② （清）汪森编辑：《粤西诗载校注》第一册，桂苑书林编辑委员会校注，广西人民出版社 1988 年版，第 103 页。

清江使，曳尾还污邪"的美好归隐愿景。花木种类之多，盛放之态，此诗中可见一斑。范成大还有一首《红豆蔻花》专咏红豆蔻："绿叶焦心展，红苞竹箨披。贯珠垂宝珞，剪彩倒鸾枝。且入花栏品，休论药裹宜。南方草木床，为尔首题诗。"① 诗人对红豆蔻花采用的精微的细节刻画手法，犹如摄影时的微距模式，使豆蔻花明艳活泼的春日气息得以具体生动地呈现：绿叶轻展，红苞披萼，像是悬挂的珠宝璎珞，又像倒垂的剪彩红绸，此刻，诗人的关注点不在于那些姹紫嫣红的桃李，也不在于争奇斗妍的蓼莲，他把目光聚焦到小小的不起眼的红豆蔻花上，用充满温情的语言去描绘出它别具一格的楚楚风致，令人流连。又如：

蓦山溪至宜州作寄赠陈湘

宋　黄庭坚

稠花乱叶，到处撩人醉。林下有孤芳，不匆匆、成蹊桃李。今年风雨，莫送断肠红，斜枝倚，风尘里，不带尘风气。

微嗔又喜，约略知春味。江上一帆愁，梦犹寻、歌梁舞地。如今对酒，不似那回时。书谩写，梦来空，只有相思是。②

这是黄山谷一首清新隽永的词作，上片绘出一番想象中雨打花枝、香寒红销的景致。一句"稠花乱叶，到处撩人醉"道出花木之盛，春意满园，令人沉醉不已。"林下"句以花喻人，魏晋有"林下之风"的典故，此花的品格也必然是萧然卓尔，幽独自赏，不似桃

---

① （清）汪森编辑：《粤西诗载校注》第三册，桂苑书林编辑委员会校注，广西人民出版社 1988 年版，第 164 页。

② （清）汪森编辑：《粤西诗载校注》第八册，桂苑书林编辑委员会校注，广西人民出版社 1988 年版，第 130 页。

李随风纷落于阡陌之上。接着作者抒发了对人生的愿景：如此风神的花，请让她美丽在枝头上，不要委顿于世事辗转的风尘中去。歇拍转折自然，顺承上意后，将眼光从枝叶间扩展到江上的风帆，给人以空间的思维舒展，再回忆往昔与友人同游之乐，又带领读者穿越了时间的屏障，最后回归投注自身，向内观照：世事如风，旧梦难寻，再如何追索也是枉然。于是"只有相思是"的感慨油然而生，一切都是浮幻而不长久的，无论以书为代表的实体物质还是以梦为代表的虚拟幻想，都难以维系和捕捉，在诗人眼中，只有相思的情感，才是最为真实的存在。那枝头的一抹生机，给予诗人无限的遐思。

宋代诗人陶弼的《过清湘》："绿水纹如染，丹枫色欲然"[①]，"绿"与"丹"的强烈视觉色彩对比，和"染"与"然"（燃）的动势词汇使用，表现出广西欣欣向荣的生态图式。陈孚《度三花岭》"橄榄高悬子，芭蕉倒吐花"[②]，运用拟人的手法，俏皮地展现了橄榄果实累累、芭蕉花朵硕大的情状，摹画出一帧独特奇妙的广西草木图鉴；至如"并舣桄榔树，初看荔枝丹"[③]，描写了诗人泛舟江湖，欣赏沿途高大的桄榔树和初结硕果的鲜红荔枝，这一切是如此新奇而有趣；此外，广西有"千树棠梨白，满山蕉叶青"[④] 的华林遍布于山野之貌，还有"桂子花初白，桄榔叶几丛""野菊他乡酒，芦花满眼秋""暑雨过榕树，凉风起桂枝"等胜景供人们抒发赏桂听雨之幽情逸致，前文列属，俱得咏物之

---

① （清）汪森编辑：《粤西诗载校注》第三册，桂苑书林编辑委员会校注，广西人民出版社1988年版，第126页。

② 同上书，第191页。

③ 同上书，第352页。

④ 同上书，第208页。

旨，在琳琅满目的植物大观园中，诗人们在熏风蕙草、暖雨春香中拾取文思，与花朵果枝叶一同沐浴自然的光德，怀幽吐奇，尽情地在天地间书写自我，收获一朵朵文学的惊喜和一树树生命的启迪。

（二）动物

广西地跨北热带、南亚热带与中亚热带，自然生态环境优越、多样复杂，滋生和蕴藏着种类众多、组成复杂的野生动物资源。森林类群多样，故生物资源极其丰富。

广西种类繁多的动植物为文人们提供了无穷无尽的写作灵感和观照实体，也为文学作品的内容广度与深度奠定了一定现实基础，诗人们身处广西，目之所及，无论是独特的南国风情还是类于中州的优美景致，可谓应有尽有。在这样一片独特而多元的广袤土地上，骚人墨客透过奇妙的动物意象，打开了一道探索物类素材和充实生命体验的宝库之门。

1. 猿

在《粤西诗载》涉及动物的作品中，尤以"猿"的意象最为人们瞩目。广西多山，物产丰富，自然生态尚未被过度开发，因此，猿猴、狒狒、猩猩等灵长类动物活动频繁，宋人陶弼在《罗秀山》有咏："闻猿得句后，见月出行初"[1]，声声猿鸣在月夜里升起，是诗人旅行途中的最自然不过的点缀；《过柳州》中"羁魂已愁绝，不复待猿吟"[2]，体现出诗人孤苦寂寞的羁旅之愁；明代诗人王一岳在《上林吏隐歌》写道："参天老树虬龙盘，洞里玄猿悲月夕。"[3] 仿佛

---

① （清）汪森编辑：《粤西诗载校注》第三册，桂苑书林编辑委员会校注，广西人民出版社1988年版，第140页。

② 同上书，第90页。

③ 同上书，第18页。

我们也能触摸到那山林里的参天古木，聆听涧泉间猿猱的悲戚回音。王越的《送龙州樊使君》："相思明月夜，愁听几猿吟。"① 相思之情随风潜入夜，也潜入猿鸣中以声波的形式扩散向浩瀚的远方；黄姬水《送丘郡博令柳城》云："去去巴江道，啼猿伴客槎。"② 此时的猿仿若诗人的一位不离不弃的密友，是诗人情感的守护者，伴随他漂泊在江湖之中；田汝成《乌蛮滩》"奔峭迎船出，啼猿近客哀"③中，猿声被他描写得颇通人情，共人喜悲；《桂城早秋》中："猿鸣曾下泪，可是为忧贫？"④ 与之亦然；林燫《送三兄之任左州守》："春帆湘草绿，候馆岭猿啼。"⑤ 则刻画了一派和谐的春山猿鸣之境；谭耀的《游南山》："踉跄日哺骇猿藜，浩唱一声山鬼栖。"⑥所绘场景又截然不同：落日西坠、惊猿悲歌，萧瑟之情、悲凉之意呼之欲出。再看看王清笔尖的猿，他的《罗业岩》曾曰："水冷猿啼月，山空鹤唳风。"⑦ 写出了一派风霜高洁的空明景致，这里的"猿""鹤"分明是那懂得如何与自然协奏的高士幽人，与诗人的心灵产生着强烈的共鸣感。总之，"猿"作为一个带有思乡和悲伤情感色彩的意象，在《粤西诗载》的诗歌研究中是值得我们大力关注的。

又如：

---

① （清）汪森编辑：《粤西诗载校注》第三册，桂苑书林编辑委员会校注，广西人民出版社 1988 年版，第 242 页。

② 同上书，第 337 页。

③ 同上书，第 338 页。

④ 同上书，第 86 页。

⑤ 同上书，第 385 页。

⑥ 同上书，第 24 页。

⑦ 同上书，第 310 页。

发藤州

唐　宋之问

朝夕苦遄征，孤魂长自惊。

泛舟依雁渚，投馆听猿鸣。

石发缘溪蔓，林衣拂地轻。

云峰刻不似，苔壁画难成。

露裛千花气，泉和万籁声。

攀幽红处歇，跻险绿中行。

恋结芝兰砌，悲缠松柏茔。

丹心江北死，白发岭南生。

魑魅天边国，穷愁海外情。

劳歌意无限，冷月为谁明？①

　　此诗辞工韵美，表意深切。全诗情随景移，首句书事，一个"惊"字道出诗人因贬谪而投身"瘴疠乡"的极度痛苦与精神煎熬，接着以情入景，"泛舟依雁渚，投馆听猿鸣"，视听交融间，以景衬情，凄厉的猿鸣，旅舍孤独的未眠人，动静交错之时，哀婉的氛围在不经意间被营造了出来，此时的猿是作者灵魂的知音人，猿鸣是如此凄婉动人，作者是如此愁肠百结，寂寞地游离于世间。"石发缘溪蔓"句开始描写旅途见闻，溪流淙淙，藤蔓纠葛，峰峦高耸，苔藓遍布，是极具野趣的山林之景，接着，"露裛千花气，泉和万籁声"巧妙连用数字又不见雕琢的痕迹，不遗余力地展示出大自然美妙的景致，诗人善于避熟就险，以超人的胆识，巧妙摆布，产生氤

---

① （清）汪森编辑：《粤西诗载校注》第六册，桂苑书林编辑委员会校注，广西人民出版社 1988 年版，第 150 页。

氤的气象、磅礴的气度，接着，诗人写自己翻山越岭的劳苦之征途，
"悲""死""愁"等字眼的直抒胸臆，加重了情感的厚度，在无尽
的山光水色中，在声声猿鸣中，落魄南迁的逐臣那凄凉孤寂的羁旅
情怀，那深刻细腻的怀乡之思，也在诗歌尾声中达到高潮。此外，
他还有一首：

下桂江龙目滩

唐　宋之问

停午出滩险，轻舟容易前。

峰攒入云树，崖喷落江泉。

巨石潜山怪，深篁隐洞仙。

鸟游溪寂寂，猿啸岭娟娟。①

这是一首五言律诗，意象相对前诗而言更为简洁，情感抒发也较
为蕴藉。起句纪事，继之以山水的描写，一"攒"、一"喷"，使画面
充满动感，读之妙不可言，颈联描写细节处的巨石和深林，却用"山
怪""洞仙"的传说使此处蒙上了一层神秘空灵的色彩，末句以景作
结，白鸟划过静谧的溪边，猿猴在隽秀的山间呼唤，给人韵味无穷
的联想。诗人对广西的树木、泉石、猿鸟等进行了出色的描绘，渗
透着其对广西自然风物的审美取向。唐代诗人对猿的描写还见之于
李商隐的笔端："桂水春犹早，昭州日正西。虎当官路斗，猿上驿楼
啼。绳烂金沙井，松干乳峒梯。乡音殊可骇，仍有醉如泥。"② 诗人

---

① （清）汪森编辑：《粤西诗载校注》第六册，桂苑书林编辑委员会校注，广西人
民出版社 1988 年版，第 149 页。

② （清）汪森编辑：《粤西诗载校注》第三册，桂苑书林编辑委员会校注，广西人
民出版社 1988 年版，第 101 页。

描写了一个猿虎当道、生物多元，奇妙多姿而风俗迥异的广西。唐周朴在《次梧州却寄永州使君》也记载："随风身不定，今夜在苍梧。客泪有时有，猿声无处无。潮添瘴海阔，烟拂粤山孤。却忆零陵住，吟诗半玉壶。"① 抒发了自己缠绵悱恻的乡思之意。再如郭正域的《送何仪部谪广西》："如何君远谪，偏在郁林西。狒狒逢人笑，猩猩尽日啼。瘴烟迷癸水，怪雨涨南溪。愁问都门信，东方又鼓鼙。万里龙城去，迢遥路不迷。风嘶游子骑，月照逐臣鸡。豆蔻花应笑，槟榔叶已齐。闲行过钴鉧，新句也堪题。"② 虽不是直接描写猿，但"猩猩""狒狒"俱同属灵长类动物，运用在诗歌中可等同视之。

2. 蛇虫

广西草木繁茂，蛇虫种类相对北地而言也更为丰富多样，明代诗人孙一元的《赠别顾华玉谪全州》："飞蛇晴挂树，毒雾昼沉山。"③ 写出了一幕奇诡可怖的山野图景；与之类似的还有《晚立怀友》"草暗防蛇毒，山昏过虎群"④，蛇虎横行，暗流潜伏，诗人精神的高度紧张由此可窥一豹；诗人王问的愁云惨淡之境在《郁林州》中则体现得更甚："峒中风转恶，岭外气全分。怪蟒呼人姓，阴蛟吐瘴云"⑤，"怪蟒"竟能"呼人姓"，不同常理的事物的编排，夸张和拟人写法的运用，使其地阴森惨恻之感跃然纸上。关于蛇的描写在《粤西诗载》中一般而言都较为恐怖骇人，这一意象多服务于描写广西"蛮荒"之情状。再如：

---

① （清）汪森编辑：《粤西诗载校注》第三册，桂苑书林编辑委员会校注，广西人民出版社 1988 年版，第 112 页。

② 同上书，第 423 页。

③ 同上书，第 284 页。

④ 同上书，第 222 页。

⑤ 同上书，第 346 页。

柳城道中

明 蓝智

霜气晚凄凄，荒冈恐路迷。

孤云桂岭北，落日柳城西。

地暖蛇虫出，林昏鸟雀栖。

蛮乡经战伐，问俗愧遗黎。[1]

此诗对待"蛇虫"的态度就更为中立客观了，首句点明了时间与背景：天色渐晚，露重霜结，荒岗迷蒙，游荡在天际的孤云、隐没在城头的夕阳，共同构成了一种悲肃萧条的意境，此时，地气依然温暖，蛇虫鼠蚁纷纷趁夜色出洞活动，昏暗的暮色里，鸟雀回巢安眠。此处只是对广西暮时蛇虫的活动进行了客观白描，并未添加过多诗人的个人情绪和主观色彩，展现出广西多姿多彩的生态圈。

至于虫类，蝉、蜂、萤是《粤西诗载》里常见的意象，例如李商隐《哭刘司户蕡又二首其一》："江风吹雁急，山木带蝉曛。"[2] 通过"雁"和"蝉"的意象表达了一种凄清哀伤的情感；明代汪必东的《驻荒田》："骤雨收炎瘴，微风度晚蝉。"[3] 则体现出诗人夏日雨后聆听暮蝉那闲适自得的心境；"竹笋穿阶出，蝉声隔座听"[4] 是诗人对自然的无言关注与无声热爱。明陈瑾《青山废寺览古》有"蜂衔争嫩蕊，鹿卧藉寒花"[5]，写出了一派其乐融

---

[1] （清）汪森编辑：《粤西诗载校注》第三册，桂苑书林编辑委员会校注，广西人民出版社1988年版，第218页。

[2] 同上书，第102页。

[3] 同上书，第292页。

[4] 同上书，第250页。

[5] 同上书，第310页。

融的自然生态和谐景式；类似的句子有"蜂衔新蕊去，燕引旧雏还"①，蜜蜂流连于花丛间，燕子归来，春天的气息已经在字里行间弥散开来。鲁铎《思笼驿见萤》："不省南荒地，穷冬尚有萤。草中初讶火，山外复疑星。"②通过暗喻的手法，写出了诗人在"南荒地"的"穷冬"天气里，却能看见萤火虫的无限欣喜，小小的萤火虫带给诗人无尽的暖意；戎昱也有诗《宿桂州江亭呈康端公》咏萤火："萤光入竹去，水影过江来。露滴千家静，年流一叶催。"③此诗较为圆熟流美，立意清雅：竹林深深，萤火虫飞舞其间，微风轻拂，江面波光粼粼，这样一个澄澈宁静的夜晚，就连露水滴落下来的声音都能听见，一片黄叶飘零而下，流年也在其间偷渡而过。作者通过飘飞的萤火、幽深的竹林、洁净的露水、凋落的落叶等意象，构建了一个如梦似幻的空灵意境，寄寓诗人幽微的惋惜光阴的情感。那一闪一闪的萤火，也勾起读者们无尽的情思。

3. 鱼鸟

至于鱼鸟类动物，在山清水秀的广西地理环境中可谓数不胜数，自然也会在《粤西诗载》中尽情地游弋翩飞，张九龄《自湘水南行》"中流澹容与，唯爱鸟飞还"④正是盛世好诗情，让人仿佛看到诗人闲庭信步，观赏着"白鸟悠悠下"的自然淡泊的美景。燕山月鲁的《老人岩》："我来寻古迹，鱼跃上扁舟。"⑤透露出一种与自然心有灵犀、洒脱而悠然的心境；"白鸥蓝涧曲，春水绕桃花"将景语

---

① （清）汪森编辑：《粤西诗载校注》第三册，桂苑书林编辑委员会校注，广西人民出版社 1988 年版，第 137 页。
② 同上书，第 254 页。
③ 同上书，第 85 页。
④ 同上书，第 76 页。
⑤ 同上书，第 201 页。

作情语，立意清新，"白鸥""涧曲""春水""桃花"，组合成一幅舒心悦目、动静相宜的水墨丹青，给人以美好的阅读享受。《观鱼亭》中"鱼乐安知我，秋风自忆家"①则化用《庄子》"子非我，安知鱼之乐"之意，表达了自己浓浓的思乡之情。此外，"花落闲庭晚，鸟鸣空谷春"，美景、良辰、雅兴、柔情俱全，惹人留连；"旧赋传鹦鹉，新诗得素鳞"用典生动妥帖；"野鸟鸣高树，花开笑暮春"与"鸟啼深树里，船击急滩边"，风致天然，让人恍若身临其境听见了幽幽鸟鸣；"水涵鱼藻动，篜放凤翎长"造意铸词新鲜别致，使这幅鱼鸟图的画面极富动态美；"云暖花争发，天空鸟自飞"有"海阔凭鱼跃，天高任鸟飞"之意，意境浩阔，令人神思超蹈。再如：

梧州江上夜行

宋　白玉蟾

云去云来几点星，城头画鼓转三更。

草深萤聚浑成燐，月暗鹤飞惟有声。

何处夜航鸣橹过，沧江如镜烟半破。

忽然长啸惊沙鸥，飞入前山不留个。②

这首诗是道人白玉蟾的旅途所见，因为出家人的特殊身份，此诗呈现出一种淡泊悠远的情调。首联写景，仰望飘浮的流云，在那疏星淡河汉之际，传来了几声城头画鼓的报时声，三更天色里，萤

---

① （清）汪森编辑：《粤西诗载校注》第三册，桂苑书林编辑委员会校注，广西人民出版社1988年版，第449页。

② （清）汪森编辑：《粤西诗载校注》第二册，桂苑书林编辑委员会校注，广西人民出版社1988年版，第154页。

火虫聚集在深深的草木之中忽明忽灭，月色暗下来的时刻白鹤飞过，只听得见它翅膀掠动的声音。沧江静默，水平如镜，不知哪里来的夜航船，摇橹咿呀之声，打破了江面的平静，岸边有沙鸥忽然被惊醒，长鸣着飞过前山，再无踪迹。本诗的编排构思极为精巧别致，从首联到尾联，每一联都是视与听的结合，从"画鼓"声、"鹤飞"声、"鸣橹"声到"鸥啸"声，层层相因，在这样的夜景中，白鹤与沙鸥的加入使诗歌充满生活情趣，诗人善于以动衬静，末句中，那沙鸥逐渐消失的背影，把人们也带入了一种苍茫幽眇的情调，同时将本诗诗情推入更为深远的境界。

（三）气象

此外，《粤西诗载》中也记录了不少特殊的气象现象，如王建《南中》："瘴烟沙上起，燐火雨中生。"[①] 弥漫在沙上的雾烟，雨中幽蓝的鬼火，这奇特的一幕被诗人以文字的方式记录下来；严嵩的"灯明深雪里，岁尽漏声中"[②]，感时伤物之情，伴着声声残漏，在雪夜里显得尤为绵长悠远。《昭潭见雪》中："五岭传无雪，三冬喜见花。霰喧牎竹响，絮卷朔风斜。腊已辞梅萼，春先报柳芽。谁怜僵卧者，犹自滞天涯。"[③] 则描写了诗人听闻广西无雪，冬岁观花后，恰逢春雪的场景，风雪初来时霰打竹叶，沙沙作响，进而雪横风斜，愈演愈烈，让人冻寒不已，末句是诗人羁旅天涯、感伤忧虑心境的真实吐露。体现诗人愁绪纷乱的复杂心理。

再如：

---

① （清）汪森编辑：《粤西诗载校注》第三册，桂苑书林编辑委员会校注，广西人民出版社1988年版，第98页。

② 同上书，第270页。

③ 同上书，第334页。

苍梧云气

唐　项斯

何年画作愁，漠漠便难收。

数点山能远，平铺水不流。

湿连湘竹暮，浓盖舜坟秋。

亦有思归客，看来尽白头。①

这是一首专门描写山间云气的诗，诗人单拈出这一意象，进行了详尽的描摹：首句起笔暗喻加通感，把云气比作漠漠的愁情，构思新奇而巧妙。接着，诗人就其性状和作用进行刻画，它的存在使山更为缥缈隽秀，像不会流动的水一般轻薄，作者继续生发联想，且熔铸典故，自然妥帖，云气逶迤可联结千里之外的湘妃竹，又浓浓地笼罩住舜坟的古迹，虚实相生之间，作者在末句抒发着岁暮时迈的感慨。望着这连绵不绝千变万化的云气，百感交集，乡思之情溢于言表。

又如：

全州冬月陪太守游池

唐　僧无可

残腊雪纷纷，林间起送君。

苦吟行迥野，投迹向寒云。

绝顶晴多去，幽泉冻不闻。

唯应草堂寺，高枕脱人群。②

---

① （清）汪森编辑：《粤西诗载校注》第三册，桂苑书林编辑委员会校注，广西人民出版社 1988 年版，第 106 页。

② 同上书，第 112 页。

此诗寄意遥深，开篇点出雪纷纷的气象现象，即事以"送君"，中二联写景，"迥野""寒云""绝顶""幽泉"各类意象的组合，展现出超凡脱俗的审美趣尚，如此寒冷的天气中，"高枕脱人群"有魏晋风人"坦腹东床"的情貌，全诗表达了作者离群索居的个性和隐逸超然的风姿。

总之，广西的气候、物候、气象、物象，等等，都为诗人提供了极具特色的自然体验，诗人们的创作反哺于广西一地的文学，极大地丰富了地域文学殿堂的内容。

第三节　和谐大观

人与自然的问题，是一个悠久而深远的话题。马克思阐述道："从理论领域来讲，植物、动物、石头、空气、光，等等，一方面作为自然科学的，一方面作为艺术的对象，都是人意识的一部分，是人的精神的无机界，是人们必须事先进行加工以便享用和消化的精神食粮；同样，从实践领域说来，这些东西也是人的生活和人的活动的一部分。"①

基于广西地域环境与主体活动的双向牵引，在此生活并进行文学创作的文人自然地会关注到人与山水、自然乃至宇宙之关系，品味体会他们的作品时，我们可以清晰地感受到其中所传达的关于天人关系之思考、宇宙规律之证悟，他们所致力于营造的正是一种和谐整生之美妙的生态模式。

---

① ［德］马克思、恩格斯：《马克思恩格斯论环境》，中国环境科学出版社2003年版。

一 共生

生而为人，终其一生，我们始终在寻找归途。庄子言，"天地与我共生，而万物与我为一"，给迷茫的众生揭示了一条道路——对宇宙的皈依。在古老的天人合一的思想影响下，在古代天态审美场的规范里，有关广西山水的作品暗示着一种回归心理，传达着主体对客体的审美趋同。

这种共生关系首先源于诗人对自然生态环境的观照，广西辽阔的地域风光，囊括了丰富多样的物种形态，加上温暖适宜的气候条件，万物繁茂、四时常花，无论是蛇鼠虫蚁，还是鱼鸟花果，一切生灵在此间遨游生长，安然共存。宋李纲《容南道中》云："山空云冉冉，春动水茫茫"①，描绘出一个山高水远、远离尘俗的浩阔溟濛世界；宋朱晞颜《叠彩岩登越亭》道："江流寒泻玉，山色翠浮空"②，将江山冠以一"泻"一"浮"的动势，诗境因而雄浑阔大，富有张力；《蒙亭二首》中："小语千岩应，长歌百蛰惊。坐看衣屦上，漠漠晚云生。"③孙觌流连于山中蒙亭，乐不思蜀，犹如孩童般找回了最初的快乐，甚至达到一种物我相融，逍遥两忘的境界。自然空灵优美的山水供人们诗意地栖息，舔舐灵魂的伤口，"百草丛生绿，群花绽浅红"，鲜艳明快的色彩搭配带给人无限的生机勃勃和活力四射；而辽阔的天地，迷蒙的烟云，又组合成"天地三江远，烟云一径深"那宽广且辽远的画面，予人力量；"山近含云暝，江空入雨长"则用一"长"字展现了广阔的视野，气象开阔，治愈人心。

---

① （清）汪森编辑：《粤西诗载校注》第三册，桂苑书林编辑委员会校注，广西人民出版社1988年版，第150页。

② 同上书，第155页。

③ 同上书，第160页。

"月雾空蒙萤照水，霜风萧瑟鹭眠沙"更是广西独有之生态环境才可涵养出来的优美风光。至如"微风孤棹远，落日大江清"几笔简单的线条，勾勒出浑然天成的雄阔苍凉的意境。诗载中所营造的广西生态共生状态，亦表现于创作主体有意而为的景观组合，因此，《粤西诗载》中既有"烟凝迭嶂为香火，风韵疏松作道言"的"烟"与"香""松"与"风"的交融，富有禅韵；也有"离桥梅子雨，归棹桂花烟"的烟雨迷蒙、梅子桂花垂缀枝头的南国盎然生趣；而江山、猿鸣、城池、古榕的组合，更是展现了自然中"江路猿声早，山城榕叶凉"的凄清景象。生态意象的创造性排列联结，相互叠加，不仅显示了诗人细致的观察力和精绝的文字驾驭能力，营造出一个个绿意葱茏的、万物共生的生态世界。

二　竞生

生态美学中的竞生关系主要体现于自然环境中人的主体性的凸显。以景衬情、移情入景、情景交融等创作手法都有展现人情的功能。

以诗为例：

出云藤驿

明　蓝智

又出云藤峡，扁舟更向东。

地蒸秋有瘴，江阔夜多风。

旅梦惊啼狖，乡心托断鸿。

天涯看月色，不与故园同。①

---

① （清）汪森编辑：《粤西诗载校注》第三册，桂苑书林编辑委员会校注，广西人民出版社1988年版，第220页。

诗人善于从动态落笔，起句描绘了大自然那高山峨峨水流湍湍的状态，三、四句抓住独特的广西气候，写出了秋雾弥漫，江天浩阔，时有风声的苍茫夜景，五、六句进入诗题，点名自己"旅人"的身份，哀婉的猿鸣惊醒了异地的游子，思乡之情只能托付给失群的大雁。字里行间的哀愁苦闷之感不绝如缕，涤荡心扉。此时披衣望着天边的月色，和故乡的感受又大不相同，末句旨写乡情，近乎画中白描，不加润色，却能直抒胸臆，此时，一个默默望月的羁旅游子形象跃然纸上。诗人以景衬情，用环境的清寥来映衬情绪的黯淡，使物象都沾染了思念的愁情。

又如邹浩的《别昭州》："江山本无情，别去亦何语。向来爽气中，食息三月许。来非无所求，去非吾所御。回首谢江山，吾今若轻举。"① 畅快的笔调，逍遥的意境，江山的无情给予诗人抛却凡俗之念的启迪，老子云："天地不仁，以万物为刍狗"，一句"吾今若轻举"饱含了作者的离尘之念。

再如：

苍梧即事

明 林弼

驻马苍梧野，云烟半杳冥。

荒林虞舜庙，斜日吕仙亭。

城枕三江险，山连百越青。

长歌舒逸兴，激烈振林坰。②

---

① （清）汪森编辑：《粤西诗载校注》第一册，桂苑书林编辑委员会校注，广西人民出版社 1988 年版，第 65 页。

② （清）汪森编辑：《粤西诗载校注》第三册，桂苑书林编辑委员会校注，广西人民出版社 1988 年版，第 212 页。

此诗上半部分描写了山野间云烟冥杳，落日荒林掩映着古老的祠庙和亭台的衰飒景色，五、六句对仗工整，描绘出了江险山青的风姿，末句使诗人磊落潇洒的神情，豪气干云的襟怀，生动地浮现于眼前。人格的魄力在此刻得到了最大化的张扬。

三　对生

对生关系主要表现在人的自然化与自然的人化二元交融之中。无论是宋代诗人邹浩的《仙宫岭》中："子期久冥漠，天地为知音。"① 的人与天地的交流互赏，还是明王一岳《上林吏隐歌》："我歌吏隐且奈何？长啸一声天地碧。"的人和自然的奇妙默契，都体现了对生的存在。如：

平南遣兴

明　湛若水

渔渊水深，采芝云迷。

寄怀云水，抗志高栖。

岩霜陨木，归鸿背飞。

天寒日短，途长行迟。

岁云暮矣，我心则悲。

神游八极，身围两仪。

宇宙为旅，万物为徒。②

① （清）汪森编辑：《粤西诗载校注》第一册，桂苑书林编辑委员会校注，广西人民出版社 1988 年版，第 63 页。

② 同上书，第 13 页。

此诗极富情采，读之令人神超物外，前六句展示出一帧水深云迷，霜降鸿归的自然风鉴，出语洒落，浑然省净。接着记叙行旅之艰难，心中之悲苦，末四句抒发个人对宇宙的思索，颇有"夫天地者万物之逆旅也，光阴者百代之过客也"的超然之态，这种思索辩证了：宇宙是人的宇宙，人是宇宙的人之二元对生的过程。又如：

登横州钵岭二首

翁 溥

百粤孤高处，披云试一临。

万山残照远，列郡瘴烟深。

古树藤萝合，空林猿狖吟。

殊方聊复尔，天地涤烦襟。①

此外，前文提到部分外地文人官员在广西任职期间大量建造文化景观，在亭台楼榭、道观佛寺等人文景观的修建过程中，他们尤其注重其与原生景观即自然景观的协调，张固《游东观》"楼台烟霭外，松竹翠微间。玉液寒深洞，秋光秀远山。"②令人神思飞越。至如"城空花烂漫，楼向雨萧条"的格局，寄寓着文人临江建水阁、依山修观宇，以使自然与人工相得益彰、和谐共存的审美理想。将自然与人工相结合的建筑景观，不仅为文人投射山林之趣提供绝妙场所；也通过两种类型景观的相互映照，为人们提供一种理想的审

---

① （清）汪森编辑：《粤西诗载校注》第三册，桂苑书林编辑委员会校注，广西人民出版社1988年版，第387页。

② 同上书，第97页。

美世界：自然景观因人文景观的点缀，于幽清安宁中更添动态之活力；人文景观则涵括于自然景观之中，共同构成桂地胜景之全貌。明蒋山卿《过象州》"台古埋秋草，城荒起暮烟。江天云漠漠，石岭月娟娟。"① 自然景观与人文景观的和谐共存，为游览至此的诗人营造出一个充满了诗情画意的审美世界。

四　整生

在广西和谐自然的山水画里，诗人们在层峦叠嶂与清溪碧流间徘徊吟咏，举觞邀月，在逐步步入"天人合一"的境界中，奏响了人与自然的和弦，因而作品整体呈现出一种儒、释、道和谐相融的文化审美气质。

如下诗：

藤州江上夜起对月赠邵道士

宋　苏轼

江月照我心，江水洗我肝。

端如径寸珠，堕此白玉盘。

我心本如此，月满江不湍。

起舞者谁欤，莫作三人看。

峤南瘴疠地，有此江月寒。

乃知天壤间，何人不清安。

床头有白酒，盎若白露溥。

独醉还独醒，夜气清漫漫。

---

① （清）汪森编辑：《粤西诗载校注》第三册，桂苑书林编辑委员会校注，广西人民出版社1988年版，第295页。

仍呼邵道士，取琴月下弹。

相将乘一叶，夜下苍梧滩。①

此诗是苏轼于藤江月夜赠予道人、友人的作品，流露出充满蕴藉的生命感怀。首句有屈原"沧浪之水清兮，可以濯吾缨"之意，皎皎明月照映冰雪心灵，滔滔江水濯洗赤诚肝胆，这一片晶莹天然的肺腑，是诗人生而有之的。江水空明，月色澄澈，诗人举酒对月，这漠漠天地间的一轮清寒，带给诗人深邃的思索和无尽的幽情，天人关系是中国古代思想家、文学家共同关注和思考的话题，尤其当个体生命与所处环境产生矛盾时，这种思考更显得深入厚重。在面对人生的波折和考验后，苏轼迎来了北归的赦召，然而，此时他也预感到人生期限的步步紧逼，垂垂老矣的诗人在生命的末班车上，在容州江畔，审视着几十年的风雨，回顾自己的个人理想抱负与现实困顿环境的矛盾交织，不禁涌起一股淡淡的怅惘，然而，在这孤寂之后，是作者本真的释放，他终于畅胸怀于造化自然，"仍呼邵道士，取琴月下弹。相将乘一叶，夜下苍梧滩"。他希望于自然山水中慰藉心灵的伤痛，回归大梦的起点。在放逐肉体躯壳的同时寻觅灵魂的真我，末句那月光下、琴声里渐行渐远的一叶扁舟，是作者主体人格的表征，它承载着诗人的情思渐渐归于涵虚溟默，最终达到主客体相融的浑化整生境界。

与之类似的还有下诗：

---

① （清）汪森编辑：《粤西诗载校注》第一册，桂苑书林编辑委员会校注，广西人民出版社1988年版，第57页。

寄寄亭二首其一

明　潘恩

劳劳江海梦，寄寄水云亭。

菰米浮波白，莫房著子青。

光阴嗟过客，踪迹信飘萍。

独坐秋风里，焚香入杳冥。①

　　飘萍是作者前半生的缩影，短暂的人生匆匆而过，在历遍生命的雨雪风霜后，疲惫不安的心灵需要一剂良药，需要一方可供安置的温床，于是作者选择"独坐秋风里，焚香入杳冥"，在自然的关怀和无言的呵护里，追寻自我价值的生命观。

　　总之，广西山水就像一个具有母性光辉的存在，滋养庇佑着一方子民，给予无处可去的诗人们一处容身之所，一方逍遥之境，一汪自由之泉。老子曰：上善若水。广西的自然环境折射着道家的水性文化，永远以包容的姿态，涵摄阴阳、囊举天地，去孕育并生养着一切可能。引领着人们去追求一种绿色的理想书写空间。在这种"无我"之境中，却更易达到主客体的统一。

---

　　① （清）汪森编辑：《粤西诗载校注》第三册，桂苑书林编辑委员会校注，广西人民出版社 1988 年版，第 322 页。

第四章 《粤西诗载》对广西人文环境的描绘

广西共有壮、汉、瑶、苗、侗、仫佬、毛南、回、京、水、彝、仡佬12个世居民族，在保留本民族文化的同时，各族文化互相交流，相互融合，由此形成广西独具特色的人文景观，这些独特的人文景观也成了《粤西诗载》表现的重要内容。

第一节　民俗景观

民俗是一个民族的生活文化，由这个民族的人民创造并世代传承，最终成为这个民族约定俗成的集体习俗。民俗是一种常见的文化现象，是千百年来民众创造的认知系统，是在日常生活中以口头的方式来传承的一种模式。① 广西风俗在很多方面与北方迥异或者相反，如陶弼在宾州时曾记录"箫鼓不分忧乐事，衣冠难辨吉凶人"②。广西器乐和服饰的功用与北方有着较大差别，如北方习俗丧事着白衣，喜事穿红衣，而广西民众平时穿白布服，丧事反而挂红巾。北方喜事鼓吹奏乐，而广西一地风俗丧事反而鼓吹奏乐，且鼓乐多用于祭神祝祷，如李商

① 过伟：《广西民俗》，甘肃人民出版社2003年版，第26页。
② 王象之：《舆地纪胜》卷115《广南西路·宾州》，中华书局1992年版，第3410页。

隐在《桂林即事》中所描写的"殊乡近河祷,箫鼓不曾休"①,解缙在《七星岩》一诗中写道:"丛祠歌吹迎神女,野庙蘋蘩祀帝尧。"②

外乡诗人看到这些往往都十分惊异和难以接受,常常会流露一些悲观的情绪,一定程度上加强了诗人对异乡的隔阂感,有时甚至产生对广西风俗的贬损和蔑视。如李商隐在《昭州》中说"乡音殊可骇,仍有醉如泥"③,认为当地的风俗令人感觉"可骇",在他的《异俗二首》中也有类似的表达:

其一

鬼疟朝朝避,春寒夜夜添。

未惊雷破柱,不报水齐檐。

虎箭侵肤毒,鱼钩刺骨铦。

鸟言成谍诈,多是恨彤襜。

其二

户尽悬秦网,家多事越巫。

未曾容獭祭,只是纵猪都。

点对连鳌饵,搜求缚虎符。

贾生兼事鬼,不信有洪炉。④

---

① (清)汪森编辑:《粤西诗载校注》第三册,桂苑书林编辑委员会校注,广西人民出版社 1988 年版,第 100 页。

② (清)汪森编辑:《粤西诗载校注》第四册,桂苑书林编辑委员会校注,广西人民出版社 1988 年版,第 270 页。

③ (清)汪森编辑:《粤西诗载校注》第三册,桂苑书林编辑委员会校注,广西人民出版社 1988 年版,第 101 页。

④ 同上书,第 103 页。

诗中所描绘出的广西风俗给人一种强烈的殊异感与荒诞感，"鸟言成谍诈，多是恨彤襜"，称其语言为"鸟言"，事巫信鬼神。在来自中原的文人看来，广西一地"蛮语钩辀音，蛮衣斑斓布"①，"郡城南下接通津，异服殊音不可亲"②，不同的风俗，不通的语言，怪异的服饰使得他们具有深深的隔膜感，不想也不敢亲近。面对如此艰险的处境，柳宗元不禁感叹"椎髻老人难借问，黄茆深峒敢留连"，言语不通带来最基本的交流障碍，不敢流连此地；陈藻在《客中书事》中感叹"岂无佳丽堪娱目，别有凄凉只断魂"③，即使有佳丽曼妙的舞姿令人愉悦，但心底的凄凉和孤独感是蚀人心骨的。

除了惊异，广西独特的民俗也给外地的诗人带来了新奇的体验，领略到了与中原庄重森严的文化风格截然不同的豪放、质朴，具有鲜明民族特色的民俗风情，如对壮族人民对歌的描写。解缙的《七星岩·其二》：

就日门前春水生，伏波岩下钓船轻。

漓江倒影山如画，榕树交柯翠夹城。

村店午时鸡乱叫，游人陌上酒初醒。

殊方异俗同熙皞，欲进讴歌合颂声。④

此诗前三联描绘了桂林如诗如画的桂林山水风光，尾联"殊方异

---

① （清）汪森编辑：《粤西诗载校注》第一册，桂苑书林编辑委员会校注，广西人民出版社1988年版，第39页。

② （清）汪森编辑：《粤西诗载校注》第四册，桂苑书林编辑委员会校注，广西人民出版社1988年版，第8页。

③ 同上书，第141页。

④ 同上书，第268页。

俗同熙皞，欲进讴歌合颂声"则描写了壮族和汉族不同的对歌风俗，
整首诗描绘出一幅优美的山水风光与民俗风情交融的地域风俗画。

如柳宗元在柳州任职时作《柳州峒氓》：

> 郡城南下接通津，异服殊音不可亲。
>
> 青箬裹盐归峒客，绿荷包饭趁虚人。
>
> 鹅毛御腊缝山罽，鸡骨占年拜水神。
>
> 愁向公庭问重译，欲投章甫作文身。[①]

写的就是诗人在柳州的见闻，写出了柳州地区独特的民俗风情。
首联写柳州峒氓大多住在山村，日常生活必需品要到郡城集市去买。
颔联写峒氓们用青箬装盐，集市上的商贩用荷叶包饭的独特饮食习
惯。颔联一句则写到峒氓们用鹅毛制成的被子来抵御腊月的寒冷，
以鸡骨头沾水用于占卜和祭拜水神，向水神祈祷一年风调雨顺。尾
联则提到当地人文身的习惯。全诗为我们生动地描绘了一幅柳州人
民的风俗画卷。

第二节　农耕景观

农业与人民生活息息相关，我国地大物博，是农业大国，不同
的地域有不同的农耕方式与农耕景观，广西由于独特的自然环境和
气候也形成了独具特色的广西农耕景观。

广西地处中国南部，北回归线横贯中部，接壤广东、湖南、贵

---

① （清）汪森编辑：《粤西诗载校注》第四册，桂苑书林编辑委员会校注，广西人
民出版社 1988 年版，第 8 页。

州、云南，并与海南隔海相望，处于被称为中国地势第二级阶梯
的云贵高原的东南边缘，两广丘陵的西部，南边朝向北部湾。广
西之山川地貌，可以用一句谚语来概括："八山一水一分田。"整
个地势为四周多山地与高原，而中部与南部多为平地，因此地势
自西北向东南倾斜，西北与东南之间呈盆地状，素有"广西盆地"
之称。

广西的地貌总体而言属山地丘陵性盆地地貌，其地势呈现出以
下特征：首先，盆地大小相杂。广西的西、北部为云贵高原边缘，
东北为南岭山地，东南及南部是云开大山、六万大山、十万大山；
盆地中部被广西弧形山脉分割，形成以柳州为中心的桂中盆地，沿
广西弧形山脉前凹陷为右江、武鸣、南宁、玉林、荔浦等众多中小
盆地，形成大小盆地相杂的地貌结构。其次，山系多呈弧形，层层
相套。"山脉自北而南大致形成三个大弧。北弧为大南山、天平山和
九万大山；中弧为驾桥岭、大瑶山和都阳山、大明山；南弧由云开
大山、六万大山、十万大山和六韶山、大青山、公母山构成。三个
大弧之间有两个低地：桂中盆地介于北弧和中弧之间，右江—郁
江—浔江平原位于中弧和南弧之间。围绕着三大弧，众多丘陵、石
山散落其间。"① 最后，丘陵错综，占广西总面积的 10.3%，在桂东
南、桂南及桂西南连片集中；平地（包括谷地、河谷平原、山前平
原、三角洲及低平台山）占广西总面积的 26.9%。广西平原主要有河
流冲积平原和溶蚀平原二类；喀斯特广布，占广西总面积的 37.8%，
集中连片分布于桂西南、桂西北、桂中、桂东北，其发育类型之多
为世界罕见，土地多石头和石灰岩，较为贫瘠，因此广西之地"田

① 莫杰：《广西风物志》，广西人民出版社 1984 年版，第 12—14 页。

多山石，地少桑蚕"（陈尧叟《劝谕部民广植麻苎疏》）。

广西位于亚热带季风气候区，南临热带海洋，受东亚季风环流影响，属亚热带季风气候，主要气候特征为高温多雨，雨热同期，多热带植物和作物，孕育出大量珍贵的动植物资源。尤其盛产各种水果，有"水果之乡"的美誉，主要品种有荔枝、龙眼、火龙果、番石榴、金橘、蜜橘等。因受山地遍布和降水量充沛的影响，广西河网如织，水量充沛，温热多雨的气候决定了广西当地种植的主要农作物为水稻。

"广西农业发展至唐宋时期已有了较大的发展，唐宋两朝，广西农业的发展主要表现为耕地面积的扩大，牛耕的推广，水利灌溉方式的多样以及农作物品种的增加。"[1] 这一时期的广西已经形成了独具特色的农业景观，在土地利用方式上已经分化出水田和山田两种形态；耕作技术上既有较为原始的"火耕"，也有当时先进的牛耕，以及独特的象耕；农作物以水稻种植为主，也有芋头、豆类等杂粮，以及热带水果的种植。

广西的农业方式采取因地制宜的原则，在平原地带开垦耕地、在河谷地带发展水田，高山丘陵地带则以旱田为主。如南部钦州"种水田桑麻为业"[2]；东南浔江平原的贵州（今广西贵港市）"以水田为业，不事蚕桑"[3]；中部的象州"多膏腴之田"，即肥沃的水田，所产稻米"长腰玉粒"[4]；北部的融州山区则是"民种山田见象耕"[5]。宜州羁縻抚水州"亦种水田……其保聚山险者，虽有畲田，

---

① 钟文典：《广西通史》第一卷，广西人民出版社 1999 年版，第 180—185 页。

② 王象之：《舆地纪胜》卷 119，中华书局 1992 年版，第 3471 页。

③ （清）乐史：《太平寰宇记》卷 166，上海古籍出版社 1987 年版，第 539 页。

④ （宋）祝穆：《方舆胜览》卷 40，中华书局 2003 年版，第 719 页。

⑤ （清）汪森编辑：《粤西诗载校注》第四册，桂苑书林编辑委员会校注，广西人民出版社 1988 年版，第 29 页。

收谷粟甚少"①，刀耕火种的山田收成极少。

在耕作方式上，因当时广西所产牛数量众多，牛耕已成为主要的耕种方式。广西的一些地方则使用"火耕"，也即畲田，这种耕种方式也在诗歌中得以体现，如李德裕在《过鬼门关中》中写道"五月畲田收火米"，吕公弼在《送桂州张田经略迁祠部》中有"春满农郊劝火耕"的诗句，都可说明当时的一些地方使用火耕作为农业耕种方式。

值得注意的是，对于广西独特的耕作方式"象耕"，唐代柳宗元在其所作《岭南郊行》一诗中曾有"山腹雨晴添象迹"句，这说明在唐代广西的野象是较为常见的，唐代项斯在其《蛮家》中有"看见调小象"之句，说明唐代已出行了训象术，至宋太宗年间（977—997），诗人王禹偁在其诗中有"民种山田见象耕"的诗句，这说明最迟宋代之时，广西就已经有了象耕技术。及至明代，诗人使用"象耕""驯象"之辞屡见不鲜。明嘉靖间（1522—1566）沈明臣有《送王十二之驯象》的诗篇。这些诗不仅反映了距今一千多年的唐代有象，至宋广西有象耕，且至明代嘉靖间还有驯象卫从事捕象驯象，保境安民。唐樊绰的《蛮书》中有言："茫蛮部落（在今云南芒市）笼孔雀巢人家树上，象大如水牛，土俗养象以耕田，仍烧其粪。"②"象耕"在广西的发现是具有及其珍贵的史料价值的，其最早是通过宋代诗人的诗句记录的，反映了千百年前所谓广西"南蛮"之地的农业生产力的进步水平，充分显示了广西古代各族人民的聪明才智。可惜这种"驯象"与"象耕"的技术已经湮没失传，我们只能通过古人的诗句和零星的文字记载来想象它的概貌，感叹广西先民的智慧。宋代淳熙间周去非在其所著《岭外代答》一书中，

① （元）脱脱：《宋史卷》卷495，中华书局1977年版，第14205页。
② 金石声：《粤西诗载篇目及作者简介》，广西壮族自治区图书馆1981年版，第2页。

有一篇是记载交阯驯象术的，而象耕术可能就是在这个基础上发展起来的，现在东南亚各国还用驯象作家畜以之开荒、筑路搬运粗木等。

广西农作物以水稻为主要品种，折彦质在《全州尹氏观》中有诗句"绕屋稻田千亩青"充分展现了当时广西的水稻种植之盛。邹浩有诗《观插田》云：

> 几片空田白水中，朝来俄已绿茸茸。
> 自怜于此留居久，两见插禾勤老农。[1]

真实地描写了广西种植水稻的状况和老农辛勤插禾的场景。

理宗淳祐间知全州的朱子恭，其诗《全州出郊即事》二首其一反映了当地水稻种植方式：

> 水满牛耕犊后随，旱田大半已翻犁。
> 趁时浸谷清明近，次第秧针绿又齐。[2]

上联写耕作前先在田地灌满水浸泡土地，待土地松软后耕牛才入地，这样可以犁得更深更彻底，耕出来的土地插秧后有利于增加水稻的产量，可见当地的农民已经掌握了提高水稻产量的方法。下联写村民清明节前浸泡谷种育苗，清明节后插秧。

与中原地区不同，受气候和技术原因的影响，广西桑麻种植和

---

① 彭定求：《全唐诗》卷593，中华书局1960年版，第6880页。

② 北京大学古文献研究所：《全宋诗》卷1242，北京大学出版社1998年版，第14035页。

养蚕业发展时间较晚，唐代中原桑蚕技术传入，广西部分区域才开始种桑养蚕。如张籍在《送严大夫之桂州》有诗"无时不养蚕"。及至北宋时期，陶弼为阳朔令时有《题阳朔县舍》：

> 石壁高深绕县衙，不离床衽自烟霞。
>
> 民耕紫芋为朝食，僧煮黄精代晚茶。
>
> 瀑布声中窥案牍，女萝阴里劝桑麻。
>
> 欲知言偃弦歌处，水墨屏风数百家。①

由诗的颔联和颈联可知当时的阳朔不仅种稻，也种植有桑麻、紫芋和黄精等作物，陶弼作为县令也曾亲自劝事农桑。到南宋的绍兴初年，李纲途经容州、藤州一带，则看到一派"篱落静窈窕，桑麻郁纷敷。新秧绿映水，鸡犬鸣相呼"②的桑麻葱郁，绿秧映水的场景，可见当时的桑麻种植已十分普遍。朱子恭笔下的《全州出郊即事二首（其二）》也有类似描述："经行阡陌日迟迟，桑柘才方吐绿枝。只为峭寒交节晚，村家却是拂蚕时"，诗句更是描绘出桑柘生机盎然的喜人场景。桑蚕种养的发展和范围的扩大反映了广西作物种类的不断增加，以及对中原先进种植方式的不断学习。

第三节　衣食住行

广西独特的自然景观也孕育出了独特的地域文化景观，《粤西

---

① （清）汪森编辑：《粤西诗载校注》第四册，桂苑书林编辑委员会校注，广西人民出版社1988年版，第40页。

② 北京大学古文献研究所：《全宋诗》卷1563，北京大学出版社1988年版，第17748页。

诗载》的诗作中也有大量记录和描述广西文化景观的诗句,其中包含衣食住行各个方面。为我们展现了一幅幅生动的广西先民生活的画面。

一 服饰

广西是少数民族聚集地区,广西容纳了壮、汉、瑶、苗、侗、仫佬、毛南、回、京、水、彝、亿佬共 12 个世居民族,融合了西南十几个少数民族的文化精华,有着丰富的民族特色、风格迥异的民俗景观。其服饰具有鲜明的民族性。

少数民族服装色彩艳丽,正所谓"蛮语钩舟音,蛮衣斑斓布"[1],例如瑶族所产的斑布,周去非在《岭外代答》一书中有详细的记载:"猺人以蓝染布为斑,其纹极细。其法以木板二片,镂成细花,用以夹布,而镕蜡灌于镂中,而后乃释板取布,投诸蓝中。布既受蓝,则煑布以去其蜡,故能受成极细斑花,炳然可观。故夫染斑之法,莫猺人若也。"[2] 可见瑶族斑布印染技术的独特与纯熟。桂州一带山区的瑶民"衣斑斓布褐"[3],其服饰极有瑶族特色。这种服饰特点在宋代陈藻的《题融州城楼》中有生动的描绘"大布红裙瑶女著,半规白扇野人持"[4],又如明代桑悦的《记僮俗六首》"衣襟刺绣作文身","散朵银花缀网巾",写出了少数民族妇女典型的服饰特点"衣襟刺绣"和以银饰作为配饰,《客中书事》书"猪膏泽发湘南妇",且少数民族女子喜以猪油来涂抹头发,使得头发乌黑油亮。唐张籍

---

① (清)汪森编辑:《粤西诗载校注》第一册,桂苑书林编辑委员会校注,广西人民出版社 1988 年版,第 39 页。
② (宋)周去非:《岭外代答》卷 6,上海古籍出版社 1987 年版,第 440 页。
③ 马端临:《文献通考》卷 328,中华书局 1986 年版,第 2575 页。
④ (清)汪森编辑:《粤西诗载校注》第四册,桂苑书林编辑委员会校注,广西人民出版社 1988 年版,第 140 页。

的《蛮中》有句"玉镮穿耳谁家女",写白、苗、越等少数民族女子的装饰。孙觌《灵泉寺》中"但见虚童蒙白帕,且无泷吏发骍颜",诗人客观地写出了少数民族以白布蒙头的装扮,如藤州的男儿以白布作为头巾裹头,女儿以白布为衫,邕州乡村皆有戴白头巾的装扮习惯。唐代文学家柳宗元曾在柳州任职,多次提到柳州的侗族人多数有文身作装饰的风俗,《登柳州城楼寄漳汀封连四州》中写道"共来百粤文身地,犹自音书滞一乡"[①] 和《柳州峒氓》中"愁向公庭问重译,欲投章甫作文身"。

二 饮食

广西的饮食十分驳杂,当地少数民族"虫豸能蠕动者皆取食"的饮食文化,形容可谓十分形象,飞禽走兽、游鱼虫豸、果珍木实等,皆可取食。宋代诗人陶弼有诗《三山亭》反映了钦州当时丰富的物产和美食:

> 商夸合浦珠胎贱,民乐占城稻谷丰。
>
> 火炬影沉山岸北,潮声流过郡城东。
>
> 四时收印来无定,终日开尊望不穷。
>
> 玉版淡鱼千片白,金膏监蟹一团红。[②]

从诗中可知,作为宋代广西沿海新兴城市的钦州海产品丰富,如合浦珠、干鱼片、金红的海蟹等。陶弼知钦州时"红螺紫蟹新鲈

---

① （清）汪森编辑:《粤西诗载校注》第四册,桂苑书林编辑委员会校注,广西人民出版社 1988 年版,第 6 页。

② （宋）王象之:《舆地纪胜》卷 119,中华书局 1992 年版,第 3481 页。

鲙，白藕黄柑晚荔枝。酒尽月斜潮半落，山翁不省上船时"（《三山亭》）①，红螺、紫蟹、新鲈鲙、藕、黄柑、荔枝，可见饮食之丰富。孙觌在绍兴初年贬至象州，受到象州太守的热情款待，饮食颇丰，他在《到象州寓行衙太守陈容德携酒见过二首（其一）》中记载了当时的情形：

> 钉坐黄柑噢手香，堆盘丹荔照人光。
>
> 莫辞蜑酒一尊赤，会压瘴茅千里黄。
>
> 未省谗言遭薏苡，直将空腹傲槟榔。
>
> 酒醒梦觉知何处？树影参差月满廊。②

其中的黄柑、丹荔，辟瘴的蜑酒，祛瘴气、治腹胀的槟榔，都是有地域特色的饮食。

因广西天气潮湿炎热且瘴气横行，致使当地人易患头风，且当地人喜食海鲜、兽类等荤腥油腻的食物，为解暑祛风化解油腻，广西州县皆有饮茶和饮酒的习惯。其中较为著名的茶品为修仁县的茶，修仁茶产自静江府修仁县，"土人制为方銙。方二寸许而差厚，有'供神仙'三字者，上也。方五六寸而差薄者，次也；大而粗且薄者，下矣。修仁其名乃甚彰。衷而饮之，其色惨黑，其味严重，能愈头风。"③

如邹浩在昭州所作《修仁茶》三首：

---

① （宋）王象之：《舆地纪胜》卷119，中华书局1992年版，第3481页。
② （清）汪森编辑：《粤西诗载校注》第四册，桂苑书林编辑委员会校注，广西人民出版社1988年版，第125页。
③ （宋）周去非：《岭外代答》卷6，上海古籍出版社1987年版，第442页。

其一

味如橄榄久方回，初苦终甘要得知。

不但炎荒能已疾，携归北地亦相宜。

其二

岭南州县接湖南，处处烹煎极口谈。

北苑春芽虽绝品，不能消嗝御烟岚。

其三

龙凤新团出帝家，南人不顾自煎茶。

夜光明月真投暗，怅望长安天一涯。①

第一首描述了修仁茶的味道像橄榄一样入口先苦后甜余味悠长，在炎热潮湿的南方可以治愈湿热所带来的疾病，即使带到北方也是很好的治愈疾病的茶，写出其具有一定的愈疾功效。

第二首写岭南之人皆有饮修仁茶的习惯，虽然福建有"春芽"这样的茶之绝佳者，但并不能像修仁茶这样具有帮助消化和抵御烟瘴侵害的实用功能，因此在广西修仁茶仍然是最受欢迎的茶品。

第三首写到广西人不追求龙凤团茶这样作为贡品的好茶，独独偏爱修仁茶，体现了广西居民注重功用的饮食特点。

修仁茶味道虽然不能与其他地区的名茶、贡茶相比，但因其有治头风之效，故到广西的诗人也经常饮用。如孙觌之《饮修仁茶》：

烟云吐长崖，风雨暗古县。

竹舆赖两肩，弛担息微倦。

① （清）汪森编辑：《粤西诗载校注》第七册，桂苑书林编辑委员会校注，广西人民出版社 1988 年版，第 49 页。

　　茗饮初一尝，老父有芹献。

　　幽姿绝媚妩，著齿得瞑眩。

　　昏昏嗜睡翁，唤起风洒面。

　　亦有不平心，尽从毛孔散。①

　　赞赏修仁茶之茶色"幽姿绝媚妩"，入口后可提神醒脑，解除疲劳，令人神清气爽如风拂面，纾解心中郁闷。

　　除了修仁茶之外，当地也盛产佳酿美酒，如宋代广西路帅司公厨以清洌甘甜之井水酿出的瑞露酒，"风味蕴藉，似备道全美之君子，声震湖广"②，为广西美酒之冠。

　　除了各地的特色饮食，广西的水果等特产也非常丰富。水果如梧州火山荔枝，邕州龙眼，桂州黄柑、槟榔、苹婆、桃榔果等。范成大的《清湘县郊外杂花盛开，有怀石湖》中有"橘柚走珍贡"句，表明当时广西的橘子和柚子是贡品。解缙的《苍梧即事三首》提到"贫婆果熟红包坼，荔子花开绿萼繁"③；李纲在《桂林道中二首》有言"桃榔叶暗伤心碧，踟蹰花开满目斑"④。另有荔枝，唐宋时岭南荔枝味道本不及闽蜀，却因杨贵妃一笑和苏轼一啖而名声远扬，"荔枝，南中之珍果也。梧州江前有火山，上有荔枝，四月先熟（以其地热，故曰火也），核大而味酸。其高新州与南海产者，最佳五六月方熟，形若小鸡子，近带稍平，皮壳微红，肉莹

---

　　① （清）汪森编辑：《粤西诗载校注》第一册，桂苑书林编辑委员会校注，广西人民出版社1988年版，第99页。

　　② （宋）周去非：《岭外代答》卷6，上海古籍出版社1987年版，第442页。

　　③ （清）汪森编辑：《粤西诗载校注》第四册，桂苑书林编辑委员会校注，广西人民出版社1988年版，第273页。

　　④ 同上书，第73页。

寒玉"①。宋神宗曾对大理寺丞梁世基广西横州宅生连理荔枝御赐诗，《连理荔枝》"一株连理木，五月荔枝天"②，可见广西荔枝之繁盛与质优。广西龙眼（宋人称圆眼）则胜于闽中。宋代诗人对邕州、廉州的龙眼称赞有加，"广西诸郡，富产圆眼，大且多肉，远胜闽中。邕州唯官庄所产数根绝奇，肉厚味长，又当与兴化钗玉比矣"③。苏轼著有《连州龙眼质味殊绝可敌荔枝》一诗，极力赞美龙眼的美味：

> 龙眼与荔枝，异出同父祖。
>
> 端如柑与橘，未易相可否。
>
> 异哉西海滨，琪树罗玄圃。
>
> 累累似桃李，一一流膏乳。
>
> 坐疑星陨空，又恐珠还浦。
>
> 图经未尝说，玉食远莫数。
>
> 独使皱皮生，弄色映雕俎。
>
> 蛮荒非汝辱，幸免妃子污。④

诗中对龙眼这种水果的美味大加赞颂，并将其比喻为陨落的星星、还浦的珍珠。

三　居住与交通

广西之山川地貌大致可以用一句谚语来概括："八山一水一分

---

① （唐）刘恂：《岭表录异》卷中，上海古籍出版社 1987 年版，第 89 页。

② （清）汪森编辑：《粤西诗载校注》第六册，桂苑书林编辑委员会校注，广西人民出版社 1988 年版，第 256 页。

③ （宋）周去非：《岭外代答》卷 8，上海古籍出版社 1987 年版，第 455 页。

④ 甘伟珊、周文涛：《寓桂历史人物》，广西师范大学出版社 2009 年版，第 141 页。

田。"广西地貌山多而奇秀,素来有十万大山之称,山中岩洞密布;因潮湿多雨降水量充沛,水系发达,河网密布,水流湍急,因此交通工具主要为沐川和竹排;植被茂密,四季常青。受广西山川地貌和人口分布的制约,广西的聚落多依山而建,村落稀疏,规模较小,分布散落,宅院材质多为竹木。

《粤西诗载》对这些聚落特点也多有描绘,首先是住户分布的散落,人口的稀疏,如:陶弼的《过龙平》有言"数家深峡里,灯火似渔村",刻画了住户的散落,人烟的稀少,以至于灯火就像渔村的渔火一样零落;孙觌在《发桂林,刘帅立道同诸司出饯于甘棠渡口二首》其二有"南荒底日所,黄茅三家村"[1],两三家写出了人口的稀疏。

李纲在《象州道中二首》其二的"竹屋茅簷三四家,土风渐觉异中华"[2],刘克庄《全州》有诗"寂寂全州路,家家荻竹扉"[3],张籍的《蛮中》其二"瘴水蛮江入洞流,人家多住竹栅头"[4],都指出了房屋的构造为竹木和茅草。

广西山地遍布、平地较少,州郡的选址多依山傍水、背山面河,受地理因素影响较大,因此聚落形制较小,城市规模多狭小逼仄。如赵希迈在其诗《次昭城》中指出城郭依山而建的特点,"城因山势筑,江向庙头分";曾丰有诗《过滕吊秦》,"浔流容派两江口,中有一城大如斗。坤堞甄抚上藉隍,楼台瓦溃泥漫雷",也指出了城郭

---

① (清)汪森编辑:《粤西诗载校注》第一册,桂苑书林编辑委员会校注,广西人民出版社1988年版,第102页。

② (清)汪森编辑:《粤西诗载校注》第四册,桂苑书林编辑委员会校注,广西人民出版社1988年版,第75页。

③ (清)汪森编辑:《粤西诗载校注》第三册,桂苑书林编辑委员会校注,广西人民出版社1988年版,第168页。

④ (清)汪森编辑:《粤西诗载校注》第七册,桂苑书林编辑委员会校注,广西人民出版社1988年版,第8页。

依地形地势而建的特点；李商隐在其《桂林路中作》中称"村小犬相护，沙平僧独归"①，突出村落狭小的特点；裴说在《南中县令》中称"山多村地狭，水浅客舟稀"，用"多""狭""稀"几个字生动地描摹出广西村落和人口的稀疏；李商隐过桂林时在其《桂林》诗中对城市的狭小和逼仄就有形象生动的描绘，"城窄山将压，江宽地共浮"②，采用夸张和对比的手法，用"压"字形象地刻画出城郭的狭小，看起来山似乎要将城郭压垮，用"江宽"来衬托州城的狭窄。

因城郭狭小和人口稀少的缘故，大多数城郭多为一派萧瑟清冷之景。如柳宗元的《铜鱼使赴都寄亲友》所勾勒的广西州县郡城的荒凉萧条：

> 行尽关山万里余，到时闾井是荒墟。
> 附庸唯有铜鱼使，此后无因寄远书。

柳州城闾井荒败空虚的景象使远贬的诗人更增添惆怅、悲凉之情，在诗人看来，柳州之破败景象，无法再多说了。

陈藻的《冬日融州绝句》所描绘出的萧瑟荒凉更甚于柳宗元：

> 四只渔船叩板门，几家茅屋长儿孙。
> 天寒水浅江成路，地僻人稀郭赛村。③

---

① （清）汪森编辑：《粤西诗载校注》第三册，桂苑书林编辑委员会校注，广西人民出版社 1988 年版，第 99 页。

② 同上书，第 100 页。

③ （清）汪森编辑：《粤西诗载校注》第七册，桂苑书林编辑委员会校注，广西人民出版社 1988 年版，第 99 页。

融州一带地瘠民贫，居民多以渔猎为生，住宅是简陋的茅屋，诗人所见之郭赛村更是地处偏僻，人烟稀少，全诗所透露出来的清冷更增凄凉之感。其他如《题融州城楼》中的"除却谯楼环廨舍，萧条市井客怀悲"。面对如此景况，独在异乡为客的陈藻不免心生悲凉。再如《过象州》：

都无一物作生涯，坊巷萧条有几家。

料得寒梅应怅恨，满城开作寂寥花。①

象州坊巷萧条、人烟稀少，满城之中寂寥开放的寒梅，生动透露出诗人浓浓的惆怅之情。受河网密布和山地较多的影响，广西交通方式多为水运，出行借助竹排和木船。如张孝祥在《过灵川》写道"县只三家市，渠通大舸船"②，张籍的《蛮中》其二写道"青山海上无城郭，惟见松排出象州"③皆指出出行需要乘坐船只。

第四节　宗教信仰

宗教信仰是古代人民生活的重要组成部分，广西是少数民族聚集区，因此广西的宗教文化既有中国传统的佛教和道家，也具有少数民族地域特色的巫蛊和本土神灵信仰。

---

① （清）汪森编辑：《粤西诗载校注》第七册，桂苑书林编辑委员会校注，广西人民出版社 1988 年版，第 101 页。

② （清）汪森编辑：《粤西诗载校注》第三册，桂苑书林编辑委员会校注，广西人民出版社 1988 年版，第 152 页。

③ （清）汪森编辑：《粤西诗载校注》第七册，桂苑书林编辑委员会校注，广西人民出版社 1988 年版，第 8 页。

研究表明，南亚佛教早在西汉时就已经从海路经由合浦港（今广西合浦县）传入广西地区。[①] 就时间而言，与佛教自陆路传入中国中原地区几乎是同步的。因东晋时葛洪到勾漏洞炼丹的原因，位于今广西北流勾漏山的道家第二十二洞天，被称为广西道教的发祥地。[②] 由此可见，道教发轫之初亦与广西有着密切的关系。

佛道两教的发展在《粤西诗载》的作品中也有着直观的反映。首先是大量关于佛寺和道观以及具有宗教意象和宗教性质的山川和景点的诗歌。如桂州栖霞洞，融州老君洞，浔州罗丛岩，桂州雊山岩，昭州玉虚观，都峤山灵景寺等不胜枚举。据统计，直接以佛寺或道观为题材的诗歌有 40 多首，间接涉及佛寺道观的诗也较多。《粤西诗载》中收录了大量直接以寺庙和道观名称命名的诗歌，如邹浩的《仙宫庙》，李弼的《七星岩》，孙觌的《栖霞洞》，章岷的《雊山》，戴复古的《玉华洞》，刘克庄的《玄山观》和《佛子岩》，孙抗的《南华洞》等。据资料记载，唐前广西佛寺有 6 座，唐代 45 座，五代 8 座，宋代 131 座，共 190 座。[③] 广西道观虽然没有具体的数字可循，但可以从其他方面了解道教的发展情况，广西的贵州（今广西贵港）南山、浔州（今广西桂平）白石山、容县都峤山都有葛洪炼丹的丹灶遗址；其中容县都峤山、浔州白石山、北流勾漏山为道教三十六小洞天系统中的第二十、第二十一、第二十二洞天；浔州白石山清真观有宋太宗御书[④]；融州真仙岩有宋太宗御书一百二十轴藏于内，南宋张孝祥于真仙岩摩崖书"天下第一真仙之岩"等[⑤]。由此可见道教在广西的影响和地位。

---

① 廖国一：《佛教在广西的发展及其与少数民族文化的关系》，《佛学研究》2002 年。

② 钟文典：《广西通史》第一卷，广西人民出版社 1999 年版，第 149 页。

③ 广西地方志编撰委员会：《广西通志·宗教志》，广西人民出版社 1995 年版，第 197 页。

④ （清）和坤：《嘉庆大清一统志》卷 470，上海书店 1984 年版。

⑤ （宋）王象之：《舆地纪胜》卷 114，中华书局 1992 年版，第 3386 页。

值得关注的是，广西一地具有佛、道、儒三教圆融共生的特点。如桂州栖霞洞，既有道士日华月华君，也有参禅的老僧。浔州西南六十里的罗丛岩，内有三教殿，既有碧虚洞、灵源洞等仙道遗迹，又有石佛、石磬、石狮等佛教之物，又曾是宋代理学大师程颢、程颐弱冠随父程珦守龚州游浔州时的读书处，在宋代"实为浔之胜概"。①

众多的寺庙观宇与广西独特的山水风光相互映衬，引来众多文人的驻足，山寺题诗遂成为一种风尚，留下了许多宗教题材及感怀诗歌。南宋诗人吴儆游桂林穿山月岩时不禁感叹道"题诗山寺不胜多"（《题月岩》），足可想见当时诗人题诗寺观的盛况。

广西长期以来被视为蛮荒之地，而众多宗教文化和遗迹的存在，文人骚客的驻足，作品的留存，都证明广西并非完全的蛮荒和未开化，亦可见其王化程度。柳宗元有言"越人信祥而易杀，傲化而佃仁……董之礼则顽，束之刑则逃，唯浮屠事神而语大，可因而入焉，有以佐教化"（《柳州复大云寺记》），指出统治者利用佛教作为思想统治的手段，教化广西民众。例如，石应孙《题南山》云：

> 孤鹜去边天浩渺，万家穷处水湾环。
>
> 岭外此州为道院，风烟殊弗类南蛮。②

除了佛、道、儒这些传统宗教，广西也有自己独具特色的本土信仰，即巫蛊信仰，置蛊毒、信巫鬼，有病不求医而问巫，事神信鬼，乃是广西本土普遍的信仰。一些地方育蛊毒，迷信盛行。据记载，宋代"广西蛊毒有二种：有急杀人者，有慢杀人者，急者顷刻

---

① （宋）王象之：《舆地纪胜》卷112，中华书局1992年版，第3358页。
② （宋）王象之：《舆地纪胜》卷110，中华书局1992年版，第3330页。

死，慢者半年死。人有不快于己者，则阳敬而阴图之，毒发在半年
之后，贼不可得，药不可解，蛊莫惨焉"①，描绘了蛊毒的神秘和可
怖。北宋陶弼有诗《宜阳》：

> 孤城溪洞里，闻说已堪哀。
>
> 蛮水如鲜血，瘴天已死灰。
>
> 吏忧民置毒，巫幸鬼为灾。
>
> 风土如斯恶，吾来胡为哉。②

颈联描写了广西北部宜州、融州一带的少数民族风俗。广西宜、
融一带州峒少数民族养蛊虫、置蛊毒、信巫鬼的风俗和信仰十分普
遍。这些在诗人看来十分荒诞，认为是十分落后怪异的。

又如刘克庄《观傩二首》：

> 烟燻野狐怪，雨熄毕方讹。
>
> 惟有三彭黠，深藏不畏傩。
>
> 袚除啸梁祟，惊走散花魔。
>
> 切莫驱穷鬼，相从岁月多。③

傩是古代年终前驱逐疫鬼的仪式，宋代桂林傩盛极一时，名闻
京师，声动外夷。诗中所述的种种民间习俗，以现代人的眼光看来
荒诞不经，但在当时的广西或其他少数民族地区却普遍存在着。

---

① （宋）周去非：《岭外代答》卷10，上海古籍出版社1987年版，第484页。

② 北京大学古文献研究所：《全宋诗》，北京大学出版社1988年版。

③ 同上。

第五章 广西地域资源对《粤西诗载》
创作的影响

　　《毛诗序》云："在心为志，发言为诗。"① 诗歌作为人类情志的依托与载体，它的内容绝不是凭空而筑的七宝楼台，它从某个或某种自然物象的启示中——或许是日月的光华、凉暑的更迭，斜阳下的雁群，飘零着的落花——在诗人心间暗暗滋长，随即被敏锐的诗人群体利用语言的空间性进行造梦活动，用"象"的组合排列去再现或重构一个诗"境"。此处的"象"，即我们本章所关注的诗歌创作过程中不可或缺的一环，大多数情况下，它以客观自然的状态呈现在世人面前。正如刘勰在《文心雕龙·物色》中说的："若乃山林皋壤，实文思之奥府，略语则阙，详说则繁。然屈平所以能洞监风骚之情者，抑亦江山之助乎！"② 山海丘泽，星霜繁露，自然界的一草一木，一溪一风，至若鸟鸣虫韵，春去秋来，无不关联着人的心灵与理致，自然中的客体景观无时无刻不联结着诗人们的悲欣之交集，情感之沉潜。

---

① 蔡钟翔等：《中国文学理论史》，北京出版社 1991 年版，第 86 页。
② 周振甫：《文心雕龙选译》，凤凰出版社 2017 年版，第 159 页。

曾大兴在《文学地理学研究》一书中说道："一个文学家迁徙流动到一个新的地方……他的作品的本籍文化色彩会有所减弱，会融进客籍文化的某些成分……另一方面，他在当地的文学创作和文学活动，也会对当地人文环境的总体构成给予或多或少的影响，即反哺于当地文化。"① 《粤西诗载》中精妙绝伦的创作呈现了广西多姿多彩的地域风貌，广西富饶多样的地域资源也对《粤西诗载》的创作产生了不可磨灭的影响。

第一节 独特的民俗

民俗即民间风俗，是一个民族的生活文化，具体指由一个国家或民族的广大民众创造并传承、享用，最终成为这个民族约定俗成的集体习俗。广西聚集着壮、汉、瑶、苗、侗、仫佬、毛南、回、京、水、彝、仡佬共 12 个世居民族，涵汇了十几个西南少数民族的文化精华，有着一枝独秀的地域特色、多姿多彩的社会风貌以及风格迥异的民俗景观。

民俗源于生活，它包括民间的服饰、饮食、建筑、信仰、节日、生产等相关的生活习惯，因日常所需而形成大家共同遵守的习俗，它服务于民众日常的生活。在《粤西诗载》中，我们所熟知的文人宋之问、刘禹锡、柳宗元、李商隐等，都曾作诗记录过在流放地的奇闻异事、民族风情，《过蛮洞》《蛮子歌》《柳州峒氓》《桂林》《昭州》等诗作都分别出自这些流放诗人之手，主要描写桂州、昭州、宜州、邕州等地的风俗民情。柳宗元的《南省转牒欲具注国图

---

① 曾大兴：《文学地理学研究》，商务印书馆 2012 年版，第 25 页。

令画通风俗故事》中说："圣代提封尽海壖，狼荒犹得纪山川。华夷图上应初録，风土记中殊未传。椎髻老人难借问，黄茅深洞敢留连。南宫有意求遗俗，试检周书王会篇。"① 写出了诗人身临广西其地，深谙时代的伟大和国家疆域的辽阔，使得蛮荒之地的奇特山川也能够得以记载，又觉此处风土人情殊异于中州，闻所未闻，但因为与当地人语言不通，交流困难，只得流连岩穴的真实心路历程，作者有意检点此地"遗俗"，因而在古书中苦苦搜寻；而元代诗人傅若金的《答别龙州萧从事韶》："北极丝纶下，南陲政化通。灵槎浮度斗，瘴草偃随风。殊俗难为别，清谈喜屡同。驰驱不可住，心切大明宫。"② 也直言了广西奇风异俗的复杂多样；解缙的《七星岩》也记录了对歌这一异俗的存在："就日门前春水生，伏波岩下钓船轻。漓江倒影山如画，榕树交柯翠夹城。村店午时鸡乱叫，游人陌上酒初醒。殊方异俗同熙皞，欲进讴歌合颂声。"③ 此诗前二联描写了如诗如画的广西自然山水风光，"春水生"与"钓船轻"间接展示了作者内心的怡然自得之态，在畅意之中，酒意初醒之际，诗人观赏了奇特的对歌广西风土人情。事实上，在《粤西诗载》中，众多的诗人对于广西那迥异于他方的五花八门的风俗人事，作了较为真实具体的呈现和详尽细致的刻画，这些反映风土人情的诗歌作品，作为珍贵的社会历史资料，在一定程度上再现了广西这片辽远而奇妙土地上演绎过的一幕幕独特生活场景。

---

① （清）汪森编辑：《粤西诗载校注》第四册，桂苑书林编辑委员会校注，广西人民出版社 1988 年版，第 5 页。

② （清）汪森编辑：《粤西诗载校注》第三册，桂苑书林编辑委员会校注，广西人民出版社 1988 年版，第 195 页。

③ （清）汪森编辑：《粤西诗载校注》第四册，桂苑书林编辑委员会校注，广西人民出版社 1988 年版，第 268 页。

一 巫术信仰

宗教是社会发展到一定阶段出现的社会意识，"一切宗教都不过是支配着人们日常生活的外部力量在人们头脑中的虚幻的反映。在这种反映中，人间的力量采取非人间力量的形式"①。远古时期，人们生活在万物有灵观念的支配下，实施的各种宗教行为，实际上是这种古老的信仰观念的表现。

（一）巫祝

在《粤西诗载》中，处处可见宗教信仰的踪迹及本地居民与之适配的宗教行为，在广西，"巫祝"之风的盛行，紧密联系着广西文明尚有原始阶段思维的残留特征，陈昌在《送吴素行之广西》中记载："广州南望海冥冥，百丈牵江几日程。鲸浪打船风不息，蜃灰涂屋雨初晴。蛮巫祭鬼凭鸡卜，岛寇编氓事象耕。从此海隅成乐土，尉陀焉敢更言兵。"② 因为地处夷远，广西在参与以汉文化为整体主流的统一进程中稍显滞慢，原始宗教特征较为显著，民未开化，尚处鸿蒙，故事巫之风仍盛。又如：

异俗二首（自注时从事岭南）

唐 李商隐

其一

鬼疟朝朝避，春寒夜夜添。

未惊雷破柱，不报水齐檐。

---

① ［德］恩格斯：《反杜林论》，人民出版社1970年版，第311页。

② （清）汪森编辑：《粤西诗载校注》第五册，桂苑书林编辑委员会校注，广西人民出版社1988年版，第226页。

虎箭侵肤毒，鱼钩刺骨铦。

鸟言成谍诉，多是恨彤幨。

其二

户尽悬秦网，家多事越巫。

未曾容獭祭，只是纵猪都。

点对连鳌饵，搜求缚虎符。

贾生兼事鬼，不信有洪炉。①

李商隐的《异俗》二首就真实地描绘了广西当地的"巫鬼"风俗："鬼疟朝朝避，春寒夜夜添。未惊雷破柱，不报水齐檐。"描写了广西的自然条件之恶劣、气候之不同寻常：雷雨交加，寒气入骨，疟疾常生。"虎箭侵肤毒，鱼钩刺骨铦。鸟言成谍诉，多是恨彤幨。"表现了广西当地百姓以射虎捕鱼为生，以本地方言交流的日常生活，原始而古朴的渔猎生活方式与作者以前所处的农耕文明世界可谓大相径庭。"户尽悬秦网，家多事越巫。"说明了当地居民大多非常迷信，家家户户多信奉"越巫"。而末句"点对连鳌饵，搜求缚虎符。贾生兼事鬼，不信有洪炉"，则更体现出这里巫鬼之说的风靡，渔猎活动前需要求"符"来保障丰收，连读书人都迷信鬼神，甚至以此为业。

再如：

谒罗池庙

元　傅若金

柳州刺史爱罗池，庙食千秋傍水涯。

---

① （清）汪森编辑：《粤西诗载校注》第三册，桂苑书林编辑委员会校注，广西人民出版社 1988 年版，第 103—104 页。

隔座枙榔风瑟瑟，近檐橄榄露垂垂。

唐碑载事班前史，楚曲迎神叶古词。

欲借题籤卜行役，祇惭巫祝强知诗。①

送胡簿之阳朔

明　高啟

几年桂馆去人稀，白发怜君独远违。

过海定寻回估舶，出京才脱旧儒衣。

祠羞荔子传巫语，县闭榕阴放吏归。

亦欲居夷嗟未得，漫看鸿鹄向南飞。②

这两首诗歌都体现着"巫"已经融入当地人民的日常生活，甚至政治经济等生活内容中。在广西，随处可见祭祀迎神等巫术活动，人们在行役前会进行古老的占卜仪式来预测吉凶和日程。如此高密度的巫文化现象，连接着早期先民的混沌意识和万物有灵思维，在远古思维中，"巫"通达天地，中和人意，能与万物交流，是文明开化程度较低的地区的人们，在面对伟大神奇的大自然时，无力改造之而产生的一种解释，人们试图通过"巫"来祈福禳灾，获取更好的生存资源。由"越巫"衍生而来的一项独特占卜类习俗也频繁地进入诗人的视野——鸡卜。

（二）鸡卜

汉代司马迁在《史记·封禅书》有对壮族先民信仰习俗的最早

---

① （清）汪森编辑：《粤西诗载校注》第四册，桂苑书林编辑委员会校注，广西人民出版社1988年版，第199页。

② 同上书，第246页。

记录:"是时既灭南越(今广东、广西地)……乃令越巫立越祝祠,安台无坛,亦祠天神上帝百鬼,而以鸡卜。"这个习俗,我们至今能从花山岩画和古铜鼓上找到相应的影像。《桂林风谣十首》中:"风俗传鸡卜,春秋祀马人。"① 已经向我们展示了这个源远流长的习俗的神秘和古老。目前广西、云南尚存的《鸡卜经》有60多部,经书中不仅记载了占卜、祭祀等步骤,还记录了壮族特有的生产生活方式、道德观念、行为规范、社会风俗与制度等,堪称一部民族文化的"活化石"。在《粤西诗载》中,对这种迷信活动的记载也俯拾即是:

柳州峒氓

唐　柳宗元

郡城南下接通津,异服殊音不可亲。

青箬裹盐归峒客,绿荷包饭趁虚人。

鹅毛御腊缝山罽,鸡骨占年拜水神。

愁向公庭问重译,欲投章甫作文身。②

这首七言律诗写的就是诗人在柳州的见闻,包括写峒氓的生活、习俗,一方面作为外来者,看待当地风俗殊于中原,深以为异。如柳宗元刚到柳州时,就觉得"异服殊音不可亲",这里民族支系繁多,语言各不相通,沟通面临极大困难,诗中提到柳州峒氓大多住在山村,盐等日常生活必需品要到郡城集市去买,"青箬裹盐归峒

---

① (清)汪森编辑:《粤西诗载校注》第三册,桂苑书林编辑委员会校注,广西人民出版社1988年版,第440页。

② (清)汪森编辑:《粤西诗载校注》第四册,桂苑书林编辑委员会校注,广西人民出版社1988年版,第8页。

客，绿荷包饭趁虚人"两句正是对峒氓辛苦赶集买盐往返情景的描述，"鹅毛御腊缝山罽"一句则写到峒氓用鹅毛制成的被子来抵御寒冷。而这样的生活方式和信仰习俗与中原文化相比显得蒙昧落后，"鸡骨占年拜水神"写的正是峒氓的迷信风俗，以占卜预知年景的好坏。诗人在最后两句表示愿意入乡随俗，不希望只在公庭上通过译员来了解峒氓，更愿意脱掉士大夫服装，遵从峒氓的习俗，刺文身，与峒氓同形同心。再如：

平乐府

明　龙瑄

凄凄烟雨岭南天，翠壁青林断复连。

山县总荒兵火后，土民还住贼巢边。

车筒昼夜翻江水，刀具春秋种石田。

幸际时和太平日，不须鸡骨预占年。①

此诗首联描绘了岭南烟雨繁多的自然气候和山重林密的地理特征，颔联具体直陈当地过往兵火泛滥，贼寇盛行的政治局面，颈联话锋一转，描绘了一幅其乐融融又热火朝天的农耕图：水车翻腾着昼夜不休，人们手持农具辛勤耕耘，尾联表达了对当下和平美好生活的感惜之意，如此太平盛世，不需要再用广西那原始的鸡骨卜著之术来预测吉凶或丰歉，可见鸡卜之术在荒寒年代，确实是广西人们对于未来选择的一种重要因素。

---

① （清）汪森编辑：《粤西诗载校注》第四册，桂苑书林编辑委员会校注，广西人民出版社1988年版，第297页。

（三）祭神

在广西，祭神的风俗也同样十分盛行，傅若金在《谒罗池庙》中说："唐碑载事班前史，楚曲迎神叶古词。"① 鲜明地展现了迎神祭神这一风俗，《粤西诗载》里出现频次最高的众多的神祇中，犹以水神为代表，"鹅毛御腊缝山罽，鸡骨占年拜水神。"② （柳宗元《柳州峒氓》）展现了柳州土著居民向水神祈祷一年风调雨顺的场景，写出了柳州地区独特的民俗风情。李商隐在《桂林即事》中记录："殊乡近河祷，箫鼓不曾休。"③ 体现了桂林人向河神祷告的风俗。再如唐代张籍所写的《蛮中》（其一）：

> 铜柱南边毒草春，行人几日到金麟。
> 玉镮穿耳谁家女，自抱琵琶迎海神。④

"铜柱"为铜制的边界界桩，一般是边境标志物，作者南行粤地边域，观赏奇情，"毒草""金麟"等奇妙的物象和色彩堆叠出鲜明而旖旎的异域风情，而打扮奇异、玉镮穿耳的女子笑语盈盈地走过身边，斜抱琵琶的婀娜身姿渐行渐远，举行着迎海神的宗教仪式，作为一名旁观者，作者用绮丽意象的编排，向众人展现了蛮中独特的宗教信仰和迎海神的风俗。

---

① （清）汪森编辑：《粤西诗载校注》第四册，桂苑书林编辑委员会校注，广西人民出版社1988年版，第199页。
② 同上书，第8页。
③ （清）汪森编辑：《粤西诗载校注》第三册，桂苑书林编辑委员会校注，广西人民出版社1988年版，第101页。
④ （清）汪森编辑：《粤西诗载校注》第七册，桂苑书林编辑委员会校注，广西人民出版社1988年版，第8页。

第二节　歌谣节令

壮族是广西的世居民族，也是我国少数民族中人口最多的民族，主要聚居在广西的柳州、南宁、百色、河池等地，也有相当一部分地区与汉族、瑶族、侗族、仫佬族、毛南族等民族杂居。唱歌是壮族人民的特长，早在汉代，刘向的《说苑·善说篇》中就记载了先秦时期壮族先民所唱的《越人歌》。"法依山例峻，歌叠浪花新。"在秀美的自然山光水色中，人们的感情热烈充沛，表达意愿蓬勃，愿意在美妙的自然中尽情吐露内心，抒发自我。在广西，唱歌作为独特的民俗景观得以世代传承，归功于"三月三"歌圩，其原名"三月三"歌节，是富有壮乡特色的节庆民俗活动项目。宋之问曾经对其经历的"三月三"有过翔实的记载：

> 代业京华里，远投魑魅乡。
>
> 登高望不极，云海四茫茫。
>
> 伊昔承休盼，曾为人所羡。
>
> 两朝赐颜色，二纪陪遊宴。
>
> 昆明御宿侍龙媒，伊阙天泉复几回。
>
> 西夏黄河水心剑，东周清洛羽觞杯。
>
> 苑中落花扫还合，河畔垂杨拨不开。
>
> 千春献寿多行乐，柏梁和歌攀睿作。
>
> 赐金分帛奉恩辉，风举云摇入紫微。
>
> 晨趋北阙鸣珂至，夜出南宫把烛归。
>
> 载笔儒林多岁月，襆被文昌佐吴越。

越中山海高且深，兴来无处不登临。

永和九年刺海郡，暮春三月醉山阴。

愚谓嬉游长似昔，不言流寓欻成今。

始安繁华旧风俗，帐饮倾城沸江曲。

主人丝管清且悲，客子肝肠断还续。

荔浦蘅皋万里馀，洛阳音信绝能疏。

故园今日应愁思，曲水何能更祓除。

逐伴谁怜合浦叶，思归岂食桂江鱼。

不求汉使金囊赠，愿得佳人锦字书。

——《桂州三月三日》①

　　此诗抒发了作者流落南疆，怀念故都而不得归的忧郁愁潝的心理，作者首先用大量的篇幅和极尽华丽的辞藻描写出身处京华宫苑随奉君主、沐浴天恩的情态，流露出对往昔荣盛之景的追忆和无限怀恋，作者身处异乡，登临纵怀，"登高望不极，云海四茫茫""越中山海高且深，兴来无处不登临"等都真实记录着作者羁旅的愁肠。"永和九年刺海郡，暮春三月醉山阴。"总挈着作者在三月三节庆日的醉态，"愚谓嬉游长似昔，不言流寓欻成今。"继续描绘了广西三月三的嬉游盛况不亚于作者当年在京城的乐游，"始安繁华旧风俗，帐饮倾城沸江曲。主人丝管清且悲，客子肝肠断还续。"则体现出长街十里繁华的热闹景象：众人随俗载歌载舞，熙熙攘攘；丝竹之声不绝于耳，沸沸扬扬，面对此情此景，作者发出了"故园今日应愁

---

　　① （清）汪森编辑：《粤西诗载校注》第二册，桂苑书林编辑委员会校注，广西人民出版社 1988 年版，第 99 页。

思，曲水何能更祓除。逐伴谁怜合浦叶，思归岂食桂江鱼。"的深深慨叹，三月三的胜景勾起诗人对往昔京城宴饮欢歌的美好回忆的同时，也带给他往事不堪回首的失意与惆怅之情，因而其在诗中寄寓了无限的思乡之意。

此外，歌谣唱诵之风的盛行也可以在其他诗作中得到佐证，如：

兴安道中

（湘漓二江与此分，言相离也）

明　方弘静

云迷峰自叠，滩急水相离。

竹露长疑泪，松风不断吹。

僮儿歌刈稻，瑶女舞祈祠。

万里今封建，无言陋九夷。①

秋日雨后登怀城楼

明　李先春

孤城睥睨倚山阿，为采民风策马过。

何处人家开橘柚，夹溪渔唱杂弦歌。

秋霜已散山无瘴，蛮雨初收海不波。

欲识太平元有象，登临怀抱竟如何。②

在这两首诗中，歌谣作为人们劳动时的调剂物功用得以体现出

---

① （清）汪森编辑：《粤西诗载校注》第三册，桂苑书林编辑委员会校注，广西人民出版社 1988 年版，第 374 页。

② （清）汪森编辑：《粤西诗载校注》第六册，桂苑书林编辑委员会校注，广西人民出版社 1988 年版，第 8 页。

来。唱歌这一民俗活动不仅是各类节庆的专属，人们在日常生活中也需要歌声来填充盈润自我，达到解压、交流、展示等社交或非社交效果。

除了歌谣习俗之外，广西的各类节庆也在诗载中有所记载：

桂林风谣十首

明　曹学佺

其一

楚粤流皆仰，湘漓水自分。

易生阶面草，难度岭头云。

素节龙舟竞，冥搜鼠穴熏。

水东街最盛，游女咽罗裙。

其五

箫鼓沸中秋，肩挑水族稠。

饔飧临顿办，节序竞时修。

月兔灯俱上，风鸢瘴易收。

官街青石路，醉倒滑如油。[①]

组诗《桂林风谣》中，有两首分别记录桂林端午节与中秋节的诗作，第一首"素节龙舟竞，冥搜鼠穴熏。水东街最盛，游女咽罗裙。"反映了端阳日广西人们会举办赛龙舟、熏鼠穴的习俗，人们在节日还会组织进行繁华盛大的商业街会活动，游人如织，裙带飘飘。而对中秋节的描绘"箫鼓沸中秋，肩挑水族稠。……月兔灯俱上，

---

① （清）汪森编辑：《粤西诗载校注》第三册，桂苑书林编辑委员会校注，广西人民出版社 1988 年版，第 435—438 页。

风鸢瘴易收。官街青石路,醉倒滑如油。"也生动而真实地让桂地熙攘繁盛的中秋景象得以重演:大街小巷箫鼓齐鸣,热闹非凡,贩夫走卒肩挑丰富的水产去赶集,人们的餐桌上置办了美味的佳肴,万盏灯火随着一轮圆月一同点亮升起,雾气消散,天地澄清,醉酒的人踉踉跄跄地走在青石板路上,尽兴而返。作者善于在刻画细节中描绘光耀的时刻,一系列的动态画面使广西节日的欢乐气氛展现得淋漓尽致。

第三节　俗态人情

一　饮酒之风

中国自古就是一个以农业生产为主的国家,农业生产在广西也占有非常重要的地位。壮族先民居住的珠江流域属于亚热带地区,地理、气候、环境适宜水稻种植,壮族自古以来就是我国典型的稻作民族,他们把水田称为"那","那"字地名蕴藏着稻作文化和民族文化的丰富内涵,成为这一地区的鲜明标志和历史印记,形成独具特色的"那文化"。吕公弼的《送桂州张田经畧迁祠部》记载:"霜严塞幕论兵略,春满农郊劝火耕。王佐才高时望洽,归来持囊上蓬瀛。"① 展现了广西当地官员对于农耕的重视,稻作的生产加工促进了酒的制作和风行。"辟邪犀角重,解酒荔枝甘。"②(王建《桂岭》),饮酒作为广西土著居民们的日常喜好逐渐纳入《粤西诗载》诗歌的内容中。又如《昭州》:"桂水春犹早,昭川日正西。虎当官

---

① (清)汪森编辑:《粤西诗载校注》第四册,桂苑书林编辑委员会校注,广西人民出版社1988年版,第35页。

② (清)汪森编辑:《粤西诗载校注》第三册,桂苑书林编辑委员会校注,广西人民出版社1988年版,第99页。

路斗，猿上驿楼啼。绳烂金沙井，松干乳洞梯。乡音殊可骇，仍有醉如泥"①，昭州人烟稀少，景象荒凉，虎啸猿啼，乡音骇人，还有饮酒而烂醉如泥的当地人，李商隐对当地风土民情的记录是比较客观真实的。再如：

过梧州

明　黄福

不到苍梧二十年，今朝再过倍凄然。

江边山色浑如昔，城外人家不似前。

橄榄解尝香溅齿，槟榔干嚼涩流涎。

南交事竣归来日，蛇酒多沽不校钱。②

此诗描写了诗人重游苍梧，感怀今昔的情感，物是人非，今非昔比的自然现状让作者感慨万分，唏嘘不已，作者流连于此地风习，尝橄榄、嚼槟榔，甚至不计较金钱地沽美味的"蛇酒"开怀畅饮，在一定程度上体现了广西酿酒材料的独特和饮"蛇酒"的习惯。又如：

桂林书事

宋　陶弼

清罗江水碧连山，城在山光水色间。

地近瘴烟人好酒，路临溪洞卒难关。

---

① （清）汪森编辑：《粤西诗载校注》第三册，桂苑书林编辑委员会校注，广西人民出版社1988年版，第101页。

② （清）汪森编辑：《粤西诗载校注》第四册，桂苑书林编辑委员会校注，广西人民出版社1988年版，第283页。

心知祸福慵占鬼，事熟安危笑议蛮。

却为林泉作诗苦，三年赢得鬓丝还。①

　　此诗首联写景，体现了桂林山水环绕的地理特质，颔联纪事，描绘了饮酒的实用功能是发散体热，辅除瘴湿之气，饮酒这一风习，其实与广西的独特地理环境是紧密相连的。

二　经济妆服

　　《粤西诗载》中对土著居民们的物产及商业活动也有诸多记载，"夜坐多蚊母，秋成半芋魁。寄桑传酿法，文石中碑材。戍饷资桥税，山田仰粪灰。广南商贩到，盐厂雪盈堆。"②（《桂林风谣十首》其八）一诗就向人们展示了广西盐业贸易的发达，诗人宋湜眼中："雨歇桂林秋更暖，瘴连梅岭日多昏。诏颁海徼征徭薄，兵罢蛮州市井繁。"③ 也得出了广西市井商贸繁荣的结论，富饶的物产奠定了广西商业的坚实基础，《粤西诗载》对商贸活动的记载有如：

自柳至平乐书所见五首

明　袁袠

其一

象郡极萧条，宾州颇沃饶。

---

　　① （清）汪森编辑：《粤西诗载校注》第四册，桂苑书林编辑委员会校注，广西人民出版社1988年版，第39页。

　　② （清）汪森编辑：《粤西诗载校注》第三册，桂苑书林编辑委员会校注，广西人民出版社1988年版，第439页。

　　③ （清）汪森编辑：《粤西诗载校注》第四册，桂苑书林编辑委员会校注，广西人民出版社1988年版，第33页。

趁虚多丑女，互市半良瑶。

箸裹槟榔贵，花妆茉莉娇。

軺轩叼使者，异俗采风谣。

其二

邕管真堪赋，江南恐不如。

橘奴金弹密，荔子水晶虚。

海错羞方物，山蕉入野蔬。

无论宝玉贱，鱼米自宜居。[①]

　　"槟榔""茉莉""金橘""荔枝""海物""山蔬""鱼米"等一系列南国物象体现了广西优厚的自然资源，在袁袠眼中，宾州是一片肥沃富饶的土地，"趁虚多丑女，互市半良瑶"，少数民族的男男女女在市集上进行货物交易，热闹非常；而邕管的山珍海味数不胜数，作者甚至认为其比历来被誉为"鱼米之乡"的"江南"更为宜居。

　　在《粤西诗载》中，对当地人妆容服饰的描写也比比皆是，南宋陈藻"千载蛮风尚有存，此来闻见不堪论。猪膏泽发湘南妇，牛勃涂门岭右村。行客下床调瘴药，吏人提瓮灌蔬园。岂无佳丽堪娱目，别有凄凉只断魂。"[②]（《客中书事》）就描写了"猪膏泽发湘南妇，牛渤涂门岭右村"的习俗，记述了广西当地少数民族的蛮风：当地妇女以猪油来滋养头发，村民用牛粪来涂门等奇怪的现象；在《题融州城楼》则记述了广西当地独特的穿衣风格"大布红裙瑶女

---

　　① （清）汪森编辑：《粤西诗载校注》第三册，桂苑书林编辑委员会校注，广西人民出版社 1988 年版，第 327—328 页。

　　② （清）汪森编辑：《粤西诗载校注》第四册，桂苑书林编辑委员会校注，广西人民出版社 1988 年版，第 141 页。

著，半规白扇野人持"①。又如：

桂林即兴二首

明　杨基

其一

曾见重华巡狩来，漓江庙宇野棠开。

山无桧柏皆岩穴，地有芝苓尽药材。

花布短衣齐膝制，竹皮长帽覆眉裁。

也应风土交州近，丹荔红椒不用栽。②

此诗极言桂地物产的富庶，与此同时记录了本籍族人鲜明独特的穿衣方式："花布短衣齐膝制，竹皮长帽覆眉裁"，广西炎热的气候使人们不需要宽袍大袖的衣着，为了尽量散热，因此会制齐膝盖的短衣，人们又喜好戴覆眉的长帽子，如此奇风异俗自然让诗人惊叹不已，并记录于诗歌中。

三　世态人情

《粤西诗载》中描写广西世态人情的诗作也数不胜数。杨亿的《表弟李宗元知桂州阳朔县》曾曰："鸣榔下濑潮程远，曳彩升堂寿谯酣。远地民淳无牒诉，县齐终日好清谈。"③ 体现了当地百姓淳朴的民风，作为异俗文化的旁观者，文人也能客观、敏锐地察觉到当地民间风俗中的淳善以及当地居民的可爱之处。"时有苗人与瑶女，

---

① （清）汪森编辑：《粤西诗载校注》第四册，桂苑书林编辑委员会校注，广西人民出版社1988年版，第140页。

② 同上书，第249页。

③ 同上书，第31页。

负薪输布事科征。"①（《桂林即兴二首》）展现了少数民族群众积极
参与政治，顺应教化的情态，而"瑶粮难猝办，村老未全驯。风俗
传鸡卜，春秋祀马人。法依山例峻，歌叠浪花新。懒妇田间过，忙
将织作陈。"②（《桂州风谣十首》其九）更是体现了勤劳的民众在歌
声中辛苦劳作的景象。

　　总而言之，以上诗作为我们研究古代广西的生产、服饰、饮食、
居住、商业等经济社会文化水平提供了一定的文献参考。《粤西诗
载》中的这类诗作得以保存流传下来，也让后世的读者再次领略到
广西那与生俱来的神秘动人的风采。

第四节　别样的地域环境

　　正如范仲淹在《岳阳楼记》中说："若夫淫雨霏霏，连月不
开……薄暮暝暝，虎啸猿啼。登斯楼也，则有去国怀乡，忧谗畏讥，
满目萧然，感极而悲者矣。至若春和景明，波澜不惊……渔歌互答，
此乐何极。登斯楼也，则有心旷神怡，宠辱偕忘，把酒临风，其喜
洋洋者矣。"在山泽海气自然风致的浸润中，人的情感将随着物象
的流变而俯仰生姿。广西地域辽阔，气候独特，水资源充足，生
物多样性较为完整，袁裒《自柳至平乐书所见五首其四》有云：
"郁白方言似，浔梧瘴气赊。蚺蛇晴挂树，射蜮昼含沙。屋覆湘君
竹，山红蜀帝花。夷坚收未尽，博物待张华。"③在充盈着无穷无

---

　　① （清）汪森编辑：《粤西诗载校注》第四册，桂苑书林编辑委员会校注，广西人
民出版社1988年版，第250页。
　　② （清）汪森编辑：《粤西诗载校注》第三册，桂苑书林编辑委员会校注，广西人
民出版社1988年版，第440页。
　　③ 同上书，第329页。

尽创作资源的地理背景中，诗人们极易触物生情，产生强烈的创作愿望。

一　山水趣尚

广西山脉众多，水域广布，身临其境，就仿佛处于一个由大自然的千山万水所构建的大迷宫之中，梅圣俞在《送广西提刑潘比部伯恭》中写道："桂林地险通椎髻，阳朔峰奇削劔铓。"① 使人顿生"山围八桂深"之感。在古人心中，桂地山水却"宜为天下第一"，就在于它的多、奇、秀，"防田绿水转山樊，滴翠群峰列巨杉。洞外僧蓝侵斗汉，洞边人迹隔仙凡"。桂林的山水是广西山水典型代表，绿水回转，巨杉参差，群峰列布，青气郁薄，宛若仙境；而唐朝诗人曹松眼中的广西山水也是别有风味："未识佳人寻桂水，水云先解傍壶觞。笋林次第添斑竹，雏鸟参差护锦囊。乳洞此时连越井，石楼何日到仙乡？如飞似堕皆青壁，画手不如元化强。"② 在这首诗里，诗人抒发了自我对自然山水的讴歌，即使是最好的丹青画手也无法与广西大自然的鬼斧神工相媲美。张九龄的《巡按自漓水南行》也描述了其对广西山水的感受："理棹虽云远，饮水宁有惜。况乃佳山川，怡然傲潭石。奇峰崿前转，茂树隈中积。猿鸟声自呼，风泉气相激。目因诡容逆，心与清晖涤。纷吾谬执简，行部将移檄。即事聊独欢，素怀岂兼适。悠悠咏靡盬，庶以穷日夕。"③ 这些诗歌都对广西的绮丽

---

① （清）汪森编辑：《粤西诗载校注》第四册，桂苑书林编辑委员会校注，广西人民出版社1988年版，第55页。

② 同上书，第20页。

③ （清）汪森编辑：《粤西诗载校注》第一册，桂苑书林编辑委员会校注，广西人民出版社1988年版，第32—33页。

山川美景作了赞歌，这为当时的中原人士更好地认识广西做出了贡献。广西千姿百态的山川、灵修飘逸的溪河为诗人的创作提供了取之不尽的灵感源泉，大自然的美妙身影在无数文人墨客的笔端摇曳生姿，山水的审美趣向和风尚也逐步成为《粤西诗载》创作的主流之一。

譬如，很多宦游诗人的诗作中就有对广西山水的描绘。其中以陶弼为代表，陶弼两知邕州，其治甚善，作为一方水土的父母官，他的诗作饱含着对广西毓秀山水的钟情。其《入桂林》："稻花斑白初经雨，竹色青苍薄带烟。"① 用轻快的笔调和清新的色彩，描绘出广西烟雨初生，稻花如雪盛放，竹色青翠欲滴的秀丽优美的自然风光。《寄荔浦林术明府》中："郁蒸草气龙蛇舞，昏黑空山鬼鸟啼。"② 体现出广西草木荣盛生物繁杂的地域特色，《谢桂林郡幕沈通惠诗》的"逢人要指荷花幕，铜柱西南烟霭深"③ 则点明了广西烟霭迷蒙的奇妙图景。而《题阳朔县舍二首》（其一）中"石壁深深绕县衙，不离牀衽见烟霞。民耕紫芋为朝食，僧煮黄精代晚茶。瀑布声中窥案牍，女萝阴里劝桑麻。欲知言偃弦歌化，水墨屏风数百家。"④ 描写了其县舍的环境：山石流润，烟霞飘举，人们在自然的馈赠中丰衣足食；瀑布溅玉，女萝披离，众人在此安居乐业，俨然一派祥和之状，诗人在末尾抒发了感慨：在这水墨屏风一样雅致美好的自然山水中，百姓也可以用优雅的弦歌来教化。此外，还有"劲节寒梢屈曲根。虎牙龙鬣蟒蛇鳞。采从黄鹤独飞处，

---

① （清）汪森编辑：《粤西诗载校注》第四册，桂苑书林编辑委员会校注，广西人民出版社1988年版，第38页。

② 同上书，第45页。

③ 同上书，第42页。

④ 同上书，第40页。

寄与青山先退人。高阁倚吟留落月，小园扶醉过残春。惟存一本自收拾，即日溪边蹑后尘。"[1]（《寄桂林欧阳咸寺丞溪藤杖》）也展现了广西如诗如画的自然风景和作者乐山乐水的审美趣味。

与之类似的还有诗人章岘，其《丁未上巳重游》："溪干舣棹访岩扉，危磴攀缘不欲归。垂乳滴声当佛座，宿云留润在僧衣。聊开禊席临流水，闲掷文竿到落晖。旅宦天涯甘寂寞，送春无意惜芳菲。"[2] 展现了自己登临山水流连忘返、与自然亲密接触的过程，奇形怪状的钟乳石在岩洞里滴沥着清亮的回音，云雾缭绕的山峰上诗人的衣袍被浸透，闲来时在流水旁饮酒垂钓，不知不觉间余晖洒满水面，作者的怡然自得之貌宛在目前。此外。他的《伏波岩》："江澜洄洑啮山根，山裂嵩开石室存。怪鬼夜呼千嶂黑，蛰龙晨起一川浑。金沙试决通泉脉，翠壁闲题破薜痕。三伏几人逃畏暑，岂惟河朔有清樽。"[3] 也生动地展示了岩穴深幽墺峭、野趣横生的特点，如果不是亲临山水、探奇寻幽，是无法写出细节刻画得如此精妙的诗歌作品的。诗人在绮丽的自然风光中徜徉，也在诗作中尽情挥洒自己的山水情志和对自然的赞美。

甚至在贬谪诗人眼中，广西的山水都是独树一帜的。邹浩《登鹏高亭基》的"巍巍稳据山千仞，渺渺前当水一川"[4] 以宏阔的视角给读者们塑造了强烈的空间感，凸显了广西山河的壮丽；《仙宫庙》中"千仞巉岩一径通，可扪天处是仙宫。婵娟并席谁家子，缥缈吹衣万窍风。"[5] 则营造了一个人间仙境，使人有恍然亲临之感；

---

① （清）汪森编辑：《粤西诗载校注》第四册，桂苑书林编辑委员会校注，广西人民出版社1988年版，第44页。

② 同上书，第85页。

③ 同上。

④ 同上书，第67页。

⑤ 同上书，第66页。

而"丹青一笔妙难窥，万古长如初画时。浓淡乾坤偏掩映，卷舒云雾巧追随。深藏尘表天元爱，不到炎方世岂知。展出高亭快人目，舍君风韵更谁为。"①（《展画亭》）则更是通过细腻的笔触，摹画了广西山水极尽造化之能事的特点，有错落缥缈的空间布排，有云雾聚散的增色，这是一个超凡脱俗的世界，承载着诗人缥缈迷茫的心迹。

李纲的《桂林道中二首》（其一）中说："时危远谪堕南蛮，犹在乾坤覆载间。瘴雨岚烟殊气候，玉簪罗带巧溪山。桄榔叶暗伤心碧，踯躅花开满目斑。惟有月华依旧好，清辉应与照云鬟。"②《桂林道中二首》（其二）又记叙："桂林山水久闻风，身世茫然堕此中。日暮碧云浓作朵，春深稚笋翠成丛。仙家多住空明洞，客梦来游群玉峰。雁荡武夷何足道，千岩元是小玲珑。"③ 诗人眼中的广西山簪水带，花繁叶绿，碧云缭绕，丛竹苍翠，具有诗情画意的境界；而《次贵州》中"青枫夹道鹧鸪啼，古郡荒凉接岛夷。陆绩故城依石巘，葛洪遗灶俯江湄。光风冉冉吹香草，烟雨蒙蒙湿荔枝。欲作终焉卜居计，自应句偻不吾欺。"④ 也通过一系列意象如"青枫""鹧鸪""香草""烟雨""荔枝"等，展现了广西迷人的地域风情。再来看看贬谪诗人王安中所记录的广西风貌："凿破巅崖透碧流，小舟轻泛入深幽。石鳞映水玻瓈皱，山势凌空翡翠浮。云护渊泉将欲雨，寒生洞府夏成秋。停桡峭壁题名姓，醉墨淋漓记此游。"⑤（《灵岩山》）乘一叶扁舟徜徉在自然的怀抱中，看着

---

① （清）汪森编辑：《粤西诗载校注》第四册，桂苑书林编辑委员会校注，广西人民出版社1988年版，第60页。
② 同上书，第73页。
③ 同上书，第73—74页。
④ 同上书，第77页。
⑤ 同上书，第92页。

清澈的碧色山泉喷珠溅翠，绿水清空明澈，阵阵微风袭来，粼粼水纹仿若玻璃的褶皱，青山生机盎然，掩映在云雾中，犹如透碧的翡翠凌云飘浮，作者将精巧的构思和深婉的心绪融化在一片素净空明，水天一色的幽美寂静的意境中，给人以兴味悠长的怀想。

与此不同的是，来桂云游的诗人，心中对广西没有过多的偏见，因此充满了对广西山水的热爱，他们笔下的广西山水别有风味。唐代张籍游广西时就留下关于桂林临桂的诗歌："旌旗过湘潭，幽奇得遍探。莎城百粤北，苻路九疑南。有地多生桂，无时不养蚕。听歌难辨曲，风俗自相谙。"① 又如宋代戴复古的《观静江山水呈陈鲁叟漕使》："桂林佳绝处，人道胜匡庐。山好石骨露，洞多岩腹虚。峥嵘势相敌，温厚气无馀。可惜登临地，春风草木疏"②，写出了桂林山水的俏丽，以及山奇、石丽、岩洞多等特点，还点明了桂林气候温和的特点，最后一句"春风草木疏"又给人以无限的想象空间。不仅如此，戴复古不仅游览桂林山水，而且喜游赏广西的岩洞，还留下一首岩洞诗《玉华洞》："忆昨游桂林，岩洞甲天下。奇奇怪怪生，妙不可模写。玉华东西岩，具体而微者。神功巧穿凿，石壁生孔罅。玲珑透风月，宜冬复宜夏。中有补陀仙，坐断此潇洒。空山茅苇区，无地可税驾。举目忽此逢，心骇见希咤。题诗愧不能，行人亦无暇"③，这首诗描述了广西"岩洞甲天下"，岩洞形状奇奇怪怪，妙不可言，游览岩洞的人络绎不绝。广西地处偏远，高山阻挡，交通不便，蛇虫鼠蚁多，给中原人士一直是"瘴疬之地""蛮荒贬

---

① （清）汪森编辑：《粤西诗载校注》第三册，桂苑书林编辑委员会校注，广西人民出版社 1988 年版，第 93 页。

② 同上书，第 165 页。

③ （清）汪森编辑：《粤西诗载校注》第一册，桂苑书林编辑委员会校注，广西人民出版社 1988 年版，第 114 页。

所"等形象，而诗人们对广西秀美山川的描写，正为人们全面认识广西提供了宝贵的参考资料。

二　清淡韵旨

广西的诗歌，无论是本籍诗人创作的诗歌，还是客籍诗人在广西创作的诗歌，都较少出现情绪强烈的伤春和悲秋之作。曾大兴曾在《物候与文学家的生命意识——论气候影响文学的途径》一文说："气候是一种自然现象，文学是一种精神现象。气候是不能直接影响文学的，它必须以文学家为中介，……可以说，既能影响文学家的身体，也能影响文学家的精神。换句话说，即能影响文学家的生命。"《桂林风谣十首》有言："节令无冬夏，阴晴变燠寒。茗含烟气重，蔬里砾沙干。"① 唐代诗人杜甫《寄杨五桂州谭》言："五岭皆炎热，宜人独桂林。梅花万里外，雪片一冬深。闻此宽相忆，为邦复好音。江边送孙楚，远附白头吟。"② 前文我们已经总结过广西温和湿润且季相不明的气候特征，从审美角度来看，这是一个很突出的特点。柳宗元的《柳州暑中作》："南州溽暑醉如酒，凭几独眠开北牖。日午睡觉无馀声，山童隔竹敲茶臼。"③ 中，"南洲溽暑"是因为柳州地处南岭以南，属于热带气候。"由于南岭山脉挡住了北方南下的寒冷气流，使这里的气候非常温暖，冬季只有三十多天，而夏季则长达二百一十多天。又由于地势北高南低，有利于接受从海洋吹来的暖湿气流，又使这里的气候非常湿润。在这个温暖而湿

---

① （清）汪森编辑：《粤西诗载校注》第三册，桂苑书林编辑委员会校注，广西人民出版社 1988 年版，第 436 页。

② 同上书，第 80 页。

③ （清）汪森编辑：《粤西诗载校注》第七册，桂苑书林编辑委员会校注，广西人民出版社 1988 年版，第 3—4 页。

润的地区，没有春、夏、秋、冬四季之别，换而言之，干季和雨季
的分别比冬季和夏季的分别更为突出。"〔曾大兴《气候（物候）的
差异性与文学的地域性——以中国古典诗歌为例》〕四季的不分明带
来的是情绪的安和。又《苍梧即事三首》（其二）中记载："蜑户举
罾看水影，舟人移橇认潮痕。贫婆果熟红包坼，荔子花开绿萼繁。"①
常年生意盎然的自然环境使诗人得以享受视觉盛宴，远离了萧瑟凋
敝、凄寒荒苦的景象，充足的物产使人们的生活不至于饥馁，综合
各种因素，成就了广西诗歌相对而言的"清淡"之美。这是一种平
和优雅之美。它具体体现在诗歌作品内清淡的意象择取和诗人字里
行间传达出的中和意趣。

（一）清淡意象

曹松《题昭州山寺韦寂上人水阁》："他时忆着堪图画，一朵云
山二水中。"② 语句虽然极为精简，但寥寥笔墨便勾勒出昭州淡远的
山水意境，仿若国画中精妙绝伦的留白；张镆《送向综通判桂州》：
"桂岭花光纷似雪，荔江波色绿如苔。"③ 用"雪"与"苔"作喻，
一"白""一青"的素雅色调的映衬之间，纷扬似雪的花海与碧波
荡漾的春江撩动人们的心弦，这唯美浩渺之场景立刻浮现在读者的
眼前；而"蕲竹水翻台榭湿，刺桐花落管弦闲。"④〔《送严大夫再
领容州》（其二）〕，则炼用一"湿"一"闲"，幽隐的情绪弥漫在
凄迷的烟雨和刺桐落花的余香中，极为清新淡雅。再看看曹唐的
《南游》："尽兴南游卒未回，水工舟子不须催。正思碧树关心句，

---

① （清）汪森编辑：《粤西诗载校注》第四册，桂苑书林编辑委员会校注，广西人
民出版社 1988 年版，第 273 页。
② 同上书，第 20 页。
③ 同上书，第 50—51 页。
④ 同上书，第 25 页。

难放红螺蘸甲杯。涨海潮生阴火灭，苍梧风暖瘴云开。芦花寂寂
月如练，何处笛声江上来。"[1] 全诗描写诗人南游的见闻，在水平
如镜的水面泛舟游览，两岸是青翠欲滴的丛林，手中是斟满佳酿
的酒杯，淡看海潮归来，清风拂过，瘴雾消歇，天地清和。直至
一轮皎洁的素月冉冉升起，向人间抛洒万丈清辉，在这个寂静而
美妙的夜晚，于芦花深处忽然听见远方传来婉转悠扬的笛声，惹
得人的心绪也一同缠绵悠远了起来。末句的清淡之味尤为隽永
绵长。

又如：

达观楼

明 林春茂

层楼百尺倚苍空，笔岫登云入眼中。

水接龙门雄百雉，春当燕喜集羣公。

交加绿竹浮烟迥，绰约桃花带雨红。

登眺不辞留夜永，熙然相与醉年丰。[2]

此诗色彩活泼鲜明，富有盎然生意。雄伟的达观楼矗立此方，
直插云霄，首联描绘了"楼高"的特点，登临达观楼鸟瞰四方，春
天到来，群雁南回，万物生长，绿竹横斜生长于迷蒙烟水之上，一
抹绿意在雾气中显得尤为清新，桃花羞涩地红了脸庞，在细雨的濯
洗下显得更有风姿。在如此美妙的人间胜景中，不妨大醉一场，大

---

① （清）汪森编辑：《粤西诗载校注》第四册，桂苑书林编辑委员会校注，广西人
民出版社 1988 年版，第 23 页。

② （清）汪森编辑：《粤西诗载校注》第六册，桂苑书林编辑委员会校注，广西人
民出版社 1988 年版，第 10 页。

醉于无尽的春光当中。倘若默默咀嚼颈联,有一种浅淡的清新令人
齿颊生香。再如章岘的两首诗:

次李升之夜游漓江韵

宋　章岘

自笑无钱对菊花,天寒欲冷授衣赊。

桄榔叶暗临江浦,茉莉香来酿酒家。

月雾空蒙萤照水,霜风萧瑟鹭眠沙。

归寻独秀山前路,城角参横斗柄斜。[①]

留题龙隐岩 (其二)

宋　章岘

吏局区区得暇艰,倚崖高阁暂登攀。

群峰半出重林外,小艇横浮一水间。

霜叶信风随鸟逝,晚云沉石伴僧闲。

夕阳欲下犹回恋,更鼓清琴数弄还。[②]

前诗"桄榔""茉莉""月雾""萤照""霜风""鹭眠"等意
象,都十分雅致而风流,清淡蕴藉,暗喻了诗人在孤独之余,淡淡
的怅惘和欢欣交织的复杂心绪。后诗表现了诗人暂时抛却俗物而纵
情山水的意趣,末四句余韵悠绵,一"逝"一"闲"衬托了诗人寄
兴渺迭的心境,而在漫天的落日余晖中依依留恋,援琴鸣弦,短歌

---

① (清)汪森编辑:《粤西诗载校注》第四册,桂苑书林编辑委员会校注,广西人
民出版社 1988 年版,第 83 页。

② 同上书,第 84 页。

微吟，更是将文人的清雅志趣描摹得风流自然。

（二）中和之态

《粤西诗载》的清淡取向还体现在诗歌思想的中和、从容、优雅。韦瑾在碧浔亭留诗："从此归耕洛川上，大千江路任风涛。"① 有一种大苏"竹杖芒鞋轻胜马，谁怕？一蓑烟雨任平生"的超脱俗世的优雅和旷达，在面对磨难后依然能写出具有此等胸襟之语，这体现了作者精神的高贵。而当陈陶赠容南韦中丞时吟道："不独来苏发歌咏，天涯半是泣珠人。"② 可谓哀而不伤，一个"泣珠"典故的运用使得诗歌情感表达更为温婉含蓄，符合传统诗教的风雅韵旨。陶弼诗歌"二纪看花瘴雾中，野园今日又东风。人心有感时时别，天地无私处处同。长笛一声诸曲静，巨觥双饮百愁空。风清水暖群鱼上，谁向荆溪下钓筒。"③（《登邕州春野亭寄桂帅潘伯恭学士》）表现了诗人在山水之间自由适意的情怀：微风拂面，春暖花开，长笛和意，杜康解忧。在荆溪旁垂钓，感受着风声水声相激荡的情味，宛若神仙。诗人善于在美好的大自然中疏解自我的愁绪，达到优哉游哉的心灵境地。而《象州道中二首》中："路入春山春日长，穿林渡水意徜徉。溪环石笋横舟小，风落林花扑马香。山鸟不知兴废恨，岭云自觉去来忙。炎荒景物随时好，何必深悲瘴疠乡。"④ 也是如此，展现了诗人寄情云水，随遇而安，悠闲自适的怡然心态。不只是自我消遣，有的诗人还会选择与朋友一同享受大好河山，有"造物主之无尽藏也，况吾与子之所共适"的达观和从容，如卢顺之的

---

① （清）汪森编辑：《粤西诗载校注》第四册，桂苑书林编辑委员会校注，广西人民出版社 1988 年版，第 13 页。

② 同上书，第 17 页。

③ 同上书，第 44—45 页。

④ 同上书，第 74—75 页。

《七星山东观席上赠张侍郎》："渡江旌旆动鱼龙，令节开筵上碧峰。翡翠巢低丛桂小，茱萸房湿露香浓。白云郊外无尘事，黄菊筵中尽醉容。好是谢公高兴处，夕阳归骑出疏松。"① 愉悦之情溢于言表。再如：

明秀亭

元　刘怀远

明秀亭前水渺茫，水明山秀类潇湘。

栏干十二东风软，蝴蝶一双春昼长。

沙暖偏宜鸥鹭宿，城高不隔芰荷香。

晚来公府无余事，闲伴诗人入醉乡。②

水色浩渺，山川灵秀，天地清明，在这样的大好春光中，"栏干十二东风软，蝴蝶一双春昼长。"以"软"和"长"展示了春意融融，天暖风轻，蝴蝶是鲜花的使者，一对在清风和花香中蹁跹飞舞的蝴蝶，也给人们带来万紫千红的明媚春光。鸥鹭浅眠在沙岸，诗人徜徉于醉乡，融适的心情和怡然的诗境都展示出一种清淡优美的特征。

第五节　多元包容的文化心理

黄晓娟教授在《文化发展观视野下的广西多民族文化精神建

---

① （清）汪森编辑：《粤西诗载校注》第四册，桂苑书林编辑委员会校注，广西人民出版社 1988 年版，第 12 页。

② 同上书，第 211—212 页。

构》一文中说:"广西各民族文化源远流长,丰富多彩。在长期的发展过程中,各民族文化相互影响,相互吸纳,择善而从,与时俱进,使广西多民族文化精神从自发性、一元性的实践跃升到自觉性、多元化的创造,不断创造出反映时代精神的优秀文化,形成了特色鲜明的多民族文化精神,构建出'美美与共'的文化境界。多民族文化的交流带来了精彩纷呈的文化形态,形成多元互涉的文化环境。各民族独特的文化艺术表现方式和特征既并存并行,又相互涵摄,它们融合共生,创造出蓬勃兴盛的文化生机。"① 这种多元包容的文化心理也生动体现在《粤西诗载》的创作中。

一 人与自然

广西多元包容的文化心理首先体现在人与自然的融洽与和睦。广西钟灵毓秀的自然山水能带给人们心灵的放松和灵魂的熏陶,诗人在这片得天独厚的世外桃源中浸润着天地的灵华,感受着原始的气息,优美的环境温养出和谐的人际、友善的人心。许多外来游子羁客的焦灼情绪在这里得到释放或沉淀,于是和谐包容的依生共生之心理得以回归。如雅琥的《七星岩》:"漓水东边三四山,何年北斗下人寰?天文暗宅蛟龙窟,地脉潜通虎豹关。碧藓自封岩径杳,白云不锁洞门闲。何时得遂烟霞趣?求此幽栖结大还。"② 阐明了自我愿归依山泽,托体自然的意向;李先春《秋杪登达观楼三首其二》言:"客子高攀百尺栏,不堪秋色满琅玕。魄

---

① 黄晓娟:《文化发展观视野下的广西多民族文化精神建构》,《学术论坛》2016 年第 7 期。

② (清)汪森编辑:《粤西诗载校注》第四册,桂苑书林编辑委员会校注,广西人民出版社 1988 年版,第 207 页。

无弦管能新俗，喜有风云足达观。望里山河双眼阔，往来宇宙一身宽。相逢到处堪成赋，老我风尘叹一官。"① 浩瀚无垠的宇宙、壮美瑰丽的河山淡化了诗人胸臆间的尘俗之念，年华逝去的感惜、流落漂泊的处境，也使其对人生具有了别样的哲思；而杨大节的《北岸渔樵》："北城天堑漾晴波，试听渔樵莟问何。雷泽数罟虞帝少，峡山斤斧买臣多。朝朝水族供鲜馔，岁岁阳侯荐古柯。系艇息肩闲取醉，坐邀江月放长歌。"② 则在俏皮的语言和轻快的氛围中，在江月的照耀和山水的滋荫下，使自我倜傥潇洒的风骨更为鲜明。又如：

好事近　梦中作

宋　秦观

春路雨添花，花动一山春色。

行到小溪深处，有黄鹂千百。

飞云当面化龙蛇，夭骄转空碧。

醉卧古藤阴下，了不知南北。③

《好事近　梦中作》是北宋诗人秦观创作的一首词，此词传神地描写了作者一个春游醉乐的梦境。词的上片言其梦魂缥缈，心驰神摇，在一处山花烂漫的野路漫游。在这烟雨迷蒙、春气浮动的深山里，山涧溪水淙淙、叮咚作响、沁人心脾，花朵千姿百态、争奇

---

① （清）汪森编辑：《粤西诗载校注》第六册，桂苑书林编辑委员会校注，广西人民出版社 1988 年版，第 4 页。

② 同上书，第 40 页。

③ （清）汪森编辑：《粤西诗载校注》第八册，桂苑书林编辑委员会校注，广西人民出版社 1988 年版，第 130 页。

斗艳、万紫千红，黄鹂上下飞舞、嬉戏喧闹、交相和鸣，视觉与听觉的交织使画面极富动感，美妙迷人。下片写词人的醉酒，梦中仰望碧空，看到白云翻涌，瞬息之间犹如龙飞蛇舞，变幻莫测，不禁心旌摇荡，以至于忘乎所以，进入不知南北、物我两忘的境界之中。这是一种醉倒春光、身与物化的人生境界：过眼繁华皆为浮云，唯有恬淡自适，寄幽宇宙星辰，与天地山水共存，才是道的本真状态。周紫芝曾云："东坡题少游自作挽词，以为能一死生、齐物我，是真知少游者也。"全词落笔虚实相生，神思超蹈，构思奇巧，造语新警，事实上，广西灵秀隽美的景致融进了诗人的梦寐，这种物我一体的人生境界，也是词人人生遭遇的曲折反映。

二　人与社会

广西自古以来都是一个多民族聚居、多元文化交融的地区。自秦置郡以来，中原汉人或因避乱，或因政务派遣，或因有事经过，南下至此，在与当地本土文化的交流融合中扮演了重要角色。由官员、文人所带来的先进的中原文化，凭借其在政治、经济、社会生活方面的话语权占据了有利的地理空间，逐渐成为本地区的文化主导核心，在不断交流、融合与冲突中推动和促进了广西文化的发展。而这种由核心文化主导、多元文化共存的局面，对诗歌的创作也不无影响。广西独具特色的民俗、农耕文化、衣食住行、宗教信仰等都对《粤西诗载》的创作产生了影响。颜延之、元晦、柳宗元、苏轼、黄庭坚、秦观、范成大、张孝祥、解缙、王守仁等人先后来到广西，在带来先进的中原文化的同时，也受到广西文化的影响，为文学创作融入了新鲜的元素。诗人对此地山川风情画图写貌，流传天下，文化的输入与输出，实现了双赢的理想局面。

柳州城西北隅种柑树

唐　柳宗元

手植黄柑二百株，春来新叶徧城隅。

方同楚客怜皇树，不学荆州利木奴。

几岁开花闻喷雪，何人摘实见垂珠。

若教坐待成林日，滋味还堪养老夫。①

这首诗体现了客籍诗人柳宗元在柳州城北种植柑橘树的场景，初来此地的惊悸与抗拒心理显然已销声匿迹，取而代之的是作者既来之则安之的淡然心态，绿意葱茏的橘树林在作者眼中是高洁品行的象征，"几岁开花闻喷雪，何人摘实见垂珠"。作者想象着橘花盛放含香如雪的风韵和硕果累累的令人垂涎欲滴的景象，"滋味还堪养老夫"则体现了诗人在这片土地上辛勤耕耘后的丰收希冀。柳宗元在柳州亲自授徒，培养了许多人才，明代黎澄《重修马平县儒学记》说："柳州府本百粤之地，爰自秦汉始入版籍，民知有冠裳之制，然犹不知学也。自唐柳子厚出守是邦，一振文教，翕然响风，骎骎然有诗书礼乐之泽。"广西的风物对柳宗元深峻的诗风产生了重大影响，而柳宗元本身也自觉反哺于广西文化，这种双向互动为广西文化的多元化进程带来了一道亮丽的风景线。

---

① （清）汪森编辑：《粤西诗载校注》第四册，桂苑书林编辑委员会校注，广西人民出版社1988年版，第6—7页。

虞美人·宜州见梅作

宋 黄庭坚

天涯也有江南信，梅破知春近。夜阑风细得香迟。不道晓来开遍向南枝。

玉台弄粉花应妒，飘到眉心住。平生个里愿杯深，去国十年老尽少年心。①

公元1105年上半年，黄庭坚即将到永州任职，被放松了管制。他闲散出游，到宜州当地的白龙洞、九龙岩等风景名胜的地方，观赏到南方寒冬时节绽放的梅花，留下了千古名篇《虞美人·宜州见梅作》。黄庭坚在宜州，对宜州的文化教育事业做出了巨大的贡献。他的《宜州乙酉家乘》对当地的食品医药、茶酒水果、气象变化都有记录，成为外界了解和研究广西风土人情的重要史料。他的书法超出了意象的浩瀚之气，至今影响着宜州人对独立人格的精神追求。黄庭坚勤学好问、求实创新、孝友忠信、正直为民的精神追求，影响了一代又一代人。

现如今，人们已经清醒地认识到文化是民族凝聚力和创造力的重要源泉，是综合国力竞争的重要因素。作为中国文化的一部分，广西文化也是包容而多元的。它具有恢宏大气，自由宽松的精神特质，具有追求真、善、美的品质和"美美与共，天下大同"的目标。在文化结构森罗百态的广西土壤之上，和而不同永远是广西各民族人们的集体共识。每一个时代，每一个地域，每一个民族，文化的主流都在其特定的历史条件下有不同的选择，而且不同的群体所青

---

① （清）汪森编辑：《粤西诗载校注》第八册，桂苑书林编辑委员会校注，广西人民出版社1988年版，第133页。

睐的文化元素又可以多样化，而正是这种差别和矛盾，成就了广西文化的内涵。广西独特的风物所代表的个体性是整个广西文化多元整体性的呈现方式，这些不同联结成一个独特的、充满魅力的性格，它有着典型的东方传统之美，也有着深邃、神秘的基因和吸引人们不懈探究的无穷魅力。

第六章 从《粤西诗载》看历代对广西认知的发展与演变

　　历史上的广西远离中原文明，曾一度被视为人迹罕至的蛮荒之地，历代来到广西的文人墨客多因遭遇贬谪、流放至此。尽管来广西的原因不同、心态不同、遭遇不同，但是他们在广西这片美丽而神奇的土地上，面对广西迥异于中原的奇山秀水和风土人情，忍不住在各自的诗歌中挥洒文字记录这些新奇和美好。而收录这些涉桂诗歌最为全面的诗集莫过于汪森辑录的《粤西诗载》。

第一节　历代对广西认知的发展与演变

一　唐代对广西的认知情况

　　唐代之前，五岭之南的广西基本尚未被中原种植者开发和认知，《粤西诗载》中关于汉代的诗歌只有汉代无名氏的《喻猛歌》：

　　　　于惟苍梧，交趾之域。大汉唯宗，远以仁德。①

---

① （清）汪森编辑：《粤西诗载校注》第一册，桂苑书林编辑委员会校注，广西人民出版社1988年版，第3页。

在这首诗前面有一小序："汉和帝时，苍梧太守喻猛以清白为治，郡人颂之。"汉和帝是东汉第四代皇帝，已经属于汉代的晚期了，说明汉代开发管理广西的时间很晚。本诗歌颂的主人公是苍梧郡守喻猛，苍梧治所在今广西梧州市，可见无论时移世易，百姓渴望、赞颂的都是够廉洁奉公的官员。

《粤西诗载》中一共收录了148首唐代诗歌①，且包含有当时诗歌的各种体裁，有五七言绝句和五言排律、五七言古诗和五七言律诗等；且所辑录的诗人也较全面，基本从初唐到晚唐与广西有关的诗人都有收录，包括著名的宋之问，诗圣杜甫，古文运动的倡导者韩愈和柳宗元、李商隐等；这些诗人的诗歌所表现的是广西的山水风光、气候物产、风俗文化等，题材比较广泛；情感则比较复杂，从这些诗作中我们可以看到唐代广西社会经济发展情况，也可以看出唐代人对于广西的认知变化和情感转移轨迹。

（一）初唐：负面评价和消极情绪居多

初唐时期指唐代武德到开元时期，这一时期虽然唐初统治者基本统一了岭南地区，但在初始阶段朝廷对广西一地的统治并不得力，直到唐高宗时期，广西地区还有对中央政权的反叛，即邕州和严州反叛，朝廷派李峤来广西负责监军平乱，李峤在征伐凯旋时，作了两首诗歌，这也是现今存世的最早的唐代人关于广西的诗歌，这两首分别是《安辑岭表事平罢归》和《军师凯旋自邕州舟中》。其中《安辑岭表事平罢归》中有关于广西的描写"境遥铜柱出，山险石门开。"②"春色绕边陲，飞花出荒外。"在李峤的眼中广西路途遥远，

---

① 按：《粤西诗载》中所收的张泌诗作，因张泌是五代入宋之人，故其诗作不能算入唐代。

② （清）汪森编辑：《粤西诗载校注》第一册，桂苑书林编辑委员会校注，广西人民出版社1988年版，第26页。

地势艰险，且充满了蛮荒之感。

稍后因为贬谪而来到广西的著名唐代诗人就是宋之问了，当时宋被贬到广西的钦州市，同期的沈佺期被贬谪到更远的安南，从长安到安南途经广西，所以二人都写有关于广西的不少诗歌。在二人的眼中，广西给人的第一印象就是"远"，偏远至极，如在《桂州三月三日》中写道："代业京华里，远投魑魅乡。"在《入鬼门关》一诗中也表达了"问我投何地，西南尽百蛮。"广西对于他们来说，不仅仅是偏远的荒蛮之地，而且就是"人间地狱"，是未开化的"魑魅之地"。这当然是不了解广西的中原人对广西的负面评价，充满着偏见和蔑视。从原本熟悉的繁华的长安城，一下子被贬谪到大西南，内心当然充满着恐惧和不安，这种"远"不仅是地理距离上的遥远，更多的是心灵距离的失落。广西对于他们来讲，不仅路途遥远，而且充满了奇山怪水，《下桂江县黎壁》中的"吼沫跳急浪，合流环峻滩。欹雒出漩划，缭绕避涡盘。舟子怯桂水，最云斯路难。"[①] 行路难，行路难，多歧路，今安在？漓江山水路险，由此诗可见一斑了。《入鬼门关》中也有"夕宿含沙里，晨行冈路间。马危千仞谷，舟险万重湾。"[②] 广西山路的险阻和道路的难行都在诗中了。尽管他们的诗中后来也有像《始安秋日》中所写的"桂林风景异，秋似洛阳春。"也关注到广西与内地气候的不同，以及《下桂江龙目滩》中对于"峰攒入云树，崖喷落江泉。"[③] 流露出对广西山水的赞美，但是整体情绪和印象是负面的、消极的，诗人对于广西是拒绝的、

---

① （清）汪森编辑：《粤西诗载校注》第一册，桂苑书林编辑委员会校注，广西人民出版社 1988 年版，第 29 页。

② 同上书，第 31 页。

③ （清）汪森编辑：《粤西诗载校注》第六册，桂苑书林编辑委员会校注，广西人民出版社 1988 年版，第 149 页。

排斥的。

（二）盛唐：开始欣赏，夹杂感伤

盛唐大概从开元年间到大历年间，盛唐时期广西因其偏远的地理位置和荒蛮的刻板印象仍然是中央贬谪流放官员的首选之地，但是因为有了初唐时期人们对于广西的初步了解，关于写作广西诗歌的诗人主体不仅有贬谪到广西的诗人，也有一些人没有到过广西，但会写诗赠予即将奔赴广西的朋友。这两类写作主体对于广西的情感不尽相同，对于即将来到广西的人来讲，经历了初唐对于广西的负面评价，诗人们也慢慢开始接受、开始欣赏广西的奇山丽水了，比如张九龄在赴任广西桂州都督兼岭南按察选补使的时候，内心开始欣赏广西的风景了，在《巡按自漓水南行》中以欣赏的眼光写道："况乃佳山川，怡然傲潭石。奇峰岌前转，茂林隈中积。"① 面对着中原没有的自然山水的神奇秀美，诗人内心是喜悦的欣赏的。徜徉在如此美丽的山水中，诗人内心的苦闷仿佛也得到了安慰，在《自湘水南行》中就表达了"虽云有拘役，乘此更休闲。"

尽管旅桂文人能够开始欣赏广西的美丽风光，但是对于绝大多数中原人来说，广西依然是偏远落后地区，到广西做官就相当于被贬谪到蛮荒之地，尽管广西的风物美好，但不可避免会有感伤失落的复杂情感。比如唐代的孟浩然在《题梧州陈司马山斋》中就表达了"流芳虽可悦，会自泣长沙。"即使是欣赏居多的张九龄，在诗中也会表达"中流澹容与，唯爱鸟飞还。"渴望自己能够像鸟儿一样飞回长安。而对于没有来过广西，只是送别朋友的其他诗人来说，他们没有见过广西的秀丽山水，更多的是对友人奔赴蛮荒之地的惆怅

---

① （清）汪森编辑：《粤西诗载校注》第一册，桂苑书林编辑委员会校注，广西人民出版社 1988 年版，第 32 页。

不舍。如唐代的高适在《送田少府贬苍梧》写道："沉吟对迁客,惆怅西南天。昔为一官未得意,今向万里令人怜。"① 对于友人被贬到广西充满了感伤和悲怜。杜甫在《送苏四郎偎兵曹谪桂州》中也有"为入苍梧庙,看云哭九疑。"② 想象朋友去广西一定是悲伤至极的事情。

(三) 中唐:逐渐适应,主动接受

中唐指大历年间到大和年间,唐人对于广西的情感是逐渐发展变化的过程,也是逐渐了解接受的过程。中唐时期因为永贞革新运动的失败,一大批官员遭到贬谪,著名诗人韩愈、柳宗元、刘禹锡等就被远迁到岭南,尤其是柳宗元,先是在永州司马任上待了十年,后返京再被外任为柳州刺史,四年后在归京前夕去世。所以这几个人中,柳宗元对于广西的感情最具有中唐诗人对广西印象的代表性。柳宗元刚来到广西柳州的时候,写有一首《寄韦珩》:

> 初拜柳州出东郊,道旁相送皆贤豪。
>
> 回眸炫晃别群玉,独赴异域穿蓬蒿。
>
> 炎烟六月咽口鼻,胸鸣肩举不可逃。
>
> 桂州西南又千里,漓水斗石麻兰高。
>
> 阴森野葛交蔽日,悬蛇结虺如蒲萄。
>
> 到官数宿贼满野,缚壮杀老啼且号。
>
> 饥行夜坐设方略,笼铜枹鼓手所操。
>
> 奇疮钉骨状如箭,鬼手脱命争纤毫。

① (清) 汪森编辑:《粤西诗载校注》第二册,桂苑书林编辑委员会校注,广西人民出版社 1988 年版,第 101 页。

② (清) 汪森编辑:《粤西诗载校注》第六册,桂苑书林编辑委员会校注,广西人民出版社 1988 年版,第 153 页。

今年噬毒得霍疾，支心搅腹戟与刀。

迩来气少筋骨露，苍白潸泪盈颠毛。

君今矻矻又窜逐，词赋已复穷诗骚。

神兵庙略频破虏，四溟不日清风涛。

圣恩倘忽念行苇，十年践蹈久已劳。

幸因解网入鸟兽，毕命江海终游遨。

愿言未果身益老，起望东北心慆慆。①

从柳宗元这首给学生韦珩所写的诗中可以看出，作者对于广西十分恐惧陌生，极度渴望重回京都。诗人形容自己来柳州就是"独赴异域穿蓬蒿"，眼前所见的更是一派荒凉恐怖的景象"桂州西南又千里，漓水斗石麻兰高。阴森野葛交蔽日，悬蛇结虺如蒲萄。"而柳州的气候也和自己熟悉的中原迥异，"炎烟六月咽口鼻，胸鸣肩举不可逃。"炎热的气候令人无法呼吸。自然环境和气候如此恶劣，而人文社会环境更是糟糕，"到官数宿贼满野，缚壮杀老啼且号。"雪上加霜，作者又不幸感染了"霍疾"，"今年噬毒得霍疾，支心搅腹戟与刀。迩来气少筋骨露，苍白潸泪盈颠毛。"在此种境地之下，作者可谓是"风刀霜剑严相逼"了，度日如年，惶惶不可终日，极度渴望尽早离开这块蛮荒之地，"起望东北心慆慆"。

而随着时间的推移和自己对柳州了解的加深，柳宗元对柳州的感情也发生了相应的改变，慢慢地，柳宗元眼中的柳州不再是荒凉，而是积极组织群众种植柑橘，想象着"手种黄柑二百株，春来新叶遍城隅。""若教坐待成林日，滋味还堪养老夫。"人一旦有了主观积

---

① （清）汪森编辑：《粤西诗载校注》第二册，桂苑书林编辑委员会校注，广西人民出版社1988年版，第105页。

极性，整个人就自然更加积极向上了，柳宗元也是如此。此时的诗人更加注重改善柳州的民生，所以即使原本难以忍受的柳州的酷暑，也不再觉得"胸鸣肩举不可逃"了，而是内心充满着平和安静，在其《柳州暑中作》中就有体现：

南州溽暑醉如酒，凭几独眠开北牖。

日午睡觉无余声，山童隔竹敲茶臼。①

尤其是公务逐渐走上正轨，在《柳州寄丈人周韶州》中作者欣慰地写道："印文生绿经旬合，砚匣留尘尽日封。"② 诗人首先的角色是柳州刺史，作为一方父母官，柳宗元很积极地做出一番政绩，在他的熏陶和治理下，柳州的民风也由原来的荒蛮盗乱变得更加和平安定了，"青箬裹盐归峒客，绿荷包饭趁虚人。"一派和谐的民生景象。到了这个阶段，柳宗元已经逐渐适应了广西的生活，并且积极改善生活生产环境，积极做出一番事业，甚至慢慢作者羡慕起广西本地人的生活，在《柳州峒氓》中表达出"愁向公庭问重译，欲投章甫作文身。"想要融入当地，做一个悠闲的本地"土著"。

中唐的文人们普遍接受并适应了在广西的生活，在公务之暇，他们更愿意深入村落田野，切实体察民情，或者徜徉在广西秀美的山水中，所以他们的笔下出现了可喜的广西形象。如《蛮子歌》中"熏狸掘沙鼠，时节祠盘瓠。"注意到广西当地人民祭祀的特征；《送

---

① （清）汪森编辑：《粤西诗载校注》第七册，桂苑书林编辑委员会校注，广西人民出版社 1988 年版，第 3—4 页。

② （清）汪森编辑：《粤西诗载校注》第四册，桂苑书林编辑委员会校注，广西人民出版社 1988 年版，第 7 页。

桂州严大夫》中"户多输翠羽,家自种黄柑。"注意到当地百姓所种植的物产;《送公孙器自桂林归蜀》中"旧户闲花草,驯鸽傍檐隙。"当地的民风在诗人眼中已经相当闲适了;《送李审之桂州谒中丞叔》中的"到日应文会,风流胜阮家。"说明在广西的文人不少,也有正常的文人集会了。甚至于中唐的诗人,在适应了广西的生活后,当他们能够回到中原的时候,反而会有不舍的情绪,例如在李渤的《留别南溪·其二》:

> 如云不厌苍梧远,似雁逢春又北归。
> 惟有隐山溪上月,年年相望两依依。①

李渤在接到回京的消息后,不像想象中的那么迫不及待,反而对广西眷眷情深,"年年相望两依依",不舍得离开这片土地。

即使是没来过广西的文人,随着广西地区的开发和发展,中原地区对广西的了解逐步加深,一些偏见和误解也越来越少。比如《送张中丞之桂林》有"出守救民瘼,推贤动圣情。紫台初下诏,皂盖始专城。"② 这首诗一改初唐时期送别的惆怅和伤感,转为对即将赴任广西的朋友加以积极的勉励。再如《奉和窦容州》里也有"明公莫讶容州远,一路潇湘景气浓"的乐观展望。虽然中唐诗人也有极少数人,如戎昱和卢纶两位诗人就对广西无甚好感,但大多数人已经用客观的眼光看待广西,不再妖魔化广西,而是主动适应和接受广西和去广西做官。

---

① （清）汪森编辑:《粤西诗载校注》第七册,桂苑书林编辑委员会校注,广西人民出版社1988年版,第13页。
② （清）汪森编辑:《粤西诗载校注》第六册,桂苑书林编辑委员会校注,广西人民出版社1988年版,第156页。

（四）晚唐：积极融入，不舍留恋

时间推移到晚唐，随着广西的不断发展，尤其是桂林地区的发展势头良好，所以中原文人对于到广西来非但不会排斥，相反还十分乐意。《粤西诗载》中有不少唐末文人写作诗歌表现自己对于在广西生活的满意和闲适，如《訾家洲·其二》：

> 陶潜彭泽五株柳，潘岳河阳一县花。
>
> 两处争如阳朔好？碧莲峰里住人家。①

此诗盛赞广西桂林阳朔生活的美好，认为阳朔真是最好的居住地，比之陶渊明和潘安的隐居地还要好很多。这是对广西的极大赞美。

文人们在广西优美的山水间结伴遨游，饮酒唱和，"莫惜今朝同酩酊，任他龟鹤与蜉蝣。""好是谢公高兴处，夕阳归骑出疏松。"他们积极融入广西的生活中，从山山水水中得到莫大的满足，朋友们写诗唱和、饮酒游赏，十分满意也十分喜爱在广西的日子。当接到回长安的调令后，不仅不开心，还觉得是"命运不公"，比如韦瓘在《留诗碧浔亭》中说："理人虽切才常短，薄宦都缘命不遭。从此归耕洛川上，大千江路任风涛。"认为回去长安又是新的风波之旅，远远不及在广西的潇洒遂意。如果说中唐的诗人们内心还盼望着能够重返京城，那么唐末的文人们已经把自己融入广西了，对广西产生了一定的认同感和归属感，在他们的笔下对于广西的赞美和喜爱已经不亚于长安。

而对于没有来过或者暂时没有机会来广西为官的文人来说，随

---

① （清）汪森编辑：《粤西诗载校注》第七册，桂苑书林编辑委员会校注，广西人民出版社1988年版，第21页。

着广西的发展和进步，他们对于广西的好感和接受度也越来越高。在送别友人到广西的诗歌中，更是以勉励他们积极做出一番事业为"送别诗主旋律"，如《送戴端州赴容州》有"还将小戴礼，远出化南方。"勉励友人向祖先学习，积极来广西推行文化建设；《南海送韦七使君赴象州》也有"圣朝朱绂贵，从此展雄图。"认为到广西做官和到中原其他地方为官一样，都是人生中值得庆贺的重大事项，期望友人同样在广西大展雄图；《送曹郎中南归时南中用军》还有"桂水净和天，南归似谪仙。"对于友人能够回到神仙洞天一样美好的广西表达了无尽的羡慕之情。

二 宋代对广西的认知情况

经历了唐代安史之乱和唐末的藩镇割据之后，宋朝时期的广西相对十分平静安稳，尽管和中原富庶地区之间有一定的差距，但发展势头也比较好。宋代文人不仅因为贬谪外任来到广西的官员很多，而且主动来广西游赏的文人也有一些。《粤西诗载》里就有不少宋代诗人描写广西各地奇绝秀丽的山水风景的佳作，宋人用饱含赞叹的眼光、深情热爱的感情和优美流畅的文笔描写八桂大地的山清、水秀、洞奇、石美。北宋初年的诗人周渭写有《叠秀山》：

> 平生赋性爱观澜，今日登临叠秀山。
>
> 天锡卦爻分象外，地将圭笏出人间。
>
> 昭州水绕孤城小，五岭山高众埒难。
>
> 极目紫宸何处是，碧云深处佩珊珊。①

---

① （清）汪森编辑：《粤西诗载校注》第四册，桂苑书林编辑委员会校注，广西人民出版社1988年版，第26页。

诗人吟咏的叠秀山位于广西，诗歌开头就表明作者喜爱登山眺远，游兴高扬，接着用道家语言"天赐卦爻分象外，地将圭笏出人间。"来赞美叠秀山蕴含的超然外物的独特气质和本身优美秀丽的风光景致。接着用"昭州"和"五岭"来让读者感受到山水环绕、众山拱伏的气势。尾联则点明对"紫宸"的瞻仰向往之情。可见，诗人眼中的广西是十分优美的。

宋代广西最大的变化是广西本土诗人开始崛起，随着外来旅桂文人的不断涌入，广西的文教事业发展良好，产生了一定数量的本土文人，本土文人对于自己家乡广西的赞美和眷恋更加深挚。例如，在北宋仁宗年间，广西博白县两位有名的本土诗人李时亮、秦怀忠，以下取李时亮所作的《蟠龙山》：

> 独卧粤南天尽头，吐吞清气压林丘。
>
> 风云上下三千丈，雾雨西南十六州。
>
> 古涧有泉穿石冷，阴崖无暑满山秋。
>
> 我来结构山亭下，时复凭栏看未休。①

李时亮，字端夫，为仁宗嘉祐二年进士，后来做过广西廉州知州。全诗运用拟人手法，赋予山以人的动态，"独卧粤南天尽头，吐吞清气压林丘"生动形象地描绘了蟠龙山的大气磅礴，文笔自然酣畅，最后作者自身也仿佛融入了蟠龙山的气势中，达到了物我两忘的境界。

宋代广西全州的本土诗人雷隐翁有《湘山寺》：

---

① （清）汪森编辑：《粤西诗载校注》第四册，桂苑书林编辑委员会校注，广西人民出版社 1988 年版，第 176 页。

何代梵王宫，轩窗阃壁峰。

虚庭苍藓匝，一径白云封。

石涧吞寒竹，岩猿答暮钟。

能令吟赏者，不倦往来重。①

　　诗人用饱含感情的笔触书写自己家乡全州的名胜古迹湘山寺，诗的开端就将湘山寺和佛教著名的大梵天王宫相比肩，可见在诗人的心中湘山寺的分量之重。接着描述湘山寺周边的环境是"虚庭苍藓匝，一径白云封。"颇有世外之感。接着用拟人的手法，"石涧吞寒竹，岩猿答暮钟。"作者的想象之奇特，环境的活脱灵动就跃然纸上了。尾联诗人发出"能令吟赏者，不倦往来重。"的感叹，也和全诗作者的隐逸思想相呼应。

　　宋代的旅桂文人也对广西充满了好奇和对广西山水的赞叹，如黄庭坚有《到桂州》：

桂岭环城如雁荡，平地苍玉忽增峨。

李成不在郭熙死，耐此百嶂千峰何。

　　诗人眼中的广西，城墙四周被山环绕，且山峰高耸高峻，千姿百态，就像有名的雁荡山一样壮美。接着又感叹著名的画手李成、郭熙都已作古，可惜了这一片奇山无人能画出神韵，更反衬出山水的奇丽优美。

　　自古桂林山水甲天下，吟咏桂林风光的诗人不知凡几。例如，

---

　　① （清）汪森编辑：《粤西诗载校注》第三册，桂苑书林编辑委员会校注，广西人民出版社 1988 年版，第 189 页。

宋人李纲有《桂林道中二首》（其二）：

> 桂林山水久闻风，身世茫然堕此中。
>
> 日暮碧云浓作朵，春深稚笋翠成丛。
>
> 仙家多住空明洞，客梦来游群玉峰。
>
> 雁荡武夷何足道？千岩元是小玲珑。①

李纲是宋代著名的爱国将领，这首诗是作者在宋高宗即位后，自己升任宰相途经广西桂林时候所作。诗人内心充满希望和喜悦，诗人眼中桂林的山水比之著名的雁荡山、武夷山也毫不逊色，甚至略胜一筹。

广西得天独厚，风景迷人处甚多，吟咏其他山水名胜的还有很多，比如宋代的吴元美有《都峤山》：

> 群峦环翠绣江隈，八迭中峰洞府开。
>
> 剑戟香炉空际列，马鞍兜子上方排。
>
> 烟笼丹灶鳌鳌稳，云盖仙人驾鹤来。
>
> 观此宝玄真胜境，何须航海觅蓬莱。②

广西的桂东地区虽然名气不如桂林，但是其山水自有一种特殊的幽趣，并不输于桂林山水，历来也有不少文人墨客留下吟咏桂东山水的佳作。吴元美这首诗就是吟咏桂东容县境内的都峤山，都峤

---

① （清）汪森编辑：《粤西诗载校注》第四册，桂苑书林编辑委员会校注，广西人民出版社1988年版，第74页。

② 同上书，第108页。

山是道教三十六洞天之一，自从唐代开发都峤山之后，其就是广西有名的旅游风景区。本诗中的八迭、香炉、马鞍、兜子、丹灶、云盖等都是都峤山比较著名的山峰，都峤山众多青峰林立，且有碧绿的绣江围绕着，山水景色之奇丽迷人，直让人怀疑自己到了世外的蓬莱仙岛。

尤其是南宋后期，中原地区烽火不断，而远在西南的广西相对环境比较安逸，受到战火的波及很小，所以有不少中原文人来广西寻得一份安宁。如刘克庄写有《五月二十七日游诸洞》：

来南百虑拙，所得惟幽寻。

矧余玉雪友，共此丘壑心。

江亭俯虚旷，酉室穷邃深。

是时薄雨收，白霭笼青岑。

弃筇追野步，却扇开风襟。

炎方岂必好，差远鼙鼓音。

且愿海道清，莫问神州沉。

徘徊惜景短，留滞畏老侵。

昨游感莺哢，今至闻蝉吟。

常恐官事縈，佳日仍登临。

譬如逃学儿，汲汲贪寸阴。

何因释胶扰，把臂偕入林。①

诗人在远离战火的桂林，和朋友忙里偷闲游玩丘壑，虽然这里

---

① （清）汪森编辑：《粤西诗载校注》第一册，桂苑书林编辑委员会校注，广西人民出版社 1988 年版，第 136 页。

风景秀美，可以作为暂时躲避战争的"世外桃源"，但是诗人内心依然存在着家国之思，"炎方岂必好，差远謦鼓音。且愿海道清，莫问神州沉。"可见宋代无论是本土作家还是旅桂文人，基本上都对广西的山水非常喜爱，山水的灵秀给了他们作诗的灵感，也慰藉了他们的心灵世界，徜徉在美丽的风景中，不免有隐逸之思。

三　元代对广西的认知情况

元代整个朝代统治时间较短，且统治者横征暴敛，人民生活水平远远不及宋代的繁荣。且存世的诗歌很少，《粤西诗载》中收录的元人诗歌也很有限。总体来说，元代诗人对广西的印象依然是奇山异水多迷人，如吕思诚有《桂岭晴岚》：

> 桂岭崇崇插绛霄，晴岚浮动翠云飘。
>
> 峰峦碧润轻翻縠，岩壑精荧深染绡。
>
> 晚霭忽开高突兀，余辉斜抹蔚岧峣。
>
> 缓行鸟径衣裳湿，莫说梅花万里遥。①

诗人笔下的桂林山水十分优美，晴天的雾气更是婀娜多姿，群峰更是气象万千，读来让我们觉得桂林的山水真的是浓妆淡抹总相宜。

但是随着元朝统治的越来越黑暗，中原各地有不少起义，广西的民生也再一次凋敝了，这种情况下，诗人的感情又是复杂的，如陈孚《宾州》：

---

① （清）汪森编辑：《粤西诗载校注》第四册，桂苑书林编辑委员会校注，广西人民出版社 1988 年版，第 192 页。

宾州大如斗，青林掩苍霭。

乱石熊豹蹲，累累漱江濑。

野妪碧裙襦，聚虚拥野外。

青筥罗米盐，飘飘双绣带。

日晚投古驿，酸风不可奈。

绿竹乱生枝，离披影如盖。

瘴雨飞为尘，鸲鹆声哕哕。

府僚跪庭前，对我各一慨。

浊酒强为饮，旅魂如可酹。

故园何日还，白云绕吴会。①

中原故乡无法回去，诗人的内心痛苦无法排解，面对着广西同样的凋敝现状，此刻情随事迁，景随人意，诗人满腔的愁苦看广西的风物自然是破败的、萧条的。

四　明代对广西的认知情况

由于广阔的岭南地区经历了唐宋元开发和元末的动乱，中原对于广西的认知是较为全面和多元的，反映在诗人的作品中就是风格更加多样、内容更加丰富。明代写广西诗歌的作家代表有吴时来和董传策，二人都因为弹劾严嵩而被贬，吴时来在横州的岁月写有《横槎集》，大多表现横州的白云秀水、青嶂奇岩，但是在山水中寄托自己的飘零和愤懑，其在《登城三首》（其一）中直接表达了"十日阴无一日晴，新愁旧事恨难平。"人越是失意越是思念家乡亲人，

①　（清）汪森编辑：《粤西诗载校注》第一册，桂苑书林编辑委员会校注，广西人民出版社 1988 年版，第 159—160 页。

诗人也不例外,《春日登钵山》中有"古钵峰头古庙悬,万山回合翠相连……坐来欲发孙登啸,起望乡关一惘然。"在奇山秀水中更加体现出作者的乡关之思。山水毕竟也有疗愈人心的作用,所以吴时来的诗歌中也有寄情山水诗酒的闲适诗,如《乌石山亭三首》其一就有"高枕山头卧明月,一江流水照潺湲。"的句子,乌石山寂静的傍晚,诗人枕着山石,仰卧于月光之下,耳边听到的是潺潺的水声,心自然跟着静谧安详起来。

在古代,人们对于文人尤其是科举有功名的举子是十分敬重的,"万般皆下品,惟有读书高",所以当董传策来到广西南宁后,他的日子是可以十分逍遥的,本身作为文人受到当地百姓和官员乡绅的尊敬和关爱,所以可以不问尘俗的烦恼,纵情山水,寄情诗文,悠游自在。在此期间,董传策留下了许多关于广西山水的诗文,这些诗文大体都是作者通过吟咏广西自然山水的美丽奇特以及自己生活的安逸舒适,从而阐释自己的人生态度,抒发自己行藏在我、淡定从容的豁达胸襟。例如,他的《同惟修游乌石岭》:

> 我来乌石岭,相对宝华峰。
>
> 眷言登高丘,环之方池中。
>
> 园林霭东郭,池面落殷红。
>
> 人徒欣衔杯,四坐生春风。
>
> 悠然发长啸,真境将无同。
>
> 迟君汗漫游,闲来种青松。①

---

① (清)汪森编辑:《粤西诗载校注》第二册,桂苑书林编辑委员会校注,广西人民出版社1988年版,第46—47页。

此诗主要描写了自己和好友吴时来在公务之暇，游览广西的乌石岭的所见所闻所想所感，语言非常清丽自然，只见乌石岭对面是宝华峰的青布帐，岭下则有方池环绕，岭旁边的城墙周围则是树木繁茂，夕阳西下，池水倒映着晚霞殷红迷人。面对着如斯美景，坐在春风荡漾的仙境中，人们情不自禁举起酒杯，悠然地放声长啸，如同进入了人生的真境。最后一句"迟君汗漫游，闲来种青松。"则又抒发了作者的归隐之思和淡泊之情。

但是即使身处广西的美景风光中，身处南疆，壮志难酬，诗人也难免有失意惆怅之感，所以也有少数诗歌表现了董传策的这种羁旅之思和惆怅之情。如《青山杂兴七》所写"振衣却上云深处，直北依微是帝都"，流露出想要回到京城大展抱负的情怀，字里行间人们也不难理解董传策的那种莫名的惆怅和失意。

当然，面对广西丰富的物产和独特的风俗，诗人也积极诉诸笔墨，写下这些不同于中原的新鲜的人、事、物，比如有些诗歌就反映了广西南宁地区物产的丰富，如《奶头果》一诗：

> 流火辉辉树欲垂，青林披落绛囊奇。
> 趁墟担却娘行瘦，好采枝头哺乳儿。

奶头果是广西的特产之一，又叫牛奶果。因为其叶皮呈黄红色，外形又神似牛奶，故名奶头果。"流火辉辉树欲垂，青林披落绛囊奇"二句，写出秋天奶头果丰收的场景。后两句则写当地的妇女在赶圩归来十分疲倦的情况下，会采摘一些新鲜的奶头果给小孩充饥，这也是"一方水土养一方人"了。

第二节 历代对广西认知发展与
演变的原因分析

唐代对广西的认知由负面评价和消极情绪居多，到逐步开始欣赏、适应、接受、融入，宋代由北宋的关注奇山秀水到南宋将广西看作躲避战火的世外桃源，元代则寄托愤懑于山水，明代诗人对广西的认识更加全面，诗歌表现内容更加丰富，积极反映特色民情风俗。这一系列发展与演变的原因，可以作如下探析。

一 贬谪文人自身心态的变化

从《粤西诗载》中我们可以看到，唐代两个关于广西的诗歌创作高峰是和贬谪文人进广西相吻合的。从唐代开发岭南以来，广西在不断发展进步，但在唐初以及之后的相当长的岁月里，广西依然是相比中原来说十分落后荒蛮的边境地区，朝廷流放或者贬谪官员会倾向于选择广西，初唐就有97位官员和42位文人贬流岭南[①]。在这个时期，被贬谪到广西的官员内心是十分恐惧而凄惶的，在他们的认知中，广西就是偏远的蛮荒之地，来到这里就是九死一生，贬谪诗人的内心是非常愁闷、愁苦的，从诗中可以清晰地看到这一点，无论是《下桂江县黎壁》中的"旦别已千岁，夜愁劳万端。"还是《始安秋日》所说的"晚霁江天好，分明愁杀人。"或者是《下桂江龙目滩》中的"暝投苍梧郡，愁枕白云眠。"再如《发藤州》中的"故园今日应愁思，曲水何能更被除。"等，在诗人们眼中，就像在

---

① 尚永亮：《唐五代逐臣与贬谪文学研究》，武汉大学出版社2007年版。

《入鬼门关》中所述的"自从别京洛,颓鬓与衰颜。"贬谪的苦痛郁闷贯穿自己身心,无论面对怎样的风景内心的苦闷都无法排遣,何况还是远离故乡远离京城的蛮荒之地广西呢?日日相对的只有作者镜子中看到的颓鬓与衰颜罢了。

在这种消极的心态主导下,创作主体对于广西的印象自然是十分负面的甚至是带有强烈偏见的,他们渴望的是有朝一日朝廷能够想起来自己,一纸调令让自己永远离开广西这块"不毛之地"。《桂州三月三日》中的"不求汉使金囊赠,愿得佳人锦字书。"就表达了渴望回到富庶繁华的长安的强烈愿望。

唐代官员普遍存有一种做官"重内轻外"的思想,所以官员都觉得放外任很羞耻,何况是遭遇贬谪而外放呢?且贬谪到南方的广西,在古代流放基本仅次于死刑,惩罚力度已经很大,尤其是初唐,贬谪官员很难对被贬之地产生什么特别的好感。且广西本身处于落后的位置,生产力比不上中原,文化教育更是起步阶段,贬谪文人自然看不上广西。即使是已经在广西建功立业的官员也渴望早日回到京城,何况是遭遇流放的官员呢?所以我们可以理解为什么在他们的诗歌中,不仅看不到对广西的一丝留恋,甚至只看到对广西地险山凶的厌恶和不满。

到了唐代睿宗时期,当时的邕州司马吕仁积极带领官员和百姓治理广西郁江水患等,这些政绩都极大地促进了当地的经济发展①。从初唐到盛唐,文人的气节和心胸也发生了重大的变化,不仅只有贬谪官员才会到广西,少数人会主动游历到广西,而且盛唐的文人更加积极向上,他们即使在荒远的广西,依然积极寻求机会建立功

---

① 钟文典:《广西通史》第一卷,广西人民出版社 1999 年版,第 182 页。

业，也能随遇而安找到心灵的寄托和慰藉，所以慢慢地就对广西的认知和情感发生了积极的改变。我们从柳宗元对广西态度的变化也可以看出这一点，柳宗元刚刚到柳州任职的时候，对于广西的情感是十分恐惧而不能接受的，但是在任职一段时间之后，态度就发生了一百八十度的大转折，由原来的极端厌恶和恐惧变得自己也想做一个怡然自乐的"柳州峒氓"了。这与唐代的安史之乱也有很大的关系，当时的京城长安和其他中原地区在安史之乱的无穷折磨和反复戕害下，已经是满目疮痍、山河破碎了，"今连岁治戎，天下凋瘵，京师近甸，烦苦尤重，比屋流散……且京畿户口，减耗大半"[①]。安史之乱后，中原地区又陷入藩镇割据、政治动荡的无奈境地，尤其是长庆之后，唐中兴的美梦已经无奈醒来了，文人的心态也有盛唐的乐观向上转向中庸内敛，且唐也在慢慢提高官员外任的实际待遇，所以初唐时期的"外不如内"的做官心态已经崩塌，京城对于外任的官员的吸引力越来越小了。而贬谪官员和外任官员也不再自怨自艾，而是积极寻求一番事业，在广西依然可以实现自己的人生理想和政治追求，所以心态上从消极恐惧到积极进取，到广西外任的官员也不再一味想要回到京城，而是积极融入广西的山水之乐，一切景语皆情语，心态变了，所以看广西原本的穷山恶水也变成奇山丽水了。

表现在《粤西诗载》中就是文人书写广西的诗歌数量越来越多，且诗歌表达的思想感情也越来越丰富。唐宋元时期的旅桂文人，他们刚来到广西，对于广西的一切都是陌生的甚至有些偏见，所以难免在诗歌中流露出思念家乡渴望回到朝廷中心的思想，如宋之问的《经柳州》"流芳虽可悦，会自泣长沙"，即使广西的奇山丽水也无

① 宋敏求：《减京畿官员制·唐大诏集令》，商务印书馆 1959 年版，第 512 页。

法排遣自己想要回去的心情，反而看到和家乡完全不同的山水风光和民风民俗，内心更加黯然神伤。明清之后，旅桂文人的心态更加自信了，不再自怨自艾，随着广西自身的发展进步，旅桂文人也越来越平等、客观地看待广西，偏见少了，欣赏多了。诗歌中也慢慢由单纯的对广西山水的新奇描写，到深入的特色民俗风情的展现，如王维新就有《春社即事》：

> 明月四山照，陶然粥共餐。
>
> 数株松出汉，几个竹当栏。
>
> 灯谜猜来好，秧歌唱到欢。
>
> 归途一回首，树色隐空坛。

这首诗就详细向我们展示了清代广西地区春社的民俗、节日风俗和热闹的节日氛围场景，人们在这一天"陶然粥共餐"，且"灯谜猜来好，秧歌唱到欢。"

到了明清时期，诗人们所创作的诗歌形式也越来越多样化。唐宋时期旅桂文人更习惯于使用单首古体诗、律诗、绝句等诗歌形式，到了明清时期，八景诗、杂咏、杂事诗、竹枝词等新形式在《粤西诗载》中都可以见到，诗歌形式的变化极大地拓展了诗歌容量，也能够更加方便地表达文人的思想感情。

二 广西经济社会的发展进步

类似柳宗元这种出现心理上极大转变的情况，一方面是主观上自身心态的变化；另一方面是与客观的广西本土经济发展水平的逐步提升有直接关系，经济基础决定上层建筑，尤其是盛唐之后中原地区饱受安史之乱的痛苦，民生凋蔽，经济水平下降，与此同时，广西因为远离北方和中原，也就避开了战乱，广西相对中原来讲处于比较安稳的位置，甚至有不少中原地区的老百姓，为了躲避战争求得一立锥之地，纷纷举家逃亡到广西，中原人带来了先进的耕作技术，和广西当地人一起，用自己勤劳的双手共同开拓发展了广西的地区经济。且当时唐王朝虽然平定了安史之乱，但中原地区满目疮痍，一时难以恢复战乱前的繁荣，且各地藩镇林立，唐王朝原在关东的最主要的赋税供给地区河北道的全部、河南道的大部和河东一部，全为藩镇所割据①。此时中央朝廷为了增加唐王朝的赋税收入，更加重视广西这块相对安宁的地域，中唐来广西的官员纷纷作出一番政绩，积极在广西开发建设，修筑水利工程，合理灌溉农田，发展交通运输，并利用广西的资源优势和地理优势，发展利润巨大的冶矿业，并颁布实施一系列有利于经济和贸易发展的条令，积极促进广西各地的商业发展，在此种种优惠政策的扶持和保护下，广西的桂邕柳容等商业重镇迅速崛起。来广西外任的官员也积极努力，用中原先进的管理理念和技术积极治理所辖地区，帮助当地改变落后的民俗，积极开发当地的优势。如柳宗元到达柳州后，废除当地仅存的落后的奴隶制度，积极推动当地的文化和教育发展，带头发展柳州地区的生产和经济，极大地促进了当地的经济社会发展②。

从唐代开发岭南开始，之后的宋元明清，广西一直没有停止过自己发展的脚步。因为经济水平的提高，广西对于中原人的吸引力

---

① 王朝中：《唐代安史乱后漕粮年运量骤降原因初探》，《中国社会经济史研究》1983年第3期。

② 钟文典：《广西通史》第一卷，广西人民出版社1999年版，第178页。

也越来越大，逐渐摆脱了自己"老少边穷"的刻板印象，尤其是在中原地区遭受藩镇割据、安史之乱、黄巢大起义等破坏时，广西因为其地势偏远，反而得以保全。中原的百姓反而会选择举家逃难进入广西，和当地人一起发展经济、提高生产力。广西虽然偏隅岭南，也会偶尔出现小规模的民族起义，此外边境地区还会受到南诏侵扰等，但和饱受战乱的中原地区相比，已经算是安定和谐的"世外桃源"了。且广西的桂邕容三大重镇已经崛起，保持着自身发展的良好势头，这三地的农业兴旺、商业发达、文化繁荣，在很多方面都达到或超过了京都地区的生活水平①。此后的宋元明清，广西基本处于比较平稳的位置，经济逐渐发展，对于中原人的吸引力也开始上升。

三　文化教育水平的提高和文化交流的畅通

历代对广西认知发展与演变的轨迹也和广西当地文化教育水平的提高有着高度的重合。从唐代后期开始，广西一些有名的州府逐渐认识到教育的重要性，纷纷设立学校发展基础教育，也培养出一些广西籍的读书人通过科举中了进士走入朝堂。到了宋代，中央朝廷十分重视教育和学校发展，上行下效，广西在朝廷重视教育的引领和影响下，一大批学校陆续投入建设和使用，广西的教育事业更上一层楼。到了明代，广西有名的经济重镇如桂林、柳州、庆远等地，长期受到儒家文化的熏陶，文风已经颇成气象，明代王世贞感慨道："广西其颖称名儒，取甲第，服官萱誉，彬彬然与中土埒焉。"

————————

① 唐宣宗大中年间，在桂州城原来的基础上，又增建"周三十里"的外城作为居民区。唐僖宗光启中，又在外城之北筑夹城用为商业区，周长三公里多。《桂林风土记》说，桂林已成为"南北行旅，皆集于此"的地方。大量文人聚集桂州，又发展了桂林的文化教育，到晚唐的时候，桂州本土出现了一个状元赵观文和两个进士兼诗人曹唐、曹邺。

可见当时广西的文化事业和教育水平也逐渐得到了中原的认可，广西不再是蛮荒之地，而是和中原一样，接受儒家文化的熏陶，"诗书文物之盛领顽中州"。

广西文化教育水平的提升，并不是说中原文人渐渐就不来广西了，恰恰相反，随着广西本土文化的发展，中原文人更愿意来广西交流游历。当然，旅桂文人来广西的原因和推动力不一，有些是因为朝廷贬谪或者放外任而来广西的官员，这部分文人也是来广西的主流，比如著名的有柳宗元、黄庭坚、程文德、吴时来、董传策等宏才名宦，也有奉命来广西平定少数民族叛乱的名将，如王守仁、张岳等，当然也有来广西游历的文人，如张吉、田汝成、谢少南、黄润玉、桑悦等。尤其是放外任的官员，他们来到广西也是会做出一番政绩，而且他们本身就是著名的文人，其聚集作用还是很大的，比如柳宗元来到柳州当刺史的时候，一方面他会非常重视基础经济的发展；另一方面也会积极发展文化和教育事业，此外，广西本土文人慕名而来柳州，一时文化交流活动频繁、文化氛围浓厚，这些都对广西本土文化的发展有莫大的促进作用。

提及文化交流，虽说广西的地理位置相对偏远，但历代到广西或者吟咏过广西的外地文人不知凡几，仅仅《粤西诗载》所记载的就有很多，著名的唐宋八大家中就有柳宗元、韩愈、欧阳修、曾巩、苏轼五个人吟咏过广西。苏门四学士则有秦观和黄庭坚两人。此外，我们熟知的文人，如杜甫、白居易、刘禹锡、高适、王维、范成大、刘克庄等，还有明代的著名文学家王世贞、王守仁、田汝成、董传策、汤显祖等人，汪森曾高度评价这些旅桂文人和吟咏广西的文人"率多宏才硕学，以发挥其奇秀，足令粤右增光。"这些文人用自身的才学以及对广西的逐渐接受、了解和欣赏的眼光来吟咏广西，为广西的文化发展做出一定的贡献。而文人因为种种原因，或因宦游讲学，或因靖边戍守，或因偶然游历，或因贬谪流放，或因送别朋友等和广西产生了联结，他们之间的积极的文化交流，又进一步推动了广西文化事业的进步，使得广西文化尤其是广西本土文化萌芽逐渐发展壮大，在明清时代也成为全国文化中独具特色、颇有规模的地方文化代表。且从中原来到广西的文人大多重视教育，如李纲有《题容州学育材堂》：

> 治世崇儒术，胶庠万宇临。
> ……
> 採藻绣江水，抚弦都峤岑。
> 潜消戎马气，有怀飞鸮音。
> 洙泗道非远，朱张贤至今。
> 大器在东序，追琢且南金。
> 常衮闽风变，文翁蜀化深。
> 愿来游学者，仰副有材心。①

李纲是宋代有名的忠臣名将，因为遭遇奸臣的迫害而被迫来到广西，但他并没有对广西产生厌恶或者轻视之意，而是积极发展教育和兴办学校，大力培养后生文人，他自身也写有很多广西的风物诗。

纵观《粤西诗载》，我们可以发现唐宋元时期，留存下来的诗歌和明清相比数量可以说非常少了，这是因为广西在唐代属于初期被

---

① （清）汪森编辑：《粤西诗载校注》第一册，桂苑书林编辑委员会校注，广西人民出版社 1988 年版，第 68 页。

开发的阶段，外来文人数量也不算多，本土文人则还没有开始崛起，尤其是唐宋元和现代相比年代久远，所以作品留存数量不多，且在广西的文人当时比较零星，文化交流也较为不便，所以诗歌也是零星的出现。而到了明清时期，广西经过唐宋元的发展，尤其是中原遭受战乱的时期，广西因为地理位置偏远侥幸逃过中原的战争波及，政治环境比较安定，加之历代官员和文人重视广西的文化教育发展和文化交流活动，广西的文化也逐渐和中原的文化对接，本土文人逐渐兴起并成规模。尤其值得一提的是，清代时期的广西纷纷兴起大修方志的风气，所以修纂者对于广西当地的当朝文学作品收集得更加详细，所以明清的广西诗歌数量激增，表现在《粤西诗载》中就是明清时期的诗歌数量远远高于唐宋元时期。

四　广西地理区位特殊

"广西地处祖国南疆，地理位置与自然环境较为特殊。"① 和中原其他地区相比，历史上广西的行政区划变化很小，但是广西各个地区之间的地域特征十分不同。而表现在《粤西诗载》中，关于广西不同地区之间的诗歌特征也不尽相同，甚至可以说差异很大。根据地理特征划分，广西大致可以分为以桂林为中心的桂北地区，以及处于土司统治之下的桂南和桂西地区，还有桂东平原地区，各个地区个性特征不同，诗歌风格也各有特色。

桂北地区历史上相对于广西其他地区来讲，属于经济文化较为先进的地区。因为以桂林为中心的桂北地区，和湖南的永州相邻，地区内的湘桂走廊和桂中盆地随着岭北汉族移民的率先进入，开发

---

① 廖正城：《广西壮族自治区地理》，广西人民出版社 1988 年版，第 58 页。

历史久远，开发程度也较好，使得桂北地区的经济社会发展水平在广西名列前茅。且桂北地区历史上也一直是广西的政治和经济文化活动中心，历代的贬谪官员也大多被安置到桂北，他们的大力作为更加快了桂北前进的脚步，且因贬谪文人的涌入，此地也在很长一段时间被视为广西的文化胜地，有关桂北的诗歌数量和质量都远远超过广西其他地区。

开发较早的地区还有桂东，且桂东的自然条件是广西最为优越的，因为境内是广西非常少见的平原，相比其他的山地丘陵地形，非常适合发展农业，但是桂东直到清代康熙年间，才逐渐发展起来。这是因为相比其他地区的和平局势，桂东地区经常发生战乱，在明代有此起彼伏的府江、大藤瑶民起义，频繁而持久的战争使得桂东地区的发展严重受限，直到清代的康熙之后，桂东才彻底结束了战乱，政治环境趋于稳定，故而有大量的广东移民来到桂东地区，他们和当地人一道，大力发展桂东的粮食经济，一度使得桂东地区成为向广东输出粮食的产粮基地。随着清中期桂东经济的极速发展，经济基础好了，文化事业自然随之得到长足发展，桂东在清代逐步发展成为广西的文化发达区。

桂南和桂西地区则是广西的欠发达地区，长期处于土司统治之下，地广人稀，经济落后。《粤西诗载》中收录的诗文也表现出这一点，桂南和桂西地区的诗文数量很少，远远比不上桂北和桂东。

广西的各个地区区位不同，但广西整体处于祖国的南疆地区，相对于中原来讲，无论是开发时间还是开发水平都落后于中原地区，但是其独特的区位和特殊的地理环境和人文环境却孕育了独特的广西文学，值得我们研究和重视。

第三节 对广西地域文化发展的借鉴意义

一 大力发展教育，重视人才引进

历史上广西因僻处南疆，在文化上与中原地区相比处于弱势文化区，"文化需要积累，而本土文士的出现，相对也有一个文化积累期，弱势文化区的文化积累更为缓慢。"[①] 所以直到明清时期，广西的本土文人才逐渐形成气候，在漫长的唐宋元，广西的文化发展只有借助依赖旅桂文人。广西文化的发展离不开旅桂文人带来的中原儒家强势文化，唐宋时期，因为朝廷贬谪和流放到广西的文人很多，这些文人本身在中原地区已经很有文名，到了广西之后，就能帮助当地形成"洼池效应"，广西本土的文人会慕名前来学习交流，从而受到中原文化的熏陶和教育。而旅桂文人面对着广西新奇的山水风俗，也能引发他们的创作灵感和创作热情，很多旅桂文人在广西写下了脍炙人口的篇章。所以双向的文化交流和熏陶有助于旅桂文人自身的进步，当然也有助于本土文人的成长和觉醒。尤其后来旅桂官员和朝廷都越来越重视广西的教育发展，尤其是明清时期改土归流的成功推行，除了原本历史上比较繁荣的桂东南地区之外，空白的、落后的桂西地区也逐渐开始开办学校，大兴文教，广西的文化逐渐和中原接轨，广西籍的举子在科举考试中的成绩也越来越好。谢启昆就在《广西通志》卷《舆地略八》中说"国朝德教远播，蛮夷向化，其改流府县，亦已民七蛮三，读书乡举，通籍有人，虽土司人民亦渐耻沿旧习矣。"广西本土的文化日益兴盛，广西文人也越

---

① 戴伟华：《唐代文化弱势区的诗歌创作》，《东方丛刊》2006 年第 2 辑。

来越有文化自信,在诗歌中积极宣传自己家乡的风物民俗,广西文学最终走向繁荣和成熟。历史上如此,当今也是如此。人才是一个地区发展的保障,广西地区要注重本土人才的培养,也要借鉴历史上的"人才引进",历史上旅桂文人是因为贬谪或者外任而被动来到广西的居多,现在则要主动提高人才待遇,积极引进人才,帮助广西一起走向更加光明的未来。

二 利用好"一带一路"等政策红利

历史上广西抓住中央朝廷的政策倾斜,实现了自身的经济进步。比如唐代朝廷为了增加唐王朝的赋税收入,抵消藩镇割据对中央的损耗,更加重视广西的发展,积极在广西开发建设,修筑水利工程,合理灌溉农田,发展交通运输,并利用广西的资源优势和地理优势,发展利润巨大的冶矿业,并颁布实施一系列有利于经济和贸易发展的条令,积极促进广西各地的商业发展,在此种种优惠政策的扶持和保护下,广西的桂邕柳容等商业重镇迅速崛起。当今,随着国家提出的"一带一路"战略,以及南宁作为东盟博览会的常任举办地,广西的边境区位优势明显,作为始发港的合浦港,以及一带一路的带动,广西北部湾地区大力发展,北海借助"一带一路"的便利,根据自身海洋渔业的优势,进一步加快产业升级和转型,做好海洋渔业的深加工贸易,充分利用自身优势和历史机遇,深耕渔业发展。另外,大力发展第三产业,尤其是银滩特色旅游业,打造海滨特色旅游,利用自身的自然资源和渔业文化,发展现代休闲渔业,开发出一系列极具特色的海上观光、赶海、海钓、拉网捕鱼等出海体验式旅游特色招牌活动,让传统的渔民享受到旅游业的红利。利用"海上丝绸之路"的重要站点优势,天时、地利、人和的优势,在党的带领下，广西人民努力发展现代化渔业和特色休闲旅游项目，前景广阔而美好，对实现全面建成小康社会的宏伟目标充满信心。

三 善于开发文化旅游业

随着我国社会经济的快速发展，人们的物质生活得到了极大满足。与此同时，人们对精神文明也提出了更高的要求。例如，人们在旅游观光的过程中，由原来的"看看热闹"，浮光掠影、走马观花地看看风景，逐渐变得更加追求人文体验和文化精神感受，更加渴望深层次的文化旅游滋养。所以，"充实旅游的文化意蕴，发掘旅游资源的文化优势，营造旅游的文化氛围，被认为是旅游业充满生机、健康有序发展的标志。"① 广西也要与时俱进，在合理开发自然风光的同时，更要提高旅游风景区的人文内涵和文化吸引力。

广西对自然景观资源的文化发掘和文化建设不在于改变其外形特征，而着重于发掘景观本身的文化品位和价值②。广西的奇山秀水天下闻名，自古就有不少的文人墨客吟咏广西的自然风光，所以广西在发展旅游业的时候，多从《粤西诗载》等诗集中发现自然景观的人文内涵，使得原来的单一的山水风光和历代的旅桂文人的吟咏诗歌相联系，二者交相辉映，自唐代以来，柳宗元、韩愈、范成大、王守仁、刘克庄、董传策、吴时来、李宪乔、赵翼、郑献甫等，许许多多的文人吟咏广西的山水奇迹，使得秀丽奇伟的自然风光有了深刻的、迷人的文化含义。通过《粤西诗载》，我们可以看到，广西的山水几乎可以说是无景不诗，很多诗歌本身的审美价值就很好，诗为景之魂，景为诗之体，例如"桂林山水甲天下"就不仅仅是因

① 沈祖祥：《旅游文化概论》，福建人民出版社1999年版，第294页。
② 李肇荣：《立足文化打造广西旅游景点新品牌》，《学术论坛》2003年第1期。

为山水本身的奇丽，也有文人墨客吟咏传播的功效。所以广西在开发自然景观的时候，应该重视其中的文化内涵，合理运用历代留下的文化遗产，在开发的过程中就将人文氛围和自然风光有机结合，通过合理的包装使得佳句与美景相互衬托辉映，营造出诗情画意的和谐氛围，吸引更多的国内外游客来此旅游观光，实现自己"美的历程"。

广西除了自然风光得天独厚外，随着历代的贬谪文人以及其他旅桂文人的到来，使广西各地留下了很多名人的历史遗迹。因此广西在开发人文景观的时候，更要注重发掘其中的"名人效应"。尤其是利用好《粤西诗载》中诗人对于广西山水的题咏和山水的自然美结合起来，使得山水是"有灵魂的山水"，自然风光和人文景观相映成趣。再比如对于一些名人遗迹要善于利用，如柳州就可以打出柳宗元的"柳柳州"的文化牌，梳理和开发柳宗元在柳州的形迹和事迹，如柳江、柳侯祠、文庙等，充分开发其中的人文内涵，使得人们想到柳宗元就会想到柳州，这就是所谓的"名人效应"。总而言之，政府和相关开发单位要从《粤西诗载》中汲取文化营养，从中挖掘广西地方的文化内涵和历史品位，从而构建起广西特色的地方文化旅游特色，提高广西文化旅游业发展的深度和广度。

主要参考文献

一 古籍

[1]（唐）莫休符：《桂林风土记（影印文渊阁〈四库全书〉本）》，上海古籍出版社1987年版。

[2]（宋）张世南：《游宦纪闻》，中华书局1981年版。

[3]（明）张鸣凤：《桂胜》，广西人民出版社1988年版。

[4]（明）张鸣凤：《桂故》，广西人民出版社1988年版。

[5]（清）陆祚蕃：《粤西偶记（丛书集成初编本）》，商务印书馆1936年版。

[6]（清）闵叙：《粤述（丛书集成初编本）》，商务印书馆1936年版。

[7]（清）汪森编辑：《粤西诗载校注》，桂苑书林编辑委员会校注，广西人民出版社1988年版。

[8]（清）汪森编辑：《粤西文载校点》，黄盛陆等校点，广西人民出版社1990年版。

[9]（清）汪森编辑：《粤西丛载校注》，黄振中等校注，广西民族出版社2007年版。

［10］（清）谢启昆修：《广西通志·艺文志》，胡虔纂，广西人民出版社 1988 年版。

二　专著

［1］陈正祥：《中国文化地理》，生活·读书·新知三联书店 1983 年版。

［2］葛剑雄等：《中国移民史》第三卷，福建人民出版社 1997 年版。

［3］胡起望、覃光广：《桂海虞衡志辑佚校注》，四川民族出版社 1986 年版。

［4］胡大雷等：《粤西文化与中华文化研究》，广西师范大学出版社 1998 年版。

［5］梁超然：《八桂诗人论及其他》，广西人民出版社 1988 年版。

［6］龙兆佛、莫凤欣：《广西地理沿革简编》，广西人民出版社 1983 年版。

［7］马端临：《文献通考》，中华书局 1986 年版。

［8］盘福东：《八桂文化》，辽宁教育出版社 1998 年版。

［9］尚永亮：《唐五代逐臣与贬谪文学研究》，武汉大学出版社 2007 年版。

［10］史念海：《唐代历史地理研究》，中国社会科学出版社 1998 年版。

［11］宋敏求：《减京畿官员制》，商务印书馆 1959 年版。

［12］谭绍鹏：《古代诗人咏广西》，广西人民出版社 1989 年版。

［13］韦湘秋：《广西百代诗踪》，广西人民出版社 1995 年版。

［14］魏华龄、张益桂：《桂林历史文化研究文集》，漓江出版社 1995 年版。

［15］曾大兴：《文学地理学研究》，商务印书馆 2012 年版。

［16］中国风物志丛书：《广西风物志》，广西人民出版社 1984 年版。

［17］钟文典：《广西通史》，广西人民出版社 1999 年版。

三 学术论文

［1］陈曼平：《广西历代各族服饰文化概貌》，《广西地方志》2004 年第 2 期。

［2］陈文苑：《刘克庄入桂及诗歌创作》，《西昌学院学报》2009 年第 1 期。

［3］丁之方：《唐代的贬官制度》，《史林》1999 年第 2 期。

［4］杜海军：《张栻入桂与文学创作》，《东方丛刊》2007 年第 3 期。

［5］葛永海：《论清代壮族名士郑献甫纪游诗的文化维度》，《广西民族研究》2007 年第 2 期。

［6］蒋寅：《一种更真实的人地关系与文学生态——中国古代流寓文学刍论》，《中国文化研究》2012 年第 8 期。

［7］毛水清：《桂山漓水写襟抱——谈李商隐在桂林》，《学术论坛》1980 年第 4 期。

［8］李纯蛟：《晚唐诗人曹邺生平略考》，《西华师范大学学报》2003 年第 6 期。

［9］李寅生、黄永有：《论李商隐桂游诗创作》，《河池学院学报》2006 年第 3 期。

［10］李巧玉、王彬：《况澄诗歌的"诗史"观及其实践》，《北方文学（中旬刊）》2013 年第 2 期。

［11］廖国一：《佛教在广西的发展及其与少数民族文化的关系》，《佛学研究》2002 年。

［12］梁超然：《唐末五代广西籍诗人考论》，《广西社会科学》1986
年第 3 期。

［13］梁超然：《略论〈粤西诗载〉的史学价值与美学价值》，《广西
民族学院学报》（哲学社会科学版）1988 年第 4 期。

［14］梁超然：《晚唐桂林诗人曹唐考略》，《广西师范大学学报》1989
年第 4 期。

［15］梁超然：《李商隐考略二题》，《铁道师院学报》1993 年第 2 期。

［16］梁德林：《柳宗元与广西文化的双向影响》，《广西民族研究》
2004 年第 4 期。

［17］刘海波：《从〈粤西诗载〉看唐人对广西情感印象的演进》，《河
池学院学报》2009 年第 8 期。

［18］覃先奎：《范成大在桂林的诗歌创作》，《广西地方志》2008 年
第 1 期。

［19］邱小毛：《北宋释契嵩的生平及文论》，《玉林师范学院学报》
2006 年第 1 期。

［20］唐晓涛：《唐代桂管地区贬官人数考析》，《学术论坛》2003 年
第 2 期。

［21］唐晓涛、蒙维华：《唐代邕管、容管流人考》，《经济与社会发
展》2007 年第 2 期。

［22］尹楚彬：《曹邺生平考辨》，《广西师范大学学报》1990 年第
2 期。

［23］玉时阶：《古代汉族入桂及其对广西社会历史发展的影响》，《学
术论坛》1995 年第 6 期。

［24］王朝中：《唐代安史乱后漕粮年运量骤降原因初探》，《中国社
会经济史研究》1983 年第 3 期。

［25］ 韦湘秋：《五代广西文学论》，《广西师范学院学报》1992 年第
　　　 3 期。

［26］ 韦步轩：《从〈桂海虞衡志〉看宋代广西的文化和社会生活》，
　　　 《边疆经济与文化》2007 年第 7 期。

［27］ 郑天一：《粤西笔记的历史文化价值略论》，《广西民族研究》
　　　 2004 年第 4 期。

［28］ 张维：《略论柳宗元之于柳州的文化意义——"粤西三载"中
　　　 明代人咏柳诗文的解读》，《社会科学家》2005 年第 11 期。

［29］ 张明非：《柳宗元诗艺术风格刍议》，《广西师范大学学报》（哲
　　　 学社会科学版）2005 年第 2 期。

［30］ 张再林：《略论宋代游宦文人对广西社会文化发展的贡献》，《东
　　　 方丛刊》2007 年第 3 期。

［31］ 钟乃元：《唐宋粤西地域文化与诗歌研究》，博士学位论文，广
　　　 西师范大学，2010 年。

后　记

　　作为本书撰写工作的负责人，我借此机会向各位读者就本书的成书过程略作说明。

　　2016 年我刚刚开始攻读文学博士学位时，学校民族学与社会学学院的秦红增教授建议我尝试研究一下《粤西诗载》的相关作品及创作情况。这是我第一次听说《粤西诗载》，随即我从其他老师处求得广西人民出版社 1988 年出版的《〈粤西诗载〉校注》（全八册）。于是，这颇有年代感的八册书籍成为我日常工作和学习之余的主要读物。全书收录的一首首或熟悉或陌生的诗作，让我这个来自他乡的外地人对历史上的广西有了更为生动和深入的认知。老实说，在此之前我并不知道历史上有如此多的文学大家在广西留下足迹，并不清楚在这片曾一度远离中原文明的边疆土地上发生过如此繁复的历史事件。2017 年，我以对《粤西诗载》的阅读体验为主要内容申报了广西哲学社会科学规划研究项目"文学地理学视域下的寓桂作家研究"。该项目于 2018 年顺利结项，但对于《粤西诗载》的研究似乎才刚刚开始。于是，我由关注《粤西诗载》的创作主体转为对具体文本的分析和解读。在 2018 年，我继续以"《粤西诗载》中的广西风物研究"为题成功申请了广西民族文化保护与传承研究中心的开放课题，经过近两年的研究积累，相关心得体会汇集成读者面前的这本小书，作为该项目的研究成果。

必须向各位读者说明的是，我的两位研究生师妹吕湘颖、熊英作为课题组的主要成员为书稿的撰写付出大量的辛劳。其中，吕湘颖承担了第一、第四章内容的撰写工作；熊英承担了第三、第五章内容的撰写工作，两位年轻的研究生在本次研究工作中展现出来的敏锐才思和勤奋品质令我深感敬佩。除此之外，张宏宇、王鑫、赵筠等其他几位课题组成员也不同程度地参与了本次研究工作，在此一并向他们表示感谢。在课题研究以及书稿撰写过程中，我们参考、借鉴了诸多专家、学者的宝贵研究成果，在此谨向他们致以崇高的敬意和衷心的感谢。

借此机会要向广西著名的文史专家梁超然先生表达由衷的敬意和感谢。早在 20 世纪 80 年代，梁超然先生就主持并参与了《粤西诗载》的校注工作，形成的成果《〈粤西诗载〉校注》至今仍是业内专家从事该领域研究的重要参考书籍。梁超然先生曾于 1988 年发表《略论〈粤西诗载〉的史学价值与美学价值》一文，堪称学界对《粤西诗载》史学价值和美学价值进行深度探究的开山之作，为后人的继续研究提供了重要的理论路径和探究思路。本书的研究工作也正是以这篇论文为基础展开的。

本书出版得到了广西一流学科中国语言文学建设经费的资助，谨向学科负责人韦树关教授表示衷心的感谢。每当得知身边的高校同仁为出版著作一事而发愁时，我都真切地感受到自己作为文学院的一员是多么的幸运和幸福。我将永远感谢文学院各位领导、各位师长对我这个后辈新人的提携和鼓励。也感谢中国社会科学出版社陈肖静编辑与广西民族大学文学院科研秘书梁春仙老师为本书出版付出的诸多辛劳。

从事学术研究工作必然充满着诸多艰辛，能够看到自己的劳动成果面世，内心当然充满着收获的喜悦。然而，我也必须清醒地认识到，由于自己从事学术研究的经验和学识还比较欠缺，本书中也一定存在着诸多不足和问题。在此乞请各位方家批评指正，并请广大读者宽宥。

张　啸

2020 年初夏于寓所